Selected Short Stories of - F. Scott Fitzgerald

# 費茲傑羅短篇小說選集

史考特・費茲傑羅——著
林捷逸——譯

好讀出版

文本導讀（※建議讀者先讀畢小說，再細細品味此精彩賞析）

# 讀出費茲傑羅的幽默感

文／張雅惠
東海大學外文系助理教授
美國德州理工大學英文博士

提到美國作家費茲傑羅（一八九六～一九四〇），大家一定會想到《大亨小傳》（*The Great Gatsby*, 1925），因爲這部小說不但名列大學裡美國文學課程指定閱讀書單常客，也曾多次被翻拍成電影，甚至更以舞臺劇、歌劇、廣播劇及芭蕾舞劇形式與世人見面。然而，部分喜愛美國文學及費茲傑羅的讀者可能不知道，費茲傑羅還擅長寫短篇故事。他在世時出版了四部小說，卻有超過一百五十篇短篇故事曾刊登在報章雜誌上。

費茲傑羅成名得很早，二十歲出頭出版第一本小說即備受關注；然而他離開人生舞臺的時間也很早，四十四歲就因心臟病發過世。他所寫的短篇故事如今雖不如小說有名，然而它們的價值不容小覷。一方面，「短篇故事」文體在美國這片土地上被很多優秀作家深耕過，像是與費茲傑羅同期的作家海明威、威廉・福克納等等，可說是美國的國民文學（national literature）；另一方面，費茲傑羅的短篇故事，被當時評論家視為他那個世代年輕人聲音的代表，只因他是第一個以「爵士時代」（The Jazz Age）來形容美國戰後文化的人。

## 同時駕馭長篇與短篇，實屬不易

他第一本小說《塵世樂園》（*This Side of Paradise*, March 1920）問世後半年，第一本短篇故事集《小姐們與哲學家們》（*Flappers and Philosophers*, Sept. 1920）也出版了！有趣的是，這成了他往後作品的出版模式——第二本小說《美麗與毀滅》（*The Beautiful and Damned*）於一九二二年出版，故事集《爵士時代的故事》（*The Tales of the Jazz Age*）也在同一年付印。《大亨小傳》問世隔年，故事集《所有憂傷的年輕人》（*All the Sad Young Men*, 1926）也亮相了。《夜未央》（*Tender Is the Night*）於一九三四與讀者見面，故事集《號角》（Taps at Reveille）也緊跟著於一九三五年現身。

此次收錄在好讀出版《費茲傑羅短篇小說選集》的十一個故事，大約橫跨了費茲傑羅寫作生涯二十年（一九二〇、一九二二、一九二四、一九二八、一九四二），意即從他出版第一本作品到他揮別生命舞臺爲止。其中，〈四拳教訓〉（*The Four Fists*）與〈戴勒林普做錯了〉（*Dalyrimple Goes Wrong*）原被收錄在《小姐們與哲學家們》中，而〈班傑明的奇幻旅程〉（*The Curious Case of Benjamin Button*）及〈駱駝的背脊〉（*The Camel's Back*）則被收錄在《爵士時代的故事》。另外七個故事，也曾被刊登於不同的報章雜誌上，如《星期六晚郵》（*The Saturday Evening Post*）週刊、《芝加哥論壇報》（*Chicago Tribune*），和《君子》（*Esquire*）雜誌等等。因此從某個層面上來說，這本集子提供了讀者欣賞他不同階段寫作技巧的另一個管道。

講到費茲傑羅的寫作技巧，或許有讀者會問：「短篇故事除了比小說的篇幅短之外，究竟與小說有何不同？不都是用文字說故事嗎？」還有，「比較短是不是較容易寫？」的確，兩種文體都著重於敘述人事物，但創造出的閱讀經驗不一樣。小說因篇幅較長，作者有更大空間描繪人物性格，著眼情境細節，埋下伏筆，創造驚奇，甚或穿插支線故事，佈局新情節，從而使人緊追故事發展，欲罷不能。相較之下，在有限篇幅裡，要介紹人物及交代事件始末，並把故事講得精彩絕倫、引人入勝，以博讀者會心一笑，又或使人產生新的領悟而覺得回味無窮，並非簡易之事。因此，篇幅短並不意謂比較好寫。從費茲傑羅能同時出版小說與短篇故事集來看，便知他能根據寫作目的收放自如地駕馭文字，編織出一篇篇時而充滿趣味，時而令人深思，抑或帶有出人意料轉折的故事！

美國著名短篇故事作家與文學評論家愛倫坡（Edgar Allen Poe，一八〇九～一八四九）曾主張——「一篇好的短篇故事，必須短到讀者可以一口氣讀完；並且，故事裡的每個元素需聯結貫穿，形成一個整體，以達到作者預設的效果。」就欣賞收錄在這本集子裡的十一篇故事經驗來講，我個人覺得，費茲傑羅的短篇故事符合愛倫坡所提出的論點。雖然不一定喜歡每個故事的結局，但讀這些故事時，總有某種情感或思緒被觸發，進而產生悸動與聯想。所以，不難想像費茲傑羅這些刊登在雜誌上的故事會受到當時讀者的青睞。話雖如此，費茲傑羅本身較喜歡寫小說，也認爲小說更具藝術性，因在寫小說時，他較能用自己想寫的方式來創作。畢竟寫短篇故事時，爲了賺錢，他必須滿足市場需求，並得常常在很短時間內就完成一篇故事。像是收錄在本集子裡的〈駱駝的背脊〉，根據費茲傑羅的說法，他在一天內就寫完，交稿了。難怪有評論家認爲他寫的短篇故事良莠不齊，也有評論家說他的故事都「太聰明了」，暗示他矯情地討好讀者。講到這裡，我想請讀者細讀收錄在這本集子裡的十一篇故事，由您來判斷是否同意費茲傑羅及這些評論家的看法。

## 爲了謀生而寫短篇故事，仍深具可讀性

雖說費茲傑羅認爲短篇故事藝術性稍低，報章雜誌卻喜歡刊登他的作品，也樂於支付豐厚稿酬。據說在他創作巔峰時期，一篇故事可以得到四千美金稿費；難怪他能靠寫短篇故事爲生。之後，他因酗酒問題及家庭因素（妻子因精神分裂症住院）而影響創作，致使其聲譽下滑。一九三五年後，只剩《君子》雜誌仍刊登他的短篇故事；這個時期，他寫一篇故事所收到的稿費，約莫降到他巔峰時期的十分之一左右；儘管如此，他仍堅持不懈地寫作。有評論家認爲，他這麼做是因爲怕

自己被遺忘，而成文壇的過眼雲煙。或許這是事實，但他選擇以永不放棄的態度來面對困境，且在失去知名度後依然熱情不減地持續創作，這點是很令人讚賞的。講到這兒，不知大家是否覺得費茲傑羅的人生和他筆下的作品，一樣精彩呢？

熟悉費茲傑羅作品的讀者大都知道，他的作品傾向寫實主義，也常在其中融入自己的生活經驗，因此很多分析及批判他作品的評論家，都會先從其傳記著手。不過，即便沒讀過費茲傑羅的傳記，閱讀他的作品也可了解他在不同時期對生命的領悟。底下試以收錄在本集子裡的幾篇故事來談——發生在〈初生之犢——貝索〉（*Basil: the Freshest Boy*）這篇故事主角身上的幾個重要事件，也曾發生在少年費茲傑羅身上，至於是哪些事得真正讀讀故事才知道。在〈赦免〉（*Absolution*）這篇故事，那位幻想自己親生父母比現實中的雙親更優秀的少年，亦帶有少年費茲傑羅的影子。而〈柏妮絲剪頭髮〉（*Bernice Bobs her Hair*）這篇故事，那位喜歡參加社交活動、交際手腕一流、受眾多男士矚目、對衣著有獨特見解，且談吐吸引人的神祕聰明美麗女孩，正是費茲傑羅出身自南方望族之妻子婚前的寫照。〈葛蕾琴一覺醒來〉（*Gretchen's Forty Winks*）與〈幸福的殘垣〉（*The Lees of Happiness*）這兩篇故事，則反映費茲傑羅婚後生活的甘甜與苦澀，他得在工作（找時間寫作）和娛樂（抽空陪妻子參加社交活動）中取得平衡，努力賺錢以滿足妻子享受奢華生活的掙扎。至於集子裡的其他故事，也多多少少反映了他的生命經歷與領悟，在此就不贅述，留給讀者空間去挖掘。

## 本書十一則故事，皆幽默諷刺引人省思

接下來，想與讀者分享我個人閱讀這十一篇故事的心得，希望收拋磚引玉之效。但爲了不破壞大家閱讀的興致，將不透露故事情節，只專注在所觀察到的現象與領悟。當然，讀者諸君不一定要認同我的觀點，畢竟閱讀是一種很主觀的心靈（作者）與心靈（讀者）對話旅程。〈葛蕾琴一覺醒來〉、〈肩膀與腦袋〉與〈戴勒林普做錯了〉這三個故事，走的是黑色幽默與反諷路線，它們的共同特色是挑戰人們自以爲是的立場與觀念，讀完使人莞爾一笑，同時也對人性有更深刻的領悟；它們讓我們見識費茲傑羅如何以幽默眼光來看待生活壓力的功力。〈初生之犢——貝索〉、〈柏妮絲剪頭髮〉和〈四拳教訓〉這三篇故事，刻畫了一個人成長路上遇到的挑戰與考驗，主要著眼在自我形象與人際關係的建立上，以及面對困境時的態度。閱讀這幾個故事，能幫助我們思考——若想被喜愛與接納，或希望化敵爲友，我們該用什麼心態和態度面對環境出給我們的難題？在此，我們看到費茲傑羅化身爲人生導師與讀者互動。

本書其餘五個故事，因各有特點，我就逐一分享對它們的看法。首先，〈等飛機的三小時〉挑戰了我們對記憶或印象的執著——經過多年後，我們還可以自信滿滿地說仍清楚記得當時人事物，而且絕不會有錯嗎？一旦發現回憶與現況不符，我們會選擇持守既定印象，還是願意重新認識並創造新的回憶？〈幸福的殘垣〉則探討婚姻的甜美與痛苦、愛與犧牲，以及友情的溫暖；這故事引我

們思考——當生命中美好的人事物突然被奪走時，我們該用什麼態度來面對人生？〈駱駝的背脊〉則使我想起莎士比亞的《馴悍記》（*The Taming of the Shrew*），儘管情節大不相同，但藉由機智與借助他人之力得到想要的結果卻無二致，這裡再次見識到費茲傑羅的幽默感。〈班傑明的奇幻旅程〉這個故事很特別，費茲傑羅一改寫實風格，嘗試走奇異幻想路線，儘管情節顛覆了我們所認知的生命運作模式，卻俏皮揭露人們緊抓固有觀念的執著，而造成的不必要誤會與陰影。〈赦免〉探討人性軟弱的一面，當我們意識到自己的弱點或不該有的慾望時，會採取什麼樣的行動——想辦法遮掩？選擇逃避？指責他人？或者，試著去改變？

## 參考書目

Fitzgerald, F. Scott. *Flappers and Philosophers*. New York: Charles Scribner's Sons, 1920.

*Tales of the Jazz Age*. New York: Charles Scribner's Sons, 1922.

*All the Sad Young Men*. New York: Charles Scribner's Sons, 1926.

*Taps at Reveille*. New York: Charles Scribner's Sons, 1935.

*"Three Hours Between Planes."* Esquire, July 1941.

Hook, Andrew. *F. Scott Fitzgerald: A Literary Life*. New York: Palgrave, 2002.

Inge, M. Thomas, ed. *F. Scott Fitzgerald: the Critical Reception*. New York: Burt Franklin, 1978.

Werlock, Abby H and James P. Werlock, eds. *Companion to the American Short Story*. 2nd ed. New York: Facts on File, 2010.

# 目次


腦袋與肩膀 012

班傑明的奇幻旅程 054

等飛機的三小時 088

幸福的殘垣 097

赦免 128

葛蕾琴一覺醒來 150

戴勒林普做錯了 178

柏妮絲剪頭髮 204

初生之犢——貝索 240

四拳教訓 271
駱駝的背脊 293

# 腦袋與肩膀

## I

一九一五年，霍瑞斯・塔博克斯十三歲。他在那一年參加普林斯頓大學的入學甄試，包括凱撒、西塞羅、威吉爾、色諾芬、荷馬[1]、代數、平面幾何、立體幾何與化學在內的許多試題，都得到了評分A的優秀成績。

兩年後，當喬治・柯漢[2]正在創作〈去那裡〉這首歌時，霍瑞斯已在大二班級裡領先同學一大段距離，致力鑽研「三段論證[3]是無效的學術方法」這項命題。而蒂耶里堡戰役[4]進行期間，他則坐在書桌前決定是否要等到滿十七歲，再開始寫一系列有關「新實在論者傾向的實用觀點」論文。

不久後，某個送報生告訴他戰爭結束了，他很高興，因爲這意味著皮特兄弟出版公司將推出新版的史賓諾沙《知性改進論》[5]。戰爭，從某些角度來看倒也還好，它會讓年輕人變得堅定自信之類的。只是，霍瑞斯一直無法諒解誤傳停戰的那晚，校長允許銅管樂隊在他窗口下慶祝演奏，導致他論文漏寫了三句有關「德國觀念論」的重要見解。

第二年，他到耶魯大學攻讀文學碩士學位。

他當時十七歲，身材高瘦，陰鬱的雙眼有近視，一副寡言少語又出世的漠然神態。

「我從不覺得在跟他說話，」迪林格教授向一位要好同事抱怨。「他讓我覺得在跟他的替身說話，我總認爲他接下來會說：『好吧，我找我本尊問個清楚。』」

---

1凱撒（Caeser），古羅馬皇帝。西塞羅（Cicero），古羅馬哲學家。威吉爾（Vergil），古羅馬詩人。色諾芬（Xenophon），古希臘歷史學家。荷馬（Homer），古希臘詩人。

2喬治・柯漢（George M. Cohan, 1878～1942）：美國劇作家，出生於從事歌舞雜耍表演的家庭，常為表演編寫短劇與歌曲。

3三段論證（Syllogism）：又稱三段論、三段論法，源自古希臘哲學家亞里斯多德（Aristotle）創建的推理方法，由大前題、小前題推理出結論。例如，大前題：人皆會死；小前題：霍瑞斯是人；結論：霍瑞斯會死。

4一九一八年七月十八日，第一次世界大戰近尾聲時，發生在法國北部城鎮蒂耶里堡（Chateau Thierry）的一場戰役，德軍發動最後猛撲，與美國遠征軍首次交鋒。

5史賓諾沙（Spinoza, 1632～1677）：十七世紀荷蘭理性主義哲學家。此書原文是《Improvement of the Understanding》，出版於一六七七年。

然後，之於霍瑞斯・塔博克斯的一派漠然，人生也毫不在乎地待他如尋常販夫走卒，朝他伸出手去，抓起來，摸一摸，扯一扯，他彷若一塊被攤在週六下午特賣會櫃檯上的愛爾蘭蕾絲布。

爲了趕上文學潮流，我應該聲稱這一切得從殖民時代說起——頑強的拓荒者來到康乃狄克州的一處不毛之地，他們面面相覷問道，「現在，我們要在這兒建造什麼？」其中最果斷的人回答：「我們來建造一座市鎮，讓劇院經理能在這裡試演音樂喜劇！」許多年過後，他們在這兒建立了耶魯大學，試演了音樂喜劇，這些故事人盡皆知。總而言之，十二月的某天，歌舞劇《回家吧》在舒伯特劇院開演，所有學生無不爲瑪希雅・梅鐸喝采，她在第一幕唱了一首描述「魯莽老頑固」的歌曲，舞蹈最後還做了招牌的抖肩動作。

瑪希雅十九歲。沒有足以展翅高飛的才華，況且觀眾也都認爲那不重要。她天生擁有一頭金髮，皮膚白皙到大白天不必化妝就能上街。除此之外，她和大多數女人沒有兩樣。

查理・莫恩答應給她一大堆高級香菸，只要她願意登門造訪我們出眾的天才霍瑞斯・塔博克斯。查理在英國雪菲爾大學唸大四，和霍瑞斯是親戚，他們喜歡彼此，也同情彼此。

霍瑞斯那天晚上特別沒空，心頭不斷縈繞著「法國人羅耶無法體會新實用論者的重要性」這件事。實際上，人在書房的他對那陣低沉、清晰的叩門聲，反倒思索起「叩門聲若沒被聽見，是否還算眞實存在」這件事。他認爲自己愈來愈傾向實用主義。不過在那一刻，他尚且不知，自己正全速朝截然不同的方向前進。

叩門聲響起——（停頓三秒鐘）——叩門聲響起。

「進來。」霍瑞斯不自覺地嘀咕著。

門被打開然後關上。坐在爐火前一張大沙發椅的他，仍低頭繼續看書，頭都沒抬起來瞧一眼。

「放在另一個房間的床上。」他心不在焉地說。

「什麼東西放在另一個房間床上？」

瑪希雅・梅鐸還是唱歌爲好，她說起話來聲音刮人。

「洗好的衣服。」

「我沒辦法。」

霍瑞斯不耐煩地在椅子上挪動一下身子。「爲什麼你沒辦法？」

「爲什麼？因爲我沒拿啊。」

「嗯！」他生氣地回道，「那我想你該回去拿。」

爐火對面另有一張安樂椅。晚上這個時候，霍瑞斯通常習慣到那張椅子上做運動當消遣。現在坐的這張椅子他稱之爲柏克萊，那張則是休謨[6]。他突然聽到一陣模糊的沙沙聲響坐到休謨上。他

6喬治・柏克萊（George Berkeley, 1685~1753）：十七、十八世紀愛爾蘭哲學家。大衛・休謨（David Hume, 1711~1776），十八世紀蘇格蘭哲學家。兩人均為英國近代經驗主義哲學代表人物。

抬頭瞥了一眼。

「喲，」瑪希雅以她在《噢，原來公爵喜歡我跳的舞！》第二幕裡的甜美笑容，說道，「喲，奧瑪．海亞姆[7]，我就這樣在你身旁自顧自地唱起歌來。」

霍瑞斯茫然地盯著她看。在那瞬間，他懷疑她只是自己幻想出來的存在——女人不會進到男人房間，坐到他的休謨上。女人會送來洗好的衣服，會在電車上坐進你讓給她的位子，然後在你成熟到懂得家庭羈絆的眞諦後嫁給你。

這女人在休謨上變得非常具體。一襲褐色薄紗衣裳如泡沫般精緻的幻影，從休謨的皮扶手冒了出來！如果他盯得夠久，就會穿透她，看見休謨，然後重回在房間獨處的現實。他在眼前揮一揮拳頭——眞的又得去做點單槓運動了。

「天哪，別那麼嚴肅！」那團幻影快活地抗議，「我覺得你似乎想我離開你專屬的劇場。那麼，除了你眼中殘存的身影，我會走得不留痕跡。」

霍瑞斯咳了一聲。咳嗽是他僅有的兩種姿態之一，畢竟他說話時你完全感覺不到他的存在，就像聽留聲機播放一位已經過世很久的歌手唱片那樣。

「你要幹嘛？」他問。

「我要那些信。」瑪希雅戲劇化地嘀咕著，「你在一八八一年，從我祖父手上買走的那些信。」

霍瑞斯想了想。

「我手上沒有你的信，」他平靜地說，「我只有十七歲。我父親一八七九年三月三日才出生。你顯然把我跟別人搞混了。」

「你只有十七歲？」瑪希雅懷疑地複述著。

「只有十七歲。」

「我認識一個女孩，」瑪希雅想到，「她十六歲時上演了一齣鬧劇。她很自戀，絕不說自己『十六歲』，除非前面加上『只有』。我們就開始稱她『只有潔西』。她自始至終都沒變，而且愈來愈糟。奧瑪，講『只有』這字眼是個不好的習慣，它聽起來——像在辯解。」

「我的名字不是奧瑪。」

「我知道，」瑪希雅點頭同意，「你的名字是霍瑞斯。我叫你奧瑪，是因為你讓我想到一根點著的香菸。」

「我也沒有你的信。我不相信自己曾見過你的祖父。事實上，我認為你根本不可能一八八一年就已經出生。」

7 奧瑪・海亞姆（Omar Khayyam, 1048～1131）：十、十一世紀的阿拉伯數學家、天文學家、哲學家兼詩人。此外，奧瑪也是二十世紀初美國菸商推出的一個土耳其品牌香菸，宣傳海報以海亞姆的詩句做廣告詞。

瑪希雅驚訝地瞪著他。「我——一八八一年？那當然，怎麼不可能！《芙蘿多拉》[8]的六重唱都還沒出道，我就已經是二線歌舞女郎。我還是索爾・史密斯的茱麗葉夫人[9]第一任保母呢。喂，奧瑪，我一八一二年戰爭期間就在小餐館裡當歌手了。」

霍瑞斯的腦袋突然成功跳脫，他露齒微笑。「是查理・莫恩叫你這麼做的？」

瑪希雅費解地注視著他。「查理・莫恩是誰？」

「小個子——大鼻孔——招風耳。」

她挺了挺身子，輕哼一聲。「我沒那習慣去注意朋友的鼻孔。」

「所以是查理囉？」

瑪希雅咬著嘴唇，然後打起呵欠。「噢，奧瑪，我們換個話題吧，不然我很快就會在這椅子上睡著。」

「是啊，」霍瑞斯一本正經地回答，「休謨是很有催眠效果——」

「那是誰？你朋友？他會死嗎？」

又瘦又高的霍瑞斯・塔博克斯突然站起身，把手放進口袋，開始踱步。這是他第二種姿態。

「我不喜歡這樣，」他彷彿在對自己說話，「一點也不喜歡。不是說我介意你在這兒，我並不介意。你是相當漂亮的小傢伙，我不喜歡的是查理・莫恩派你過來。我彷彿是研究室裡的實驗對象，隨便一個清潔工或化學家都可以在我身上做實驗？我智商高有這麼可笑嗎？？我看起來像漫畫雜誌上的波士頓小男孩嗎？莫恩那個乳臭未乾的白癡，不過在巴黎待一個禮拜就老愛拿出來說嘴，他有什麼權利——」

「別，」瑪希雅立刻打斷他的話，「你這可愛的男孩，過來親我一下。」

霍瑞斯立刻停下腳步，站在她面前。

「你爲什麼要我親你？」他專注地問，「你就這樣到處對人示好？」

「噢，是啊，」瑪希雅平靜地承認，「人生就是這麼回事，就是到處對人示好。」

「啊，」霍瑞斯斷然地說，「我必須說，你的觀念錯得離譜！人生再怎麼樣也不只如此。我不要親你，那會變成一種習慣，然後就擺脫不了這習慣。像今年，我就已經養成賴床賴到七點半的習慣——」

瑪希雅若有所悟地點點頭。

---

8《芙蘿多拉》（Florodora）：一齣音樂喜劇，一八九九年在倫敦首演，隔年在紐約搬上舞臺，共演出五百多場，成為二十世紀百老匯最成功的音樂劇之一，其中最著名的是雙六重唱（六男六女）以及歌舞團的演唱。

9伊莉莎白・史密斯（Elizabeth Smith, 1812?～1887）：美國劇作家索爾・史密斯（Sol Smith）的妻子，經常在丈夫的戲劇中扮演女主角，被稱為索爾・史密斯的茱麗葉夫人。

「你到底過得開不開心？」她問。
「你說開心是指什麼？」
「聽好，」瑪希雅認真說，「我喜歡你，奧瑪，但我希望你知道自己在說什麼。你聽起來好像有很多話在嘴裡打轉，但每次說沒幾個字就辭不達意。我是問你到底過得開不開心。」
霍瑞斯搖頭。
「或許以後吧。」他回答。「你知道，我是一個計畫，我是一項實驗。我不會說從來不厭煩，我是會厭煩的——然而，噢，我沒辦法解釋！但你和查理・莫恩覺得開心的事，未必會讓我開心。」
「請解釋。」
霍瑞斯盯著她看，正要開口卻又改變主意，重新踱起步來，無法下定決心說還是不說，便看向朝他露出笑容的瑪希雅。
「請解釋。」
霍瑞斯轉過身去。「如果我講出來，你能保證告訴查理・莫恩說我沒上鉤？」
「啊——哈。」
「很好，那麼，這是我的過去——我是一個喜歡問『爲什麼』的孩子。我想了解事物是怎麼運作的。我父親是普林斯頓大學一位年輕的經濟學教授，他教育我的方式就是盡其所能回答我每個問題。而我給他的反應讓他想帶我去做資優測驗。慘的是我聽力有問題，從九歲到十二歲動了七次手術。這當然讓我跟其他男孩格格不入而變得早熟。總之，當同年齡小孩忙著聽雷莫斯叔叔[10]的故事時，我已經沉浸在卡圖魯斯[11]的拉丁文詩作裡。

「十三歲時，在沒得選的情況下，我通過了大學入學甄試。我的朋友主要都是些教授；當然，知道自己智商高，我也很得意。不過儘管天賦異稟，我在其他方面可尋常得很。十六歲時，我已厭倦當怪胎，而且確定有人該為這很糟的錯誤負責。然而已經走到這地步，我終究還是決定拿個文學碩士的學位。我生活中主要的興趣是研究現代哲學。我是阿頓．羅耶學派的實用論者，屬於柏格森修正派[12]。然後，再不到兩個月我就滿十八歲了。就這樣。」

「喲！」瑪希雅驚呼，「這就夠了！這段話說得很俐落。」

「滿意了吧？」

10雷莫斯叔叔（Uncle Remus）是一位虛構的非裔老人，其創造者是喬爾．錢德勒．哈里斯（Joel Chandler Harris, 1848～1908），他藉此角色講述了一系列民間故事。哈里斯長期擔任報社副主編，曾寫下不少有關美國南方的短篇故事。

11卡圖盧斯（Catullus），古羅馬詩人。

12亨利．柏格森（Henri Bergson, 1859～1941）：法國哲學家，其《創造進化論》（The Creative Evolution）一書風行於二十世紀初期，更為他贏得一九二七年的諾貝爾文學獎。

「沒有，你還沒親我。」

「這不在我的計畫中，」霍瑞斯反對，「你要知道，我不會假裝自己超越了肉體層次。它們有其定位，只是——」

「噢，別這麼死腦筋！」

「我沒辦法。」

「我恨死那些按部就班的人！」

「我向你保證，我——」霍瑞斯又要開始說。

「噢，閉嘴！」

「我的理性——」

「我壓根沒提到你的國籍[13]。你是美國人，是吧？」

「對的。」

「嗯，不過那對我來說不成問題。我有個想法，想看你做些不在你深奧計畫裡的事。我想看看，你這自稱巴西修正派[14]的傢伙，能不能有點人性。」

霍瑞斯又搖頭。「我不會親你。」

「我的人生毀了，」瑪希雅悲嘆地嘀咕，「我是個被打敗的女人。我這輩子都得不到巴西修正派的親吻。」她嘆了口氣。「不管怎樣，奧瑪，你會來看我表演吧？」

「什麼表演？」

「我是《回家吧》這齣戲裡的淘氣女演員！」

「輕歌劇？」

「是的——勉強算是。劇中有個角色是巴西農場主人，也許你會有興趣。」

「我看過一次《波西米亞少女》[15]，」霍瑞斯回應，「某種程度上——我喜歡那齣歌劇。」

「那你會來？」

「嗯，我要——我要——」

「噢，我知道——你這週末得趕去巴西。」

「不是，我很高興要——」

瑪希雅拍拍手。「太好了！我會寄給你一張票——星期四晚上？」

---

13 瑪希雅將理性（rationality），誤聽成國籍（nationality）。

14 瑪希雅將柏格森修正派（Bergsonian trimmings），誤解為巴西修正派（Brazilian trimmings），兩個字發音相近。

15《波西米亞少女》（The Bohemian Girl）：愛爾蘭音樂家麥可・威廉・巴爾夫（Michael William Balfe, 1808~1870）創作於一八四三年的輕歌劇。

「唔，我——」

「很好！那就星期四晚上。」

她起身走向他，兩手搭在他肩上。「我喜歡你，奧瑪，很抱歉試圖捉弄你。我認爲你有點呆板，但你是個正派的男孩。」

他嘲諷地看著她。「我可是比你老練了幾千個世代。」

「你還眞是老當益壯。」

他們正經地握了握手。

「我的名字是瑪希雅·梅鐸，」她強調，「記得這名字——瑪希雅·梅鐸。我不會告訴查理·莫恩說我成功了。」

當她三步併兩步飛快走到最後一段樓梯時，聽見一個聲音在樓上欄杆旁喊道：「嘿，喂——」

她停下腳步，身體稍微探出往上看。

「嘿，喂！」那天才又喊，「聽到我說話嗎？」

「聽到了，奧瑪。」

「希望我沒給你那種『認爲親吻從本質來看是不理性的』印象。」

「印象？噢，你甚至沒親我！別煩惱了——再見。」

周圍兩扇門好奇地打開了，有人聽到女生的聲音。短暫的咳嗽聲從上方傳來。瑪希雅提起裙罷，大剌剌地走下最後那段樓梯，而後隱沒在外面康乃狄克州漆黑的夜空下。

樓上的霍瑞斯在書房來回踱步。他不時朝柏克萊瞄一眼，只見暗紅色文雅的它中規中矩地在那兒，有本攤開的書耐人尋味地躺在椅墊上。然後他發現自己繞的圈子愈來愈靠近休謨，它變得不太一樣了，有股妙不可言的奇特感。那看不見的形體似乎仍在附近徘徊，霍瑞斯若坐上去，會感覺好像坐在一位女士的膝蓋上。儘管說不出究竟哪裡不同，但的確有，而且讓習於抽象思考的霍瑞斯難以捉摸。兩百年來一直在人類思想史佔有一席之地的休謨，此刻正散發著前所未有的影響力。

休謨散發的是玫瑰精油香味。

## 2

星期四晚上，霍瑞斯．塔博克斯坐在第五排一個靠走道的座位，目睹《回家吧》的演出。說也奇怪，他覺得自己滿開心的。他對漢默斯坦風格[16]的老笑哏頻頻發笑，惹得周圍一些憤青學生十分

16 奧斯卡．漢默斯坦（Oscar Hammerstein, 1895～1960）：美國知名音樂劇導演、劇作家兼作詞人，曾獲八座東尼獎、兩座奧斯卡獎。他小費茲傑羅一歲，巧的是，費茲傑羅於就讀普林斯頓大學期間，亦曾投注大量時間為音樂劇的歌曲譜詞。

惱怒。不過霍瑞斯滿心期待瑪希雅・梅鐸上臺，唱那首關於「魯莽老頑固」的爵士歌曲。當她現身時，渾身容光煥發，頭上帽子插滿花朵，帽簷低垂，他頓時感到身子發熱，演唱結束後並未參與如雷的掌聲——他覺得自己有些僵住了。

第二幕結束後的休息時間，一名帶位員出現，問他是不是塔博克斯先生，然後遞出一張便條，上面寫著少女直率的一段話。霍瑞斯有點困惑地讀著，而逗留在走道上的帶位員則耐心漸失。

親愛的奧瑪：

表演結束後，我通常會覺得很餓。如果你願意請我到塔夫特燒烤店用餐，只須將答覆告訴那位高個子帶位員，請他捎來訊息。

你的朋友　瑪希雅・梅鐸

「告訴她——」他咳了一下，「告訴她沒有問題。我會在劇院前跟她碰面。」

高個子帶位員傲慢地笑著。

「我認爲，她的意思是要你繞去舞臺後門。」

「哪裡——在哪裡？」

「外面。左轉。進巷子。」

「什麼？」

「到外面。往左轉！走進巷子！」

那傲慢的傢伙轉身離開。霍瑞斯背後的一名新生在竊笑。

一個半小時後，在塔夫特燒烤店裡，眼前坐著那天生的一頭金髮，天才突兀地說著一件事。

「你一定得在舞蹈最後做那個動作嗎？」他認眞地問，「我的意思是，如果你不照著做，他們會開除你嗎？」

瑪希雅咧嘴笑了。「那動作很有趣。我喜歡這麼做。」

然後霍瑞斯冒失地脫口而出。「我以爲你會討厭，」他說得很直接，「我後面的人都在評論你的胸部。」

瑪希雅臉紅得像著火似的，立刻說道：「我不得不這麼做。這舞蹈對我來說只是一種拿手絕活。老天，那很難做耶，我每晚都得在肩膀抹藥揉一個小時。」

「在舞臺上時，你覺得——開心嗎？」

「嗯啊——當然！我習慣被人盯著看，奧瑪，而且我喜歡這樣。」

「哼！」霍瑞斯陷入陰鬱的沉思。

「巴西修正派怎麼啦？」

「哼！」霍瑞斯又發出一聲，停頓之後，開口道：「這戲接下來要到哪裡上演？」

「紐約。」
「演多久？」
「看情形。到冬天吧——也許。」
「噢！」
「抬頭看著我，奧瑪，還是你對我不感興趣？這裡不像在你房間那麼自在？要是我們在那兒就好了。」
「我覺得自己在這地方像個傻瓜。」霍瑞斯承認，他心神不寧地看了看四周。
「眞可惜！我們相處得還不錯。」
這時他突然看起來很鬱悶，她改變了聲調，伸手過去輕拍他的手。「以前有沒有陪女演員出去用餐過？」
「沒有，」霍瑞斯難受地說，「以後再也不會。我不知道今晚自己爲什麼要來。坐在這些燈光下，大家有說有笑，我覺得完全脫離了自己的地盤，我不知道要跟你談些什麼。」
「我們可以談有關我的事。上次我們談的是你。」
「很好。」
「那麼，我眞的姓梅鐸，但名字不是瑪希雅，而是維若妮卡。我十九歲。問題：『這女孩怎麼躍上舞臺的？』答案：『她出生在紐澤西州巴賽克郡，一年前開始，她得靠自己討生活，於是到翠登[17]的馬塞爾茶館，推銷納貝斯克牌餅乾。她開始跟一個叫羅賓斯的傢伙搭檔，他是特倫屋餐廳的駐唱歌手，有天晚上說服她試著登臺唱一首歌，並為他伴舞。』那個月內，我們讓餐廳每晚座無虛席。然後，我們帶著一大疊介紹信前往紐約。

「不到兩天，我們找到迪維樂斯劇場的一份工作，然後我在皇家舞廳跟一位年輕人學會狐步舞。我們在迪維樂斯劇場待了六個月，直到有天晚上，專欄作家彼得・博伊斯・溫德爾到那兒吃法國吐司。隔天一早，他報紙專欄裡出現了一首〈令人讚嘆的瑪希雅〉詩作。兩天內，我就獲得三齣輕歌舞劇的邀約，還有一個午夜狂歡會的演出機會。我寫了封感謝信給溫德爾，他把它刊登在報紙上，說有卡萊爾[18]的文風，只是沒那麼文雅，還說我應該放棄歌舞去從事文學寫作。這讓我又獲得更多輕歌舞劇的邀約，以及一個定期表演中的法國少女角色——我接受了這角色，於是我在這兒，奧瑪。」

說完後，兩人沉默坐了一會兒，她用叉子在剩下的威爾斯乾酪上弄出一道道壓痕，等他開口說話。

「我們離開這裡吧。」他突然說。

17 翠登（Trenton）：紐澤西州首府。

18 湯瑪士・卡萊爾（Thomas Carlyle, 1795～1881）：英國散文作家兼歷史學家。

瑪希雅的眼神僵住了。「這是什麼意思？我讓你覺得反感？」

「不是，但我不喜歡這環境。我不想跟你坐在這兒。」

瑪希雅沒再作聲，她向服務生示意。

「帳單多少？」她問得乾脆，「我的這份——威爾斯乾酪和薑汁汽水。」

霍瑞斯茫然看著服務生計算帳單。

「聽我說，」他開口，「我打算連你的帳單一起付。你是我的客人。」

瑪希雅輕嘆一聲，從桌邊站起身走出餐廳。霍瑞斯顯得神色慌張，擱下一張鈔票後跟了出去，走上樓梯來到大廳。他在電梯前趕上她，兩人面朝著彼此。

「聽我說，」他重複，「你是我的客人。我說了什麼話冒犯你了？」

一陣驚訝後，瑪希雅的眼神軟化了。

「你這粗線條的傢伙！」她緩緩說出，「你不知道自己很沒禮貌？」

「我盡力了。」霍瑞斯率直的話語讓她怒氣全消，「你知道我喜歡你。」

「你說你不想跟我待在一起。」

「我不喜歡這環境。」

「有什麼不好？」

他一片陰鬱的眼神突然迸出火花。「我就是不喜歡。我已經養成習慣去喜歡你，這兩天來已經很少想到別的事。」

「好吧，如果你——」

「等一下，」他打斷，「我有事要說。那就是——我不到六個星期就滿十八歲了。等我滿十八歲就去紐約看你。紐約有什麼地方可以讓我們去，而且屋子裡沒有很多人？」

「當然有！」瑪希雅露出笑容，「你可以來我公寓。如果願意的話可以睡沙發。」

「我不能睡你沙發，」他立刻說，「但我想跟你說話。」

「噢，沒問題，」瑪希雅重申，「在我的公寓。」

霍瑞斯很興奮，把手插進了口袋。「那好——這樣我就可以單獨見你。我想跟你說話，就像在我房間那樣。」

「你這寶貝，」瑪希雅笑著喊道，「你該不是想親我吧？」

「是的，」霍瑞斯差不多是大叫出來，「如果你想的話，我會親你。」

電梯員用責備眼光看著他們。瑪希雅側身移向了電梯門。

「我會寄明信片給你。」她說。

霍瑞斯眼神顯得相當期待。「寄明信片給我！我在一月一日以後隨時可以過去。那時我就滿十八歲了。」

她走進電梯時，他莫名地咳了一聲，像在回應著這召喚，又隱約感到懷疑，然後迅速走了開去。

## 3

他又在那兒。她瞥了騷動的曼哈頓觀眾第一眼，就看見他——坐在舞臺下方第一排，身體略往前傾，陰鬱的眼睛盯著她看。而且她知道，在他眼裡只有他倆，即便舞臺上有一整排濃妝豔抹的芭蕾舞者，再配上響亮弦樂的哀鳴繁奏，仍不過是維納斯大理石像上細不可見的粉末。她直覺地抗拒著。

「傻孩子！」她匆匆對自己說。她沒唱安可曲。

「一星期才賺一百，他們還想期待些什麼——要我搔首弄姿個不停？」她在翼幕後面發起了牢騷。

「有什麼問題，瑪希雅？」

「前排有個我不喜歡的傢伙。」

最後一幕進行中，她等待上場表演拿手絕活時，突然感到怯場。她從沒寄出答應過霍瑞斯的明信片。昨晚她假裝沒看見他，跳完舞後馬上離開劇院趕回公寓，度過難以成眠的一夜——這個月來她經常這樣，想起他那聚精會神的蒼白臉孔，孩子氣的瘦高身影，不帶感情、脫離世俗的超然神態，這些都令她著迷不已。

現在他出現了，她感到有些歉疚，好像有份不尋常的責任加諸她身上。

「天才兒童！」她脫口而出。

「什麼？」站在一旁的黑人丑角問道。

「沒事——只是在說我自己。」

上舞臺後覺得好些了。這是她的招牌舞蹈。她從不覺得自己的動作有太多暗示，畢竟哪個漂亮女孩不會引起男人的遐想。這是她的噱頭。

上城，下城，湯匙上的果凍，
太陽下山，隨著月光抖動。

這會兒他沒在看她。她瞧得一清二楚。他故意瞪視著佈景上的一座城堡，面上表情像在塔夫特燒烤店那樣。她為之惱怒——他這是在批評她。

如此搖擺，狂喜戰慄我心，
有趣的是我滿懷熱情

上城，下城——

克制不住的強烈反感襲向心頭。她突然在意起臺下觀眾，自從登臺以來未曾這樣。前排有張無趣臉孔是不是在拋媚眼，有個年輕女孩是不是嘴角下垂露出嫌惡表情？這是她的肩（搖擺抖動著）——是她的肩嗎？是發自內的抖動嗎？肩膀當然不適合做這種動作！

匆匆一瞥於是你將領悟
需要有人帶我脫離狂舞
天荒地老我將——

低音管和兩把大提琴發出最終的響亮合奏。她停止表演，擺定姿勢，此刻腳趾肌肉繃緊，青春臉孔看來呆滯（事後被一個女孩稱作「相當古怪、茫然的表情」），然後沒鞠躬致意便衝下了舞臺。她進入更衣室匆忙換裝，甩掉身上衣服再穿上另一件，接著跳上外面的一輛計程車。

她的公寓非常俗豔——小巧的房間擺了一排登臺演出的照片，幾部吉卜林和歐亨利的小說[19]（書是跟一位藍眼睛的經紀人買的，偶爾會拿來閱讀），搭配了幾張椅子（但坐起來都不舒服），有盞上頭畫了隻黑鳥的粉紅燈罩檯燈，至於其他東西則全是令人窒息的粉紅氛圍。但這裡仍有些好東西，它們互不搭襯地各據一方，全是一時失心瘋倉促下手的結果；最糟的代表是，有幅被裱上深色橡木框、從伊利鐵路眺望巴賽克的大型風景畫[20]，完全展露了急於把房間佈置得賞心悅目、奢侈與簡吝卻拿捏失當的企圖。瑪希雅知道這是個敗筆。

天才走進了房間，笨拙地抓住她的雙手。

「這次我跟蹤了你。」他說。

「噢！」

「我要你嫁給我。」他說。

她伸出雙臂抱住他，還帶著幾分激情親吻他的嘴。「得了！」

「我愛你。」他說。

她又吻了他，然後輕嘆一聲，一屁股坐進扶手椅斜躺著，荒唐地笑到全身顫抖。

---

19 約瑟夫・魯德亞德・吉卜林（Joseph Rudyard Kipling, 1865~1936）：出生於印度的英國作家與詩人，一九〇七年獲諾貝爾文學獎。

歐亨利（O. Henry, 1862~1910）：美國短篇小說家，故事多描寫中下層平民生活，結局經常出人意料，因而有「歐亨利式結尾」的說法。

20 伊利鐵路（Erie Railroad）：十九世紀，美國中西部通往紐約的主要鐵路之一。

巴賽克（Passaic）：位於紐澤西州巴賽克郡的一座城市。

「什麼話，你這天才兒童！」她喊道。

「很好，如果你想這麼稱呼我就隨便你。我告訴過你，我比你老練一萬年，而我的確是。」

她又笑了起來。「我可不喜歡被反駁。」

「不會再有人反駁你。」

「奧瑪，」她問，「你爲什麼想娶我？」

天才挺起身子，把手插進口袋。「因爲我愛你，瑪希雅．梅鐸。」

這時她不再叫他奧瑪。「親愛的小伙子，」她說，「你知道我有點喜歡你，你有某些我說不上來的地方，讓我每次在你身旁都覺得心揪在一起。但是寶貝——」她中斷了。

「但是什麼？」

「但是有好多事。但是你才正好十八歲，而我將近二十歲。」

「胡說！」他打斷話，「應該這麼看——到我十九歲那年，你還是十九歲，這樣我們年齡就很接近了——若不加上我提到的那一萬年的話。」

瑪希雅笑了。「但是還有更多的『但是』。你的家人——」

「我的家人！」天才大聲驚呼，「我的家人想把我變成怪物。」想到接下來要講的重話，他臉漲得好紅，「我的家人可以回頭認清事實，然後閉嘴！」

「我的天！」瑪希雅驚呼，「所有一切？都要放棄，我猜。」

「放棄——沒錯，」他激動地附和，「放棄每件事。我愈想到他們要我變成一個乾縮的小木乃伊，就愈——」

「什麼原因讓你覺得自己是那模樣？」瑪希雅輕聲問，「是我嗎？」

「對。自從遇見你之後，我在街上看到的每個人都令我嫉妒，因爲他們比我更早知道愛情是什麼。我居然一向稱它爲『性衝動』，天啊！」

「還有更多的『可是』。」瑪希雅說。

「還有什麼？」

「我們怎麼生活？」

「我會賺錢謀生。」

「你在上學。」

「你以爲我還在乎取得文學碩士的學位？」

「你想成爲我的主人[21]，是吧？」

「對！什麼？我的意思是，不對！」

21 文學碩士（Master of Arts），其中的「master」字面意義也指「主人」，瑪希雅因此套用地說：「我的主人」（master of me）。

瑪希雅笑著，立刻坐到他膝蓋上。他激動地摟住她，在脖子附近留下深深的吻痕。

「你身上有快樂的味道。」瑪希雅若有所思地說，「但這聽起來不是很合邏輯。」

「噢，別這麼死腦筋！」

「我沒辦法。」瑪希雅說。

「我恨死那些按部就班的人！」

「但是我們——」

「噢，閉嘴！」

然後，瑪希雅沒辦法再說話了，只有耳朵得閒。

## 4

霍瑞斯和瑪希雅在二月上旬結婚。消息傳到耶魯和普林斯頓的學術圈無不引起譁然——霍瑞斯．塔博克斯，十四歲就在大城市報紙的週日增刊上嶄露頭角，居然拋棄學術生涯，以及成爲美國哲學世界權威的機會，娶了一名歌舞女郎（他們稱瑪希雅爲歌舞女郎）。但就像所有當代的報導，這則新聞只維持了四天半的熱度。

他們住到哈林區的一間公寓。找了兩星期的工作，現實的殘酷讓霍瑞斯對學術知識的價值逐漸失去信念，他終於獲得南美出口公司辦事員的職位（有人告訴他出口是未來潮流）。瑪希雅打算再繼續演出幾個月，畢竟得等他站穩腳步——他的起薪是一百二十五元，儘管他們當然會說這只是前幾個月，以後薪水會加倍，瑪希雅還是不考慮放棄她當時一百五十元的週薪。

「我們可以稱自己爲腦袋與肩膀，親愛的，」她溫柔地說，「肩膀得繼續抖動一段時間，直到那老練的腦袋上了軌道。」

「我討厭這樣。」他幽幽地反對。

「但是，」她斷然回答，「你的薪水不夠付我們的房租。別以爲我想拋頭露面，我不想，我想專屬於你。不過等你回家同時，我大概會意識模糊坐在屋裡，數著壁紙上的向日葵。當你每月可以賺到三百元，我就辭去表演。」

雖然很傷他的自尊，霍瑞斯必須承認她的想法比較明智。

時序從三月進入到四月。五月的曼哈頓，公園和水邊有許多令人愉快的狂歡活動，人們都非常開心。霍瑞斯沒有任何嗜好（也從來沒有時間去培養），他要證明自己是最稱職的丈夫，而瑪希雅對他全神貫注的事完全沒概念，兩人很少互相留言或發生爭執。他們心思運作在不同領域。瑪希雅就像務實的總管，霍瑞斯要嘛就是活在自己古老的抽象觀念裡，或是帶著幾分得意的土氣去景仰愛慕他妻子。她令他感到驚訝連連——她的想法具有新鮮感和原創性，她的活力、頭腦清晰的幹勁，還有無窮的幽默。

瑪希雅在晚上九點演出時的那些同事，不管她的才藝有何轉變，讓他們印象深刻的是她對自己丈夫的智力感到相當自豪。霍瑞斯在他們眼裡只是一個非常消瘦、嘴巴緊閉、外表不太成熟的年輕人，每天晚上都來等著接她回家。

「霍瑞斯，」有天晚上他們照例在十一點鐘碰面時，瑪希雅說，「你站在街燈下看起來就像一個幽靈。你的體重變輕了？」

他含糊搖頭。「我不清楚。他們今天將我薪水提高到一百三十五元，還有——」

「我不在乎，」瑪希雅嚴肅地說，「你晚上還工作會讓自己筋疲力盡。你讀那些大本的理財書——」

「是經濟學。」霍瑞斯糾正。

「噯，你每天晚上到我睡著很久之後都還在讀。你的背愈來愈駝，就像我們結婚以前一樣。」

「不過，瑪希雅，我必須——」

「不，你不必，親愛的。我認爲現在是我在張羅家計，我不會讓我的男人毀了他的健康和眼睛。你得做些運動。」

「我有，每天早上我——」

「噢，我知道！但是你舉那些啞鈴消耗不了多少熱量。我是指眞正的運動。你得去上體操館。還記得你曾告訴我說你是體操好手，有一次他們想叫你出來加入校隊卻沒成功，因爲你跟赫伯特・

斯賓塞[22]要定期約會？」

「我過去一向喜歡體操，」霍瑞斯惆悵地說，「不過現在會太花時間。」

「好吧，」瑪希雅說，「我跟你做個協議。你去上體操館，我就從那排褐色的書找出一本來讀。」

「『皮普斯日記』[23]？哦，那應該滿有趣。塞謬爾寫得淺顯易懂。」

「對我來說不是。那就像要消化玻璃片一樣。但你一直說它可以拓展我的視野。那麼，你一個星期去三次體操館，我就咬一大口塞謬爾。」

霍瑞斯猶豫。「這個——」

「好啦，就從現在！你爲我做一些大動作擺盪，我爲你追求一些文化素養。」

最後霍瑞斯同意了，整個炎熱的夏天，他每星期花三個晚上，有時四個晚上，在史基柏體操館

---

22 赫伯特・斯賓塞（Herbert Spencer, 1820～1903）：英國哲學家，將達爾文進化論的適者生存觀念應用在社會上，被稱為社會達爾文主義之父。這裡是拿斯賓塞來說玩笑話。

23 塞謬爾・皮普斯（Samuel Pepys, 1633～1703）：曾為英國海軍部祕書，廣為人知的是他日記作家的身份，《皮普斯日記》（Pepys' Diary）是他在一六六〇到一六六九年間於倫敦寫下的日記，其中包含了政治時事的記載，成為研究當時歷史事件的重要素材。

試著盪起單槓。八月時，他向瑪希雅承認，這讓他在白天工作更有精神。

「健全的精神寓於健全的身體。」他用拉丁文說。

「別信這鬼話，」瑪希雅回道，「我有一次試過一種特效藥，它們吃了全都會想睡覺。你繼續做體操就對了。」

九月上旬的一天晚上，當他在幾乎沒人的場館裡做吊環的轉體動作，有一個沉思的胖男人開口對他說話，他注意到這人已經看他好幾個晚上。

「喂，小伙子，表演昨晚你做的絕活。」

霍瑞斯跳下來對他笑。

「我發明的動作，」他說，「我從歐幾里得[24]第四公設得到靈感。」

「他在哪個馬戲團？」

「他死了。」

「喲，他一定是做那表演摔斷了脖子。我昨晚在這兒就在想你一定會摔斷脖子。」

「像這樣！」霍瑞斯說，然後盪上單槓表演他的絕活。

「它不會讓你脖子和肩膀肌肉受不了？」

「起初會，但一星期內我證明的確可行。」

「哼！」

霍瑞斯輕鬆地在單槓上擺盪。

「有沒有想過要把它當作職業？」胖男人問。

「我沒打算。」

「收入很好，如果你願意做些表演絕技，而且能夠驚險完成。」

「看另一個，」霍瑞斯熱切地高聲說，胖男人驟然目瞪口呆，看這穿著粉紅衫的普羅米修斯再次違反了造物主和艾薩克・牛頓的定律[25]。

在此相遇後的隔天晚上，霍瑞斯下班回到家裡，發現瑪希雅臉色蒼白躺在沙發上等他。

「我今天暈倒兩次。」她毫無預警地開口。

「什麼？」

「是的。你知道懷孕四個月就會如此。醫生說我兩週前就該辭掉歌舞工作。」

---

24 歐幾里得（Euclid）：古希臘數學家，其著作《幾何原理》中提出五大公設，成為近代數學的基礎。公設，專指幾何學中被承認、不需要證明的事實，像是「直線可朝兩邊無限延長」。

25 普羅米修斯（Prometheus）：希臘神話中的神明，創造了人類並教他們用火，是智慧的代表，其名字有「先見之明」的意思。艾薩克・牛頓（Isaac Newton, 1643～1727）：英國物理學家、數學家兼天文學家，他闡明萬有引力和三大運動定律，奠定古典力學的基礎。

霍瑞斯坐下反覆思索著。

「我當然很高興，」他焦慮地說，「我是指很高興要有小孩了。但這也意味將有很多開銷。」

「我在銀行有兩百五十元存款，」瑪希雅滿懷希望地說，「而且還有兩週薪水會進帳。」

霍瑞斯迅速估算。「加上我的薪水，我們未來半年會有將近四千元。」

瑪希雅看來很沮喪。「就這些？當然，這個月我可以在別的地方打零工唱歌。到了三月，我又可以回去工作。」

「當然個屁！」霍瑞斯粗魯地說，「你要待在這裡。現在我們想想——會有醫生和護士的開銷，再加上女僕，我們得有更多錢才行。」

「噯，」瑪希雅疲倦地說，「我不知道從哪兒弄來。現在交給老練的腦袋。肩膀要歇業了。」

霍瑞斯起身拿起外套。

「你要去哪兒？」

「我想到一個主意，」他回道，「我很快就回來。」

十分鐘後，他走在街上前往史基柏體操館，對於即將要做的事覺得有些不可思議，純粹帶著詼諧心態。若是一年前，他對自己會感到多麼驚訝！所有人都會瞠目結舌！但是當你打開被敲響的那扇門，就讓許多事進入人生當中。

體操館燈火通明，當眼睛適應了亮度，他發現沉思的胖男人坐在一堆帆布墊上，抽著一根大雪茄。

「喂，」霍瑞斯直截了當開口，「昨天晚上你說我的單槓絕活可以賺錢，這話當眞嗎？」

「唔，是啊。」胖男人吃驚地說。

「噢，我已經仔細想過，我確定願意嘗試。我在晚上和星期六下午都有空——如果酬勞夠高可以定期表演。」

胖男人看了看他的錶。

「嗯，」他說，「得由查理・保爾森來決定。只要他看過你的表現，四天內就會跟你排定演出。他現在到不了這裡，但是明天晚上我會帶他來。」

胖男人說到做到。查理・保爾森隔天晚上出現，在那神奇的一小時裡看這天才從空中畫出令人讚嘆的拋物線，第二天晚上帶來兩位上年紀的人，他們看起來家世富有，熱烈低聲討論錢的問題。接下來的星期六，霍瑞斯・塔博克斯的身軀首次出現在科曼大街廣場的職業體操表演會上。雖然觀眾有將近五千人，霍瑞斯一點也不覺得緊張。他從小就在人們面前朗讀報告，就此學會了超然自得的技巧。

「瑪希雅，」後來那天晚上他喜孜孜地說，「我想我們找到出路了。保爾森認爲他可以給我一個在悉博東劇場的表演機會，那代表整個冬天的工作。你知道悉博東劇場，是很大——」

「是啊，我確信曾聽過它，」瑪希雅打斷他的話，「但我想知道你在表演什麼絕活，不是怵目驚心的自殺動作吧？」

「一點也不，」霍瑞斯輕聲說，「除非你能想到更好的方法要一個人去自殺，我在爲你冒險，那是我渴望去做的原因。」

瑪希雅伸出雙臂緊緊環抱他的脖子。

「親我，」她呢喃著，「叫我『親愛的寶貝』。我喜歡聽你說『親愛的寶貝』。還有，明天拿一本書給我讀。別再是塞謬爾．皮普斯，選一本簡單通俗的。我整天發狂似的想做些事。我想寫信，但沒有任何對象可以寫。」

「寫給我，」霍瑞斯說，「我會讀它們。」

「希望我可以，」瑪希雅低聲說，「只要我懂得字彙夠多，就可以寫世界上最長的情書給你——而且絕不疲倦。」

但兩個月後，瑪希雅確實變得很疲倦，而且連續幾個晚上，出現在悉博東劇場觀眾面前的是看來非常焦慮、疲憊的年輕運動健將。後來有兩天，一位穿淡藍衣服的年輕人代替穿白衣服的他上陣演出，不過掌聲稀落。然而兩天後霍瑞斯再度現身，坐在舞臺附近的觀眾注意到，即使正在空中屏氣旋轉身體，或者做那驚人的獨創擺肩動作，那年輕的特技演員始終帶著幸福洋溢的表情。表演結束後，他對電梯員露出笑容，一步五階直往樓梯上衝，然後踮著腳小心翼翼走進一間靜悄悄的房間。

「瑪希雅。」他低語。

「嗨！」她一臉蒼白對他微笑，「霍瑞斯，有件事想要你去做。在我五斗櫃最上層的抽屜裡，你會看到一大疊紙。它是一本書，算是吧。那是我最近三個月躺在床上寫下來的東西。我希望你拿去給彼得·博伊斯·溫德爾，就是把我的信登上報紙的人。他會告訴你這是不是一本好書。我就用自己說話的方式去寫，如同寫給他的那封信一樣。這故事講的是關於發生在我身上的許多事情。你會拿給他嗎，霍瑞斯？」

「會啊，親愛的。」

他彎下身去，把頭垂到她旁邊的枕頭上，開始撫摸她的金黃頭髮。

「親愛的瑪希雅。」他溫柔地說。

「不對，」她低聲說，「用我告訴你的方式叫我。」

「親愛的寶貝，」他熱情低語，「親愛的寶貝。」

「我們要叫她什麼名字？」

他們暫時沉浸在快樂、困倦的滿足中，同時霍瑞斯思索著。

「我們叫她瑪希雅·休謨·塔博克斯。」他最後說道。

「爲什麼叫休謨？」

「因爲他是最早介紹我們認識的傢伙。」

「是那樣嗎？」她昏昏欲睡地驚訝低語，「我以爲他的名字是莫恩。」

她眼睛闔上，一會兒之後睡衣胸口的緩慢起伏顯示她睡著了。

霍瑞斯躡手躡腳走去五斗櫃，打開最上層抽屜，找到一堆書寫緊密潦草，鉛筆字跡被抹髒的紙張。他看著第一頁——

**珊卓拉．皮普斯，重音錯置**

**瑪希雅．塔博克斯著**

他笑了。原來塞謬爾．皮普斯終究在她心中留下印象。他翻了一頁開始閱讀。他的笑容加深，繼續讀了下去。半小時後，他察覺瑪希雅醒了，正從床上看著他。

「寶貝。」傳來低語聲。

「什麼事，瑪希雅？」

「你喜歡它嗎？」

霍瑞斯咳了一聲。「我似乎讀到停不下來。故事很活潑。」

「把它拿給彼得．博伊斯．溫德爾。告訴他，你曾在普林斯頓大學拿過最高評分，你應該認得出什麼是好書。告訴他，這是舉世無雙的好書。」

「好的，瑪希雅。」霍瑞斯溫柔地說。

她眼睛再度闔上，霍瑞斯走過去親她額頭，並在那兒站了一會兒，帶著體貼同情的眼神。然後他離開房間。

整個夜晚，紙張上隨意蔓延的字跡，不斷出現的拼字和文法錯誤，還有怪異的標點斷句，都在他眼前飛舞著。他在夜裡醒來幾次，腦海充溢不斷湧現的混沌，同情瑪希雅的靈魂渴望用文字表達自己。這喚起他某種無限感慨，幾個月來這還是第一次，他開始在心裡回顧自己幾乎遺忘的夢想。

他原本有意寫一系列書籍宣傳新實在論，就像叔本華宣傳悲觀主義，還有威廉・詹姆斯宣傳實用主義那樣[26]。

但人生並沒有走那條路。人生掌控了人們，迫使他們成爲空中飛人。他笑著想起自己房間的叩門聲，休謨上不見形體的人影，還有瑪希雅揚言的親吻。

「而我還是我，」他躺在黑暗中，驚嘆地出聲，「我就是那坐在柏克萊上的人，冒失地想，如

26亞瑟・叔本華（Arthur Schopenhauer, 1788～1860）：德國哲學家，悲觀主義代表人物，認為人生只需聽命於生存意志，追求目的與價值毫無意義，人的慾望與渴求只會帶來痛苦。威廉・詹姆斯（William James, 1842～1910）：美國哲學家，他的實用主義強調，理論概念是經產生的效果與實際結果來驗證，主張價值是相對性的。

果我的耳朵沒聽到叩門聲，它是否仍算眞實存在。我仍然是人，一個會因犯下罪行而被電刑處死的人。

「可憐如薄紗般的靈魂，想藉某種具體東西表達自己。瑪希雅藉她寫的書；我藉自己沒寫的書。我們試著尋找媒介，取所能取，而且——甘之如飴。」

## 5

《珊卓拉・皮普斯，重音錯置》由彼得・博伊斯・溫德爾在專欄上介紹，並在《喬丹雜誌》上連載，到了三月集結成冊出版上市。從第一部發行開始就吸引了廣泛注意。非常平凡的主題（一位從紐澤西小鎭來到紐約、躍上舞臺的女孩），直率的描述，不精確的用詞，帶著特有的活潑語調和難以忘懷的淡淡哀愁，產生不可抗拒的感染力。

彼得・博伊斯・溫德爾正巧在當時提倡美國語言的豐富性，建議直接採用生動的通俗用語，他成爲這部著作的擁護者，高聲疾呼壓過那些溫和平庸的傳統評論家。

瑪希雅收到第一筆五千元的連載稿費，雖然現在霍瑞斯在悉博東劇場的月薪比以往瑪希雅的收入還來得高，這筆錢來得正是時候，年輕的瑪希雅發出驚聲尖叫，這代表住到郊區的願望得以實現。所以四月上旬看到他們搬到威斯特徹斯特郡的一棟平房，一處有草坪、有車庫、什麼都有的地方，還包括一間安靜隔音的書房，瑪希雅信心滿滿對喬丹先生承諾，等她照顧女兒的負擔開始減輕，就會關在裡面不斷寫她的素人文學。

「這不算太差。」有天晚上霍瑞斯從車站走回家中的路上在想。他思考著眼前幾個選擇，四個月的五人雜耍合約，或者回普林斯頓大學負責體育館工作。多妙！他曾打算回去那裡主管所有哲學研究，而他現在甚至沒注意昔日偶像阿頓．羅耶來到了紐約。

碎石路在他腳下發出刺耳的吱嘎聲響。他看到自家起居室亮著燈光，注意到一輛大車停在車道上。也許又是喬丹先生，來說服瑪希雅要安頓下來寫作。

聽到他走近的聲音，她的身影出現在透出光線的大門來迎接他。「有一個法國人來家裡，」她焦急低語，「我不會唸他名字，但他的話聽起來很深奧。你得跟他談談。」

「什麼法國人？」

「你問倒我了。他跟喬丹先生一小時前開車過來，說要見珊卓拉．皮普斯，盡講些那方面的事。」

兩位男士在他們進門時起身。

「你好，塔博克斯，」喬丹說，「我只是想讓兩位名人見見面。我帶羅耶先生一道過來。羅耶先生，容我介紹塔博克斯先生，塔博克斯夫人的丈夫。」

「不會是阿頓．羅耶吧！」霍瑞斯驚呼。

「噢，是的。我必須來。我一定要來。我讀過夫人的書，深受吸引。」他摸索著口袋，「我也讀到你的事。我今天看的報紙上有你的名字。」

最後他拿出從雜誌上剪下來的一篇文章。

「讀它！」他熱切地說，「其中也提到了你。」

霍瑞斯的目光落在那張紙上——「**美國通俗文學的傑出貢獻。不用晦澀的調性；這本書的特質正由此而來，有如《頑童歷險記》[27]。**」

霍瑞斯的眼睛被下面一段文字吸引，他突然吃了一驚，匆匆讀下去——

「**瑪希雅・塔博克斯與舞臺的關聯不僅是一位觀眾，更是一位表演者的妻子。她在去年嫁給霍瑞斯・塔博克斯，他每天晚上在悉博東劇場用奇妙的空中飛人表演帶給孩子們歡樂。傳說這對年輕夫妻自稱是腦袋與肩膀，無疑是指塔博克斯夫人提供她文學與思想上的才智，而她丈夫柔軟矯捷的肩膀則為家裡貢獻一份收入。**

「**塔博克斯夫人似乎值得冠上那廣被濫用的頭銜——『天才』。年僅二十——**」

霍瑞斯沒讀下去，眼中帶著非常古怪的神情專注盯著阿頓・羅耶。

「我想給你一個忠告——」霍瑞斯嘶啞地開口。

「是什麼？」

「關於叩門聲。不要應門！別去理它——去裝道有隔音襯墊的門。」

——〈腦袋與肩膀〉（Head and Shoulders），原刊於一九二〇年二月廿一日《星期六晚郵》（The Saturday Evening Post）週刊

27《頑童歷險記》（Adventures of Huckleberry Finn），美國小說家馬克・吐溫（Mark Twain）的兒童文學作品，書中大量使用故事背景的當地通俗用語。

# 班傑明的奇幻旅程

## I

早在一八六〇年的時候，在家裡出生是理所當然的事。現在，我老了，至高無上的醫學界宣佈，小孩的第一聲哭喊應該發生在彌漫藥味的醫院裡，最好是一間高級醫院。所以年輕的羅傑・巴頓夫婦在一九八〇年夏天的某日決定，第一個孩子應該要在醫院裡出生，他們領先了潮流五十年。至於這個時空錯置對於我即將寫下的驚人故事是否有什麼影響，將永遠不得而知。

我應該先告訴你們發生什麼事，然後由你們自行判斷。

南北戰爭前的巴爾的摩，羅傑・巴頓夫婦在社會上或財富上都擁有令人羨慕的地位。他們總跟這個家族和那個家族有關聯，而這些家族，如同每個南方人都知道，頂著龐大貴族成員的頭銜，大部份居住在南方邦聯。這是他們第一次體驗令人興奮的古老慣例，迎接新生命的到來，巴頓先生自然緊張不已。他希望是個男孩，這樣就可以送去康乃狄克州唸耶魯大學，巴頓先生自己出身於此，四年下來因「袖口」這個響亮綽號而出名。

在那九月的早晨，全心放在這偉大事件上，他緊張得在六點鐘就起床，梳理自己，做完充分準備，然後匆匆穿過巴爾的摩的街道前往醫院，好確認新生命是否在漆黑夜晚的環抱下誕生。

來到距離馬里蘭州私立綜合醫院將近一百碼的地方，他看見基恩醫生走下前方臺階，他們的家庭醫生像洗手般搓揉著雙手（彷彿所有醫生都這麼做，是爲了遵照職業上的不成文規定）。

羅傑・巴頓先生是羅傑・巴頓五金批發合夥公司的董事長，他開始朝基恩醫生跑去，一路上幾乎拋開南方紳士應有的穩重。「基恩醫生！」他喊。「哦，基恩醫生！」

醫生聽到他的叫喊，四處張望，然後站定等待，當巴頓先生靠近時，他粗糙、帶有藥味的臉孔掛著一個古怪的表情。

「怎麼了？」巴頓先生詢問著，他跑得上氣不接下氣，「情況怎樣？她還好嗎？男孩嗎？男孩還是女孩？什麼——」

「講得有條理一點！」基恩醫生說得嚴厲，看來有些不高興。

「小孩出生了嗎？」巴頓先生懇求地問。

基恩先生皺起眉頭。「噢，是的，我想——勉強算是。」又古怪地瞥了巴頓先生一眼。

「我太太好嗎？」

「很好。」

「是男孩還是女孩？」

「這就是問題！」基恩醫生勃然大怒喊道，「我請你自己去看。眞夠嚇人！」他幾乎是悻悻然一口氣說完最後這句話，然後轉身嘀咕：「你能想像這種狀況對我職業聲望有什麼幫助？再一次就把我毀了——任何人都沒轍。」

「到底怎麼回事？」巴頓先生嚇得趕緊問。「三胞胎嗎？」

「不，不是三胞胎！」醫生回答得很尖酸，「想弄清楚，你可以自己去看。然後找其他醫生。是我把你接生下來的，年輕人，擔任你們家庭醫生也已經四十年了，但是到此爲止！我不想再見到你或你的任何親屬！再見！」

接著他斷然轉身，二話不說登上他在路旁等待的馬車，立刻揚長而去。

巴頓先生站在人行道上，目瞪口呆，全身顫抖。到底是多可怕的惡運？他突然完全沒慾望踏進馬里蘭州私立綜合醫院——過了一會兒，他極爲困難地勉強自己爬上階梯，進入前門。

一位護士坐在昏暗走廊的一張桌子後面。巴頓先生嚥下自己的羞愧朝她走去。

「早安。」她說，愉快地抬頭看他。

「早安。我——我是巴頓。」

聽到這話，驚恐神情滿佈在這女孩臉上。她起身似乎要逃離走廊，顯而易見是使盡了全力克制住自己。

「我想看我的孩子。」巴頓先生說。

護士輕叫一聲。「啊——沒問題！」她激動地喊著，「在樓上。就在樓上。走——上去！」

她指出方向，巴頓全身浸滿汗水，遲疑轉身，開始爬向二樓。另一位護士在上面走廊端著盆子走過來，他向她詢問。「我是巴頓，」他設法清楚地說，「我想看我的——」

噹啷！盆子掉落地上，往樓梯方向滾去。噹啷！噹啷！它開始一階一階滾下去，彷彿也被這位紳士掀起的一片恐慌嚇到。

「我要看我的孩子！」巴頓先生幾乎放聲尖叫。他瀕臨崩潰了。

噹啷！盆子落到一樓。護士回神過來，對巴頓先生投以極爲鄙夷的目光。

「沒問題，巴頓先生，」她壓低嗓音同意，「很好！但你要知道今天早上我們遭遇的情況！眞是過份！這間醫院自此之後會名譽盡失——」

「快一點！」他嘶啞喊著，「我再也無法認受！」

「那麼，這邊走，巴頓先生。」

他拖著腳步跟在她後面。在長廊盡頭，他們來到傳出各種哭聲的一個房間——實際上，這房間根據日後說法被稱爲「哭鬧室」。他們走進去。圍著牆壁排列了幾張白色搪瓷嬰兒推床，每張床頭繫著標籤。

「啊，」巴頓先生倒抽口氣，「哪個是我的孩子？」

「那個！」護士說。

巴頓先生的目光跟著她手指的方向望去，這就是他所見到的。裹在一大張白色毯子裡，嬰兒床還塞不下全身，上面坐著一個顯然是七十多歲的老人。他稀疏的頭髮幾乎全白，下巴垂著長長的灰色鬍鬚，還荒謬地隨著窗外吹進的微風前後飄動。他抬頭朦朧看著巴頓先生，暗淡的眼睛藏著迷惑的神情。

「我瘋了嗎？」巴頓先生斥喝，他的恐懼轉為盛怒，「這是醫院開的可怕玩笑？」

「對我們來說不像是個玩笑，」護士嚴肅地說，「我不知道你是不是瘋了——但這絕對是你的孩子。」

巴頓先生的前額冒出冷汗。他閉上眼睛，然後，睜開它們，再看一次。毫無疑問——他看到的是七十歲的男人——一個七十歲長相的嬰兒，兩腳垂在他坐的嬰兒床外。

老人平靜看了看兩個人，然後突然用年邁沙啞的嗓音開口說話。「你是我的父親嗎？」他詢問。

巴頓先生和護士嚇了一大跳。

「因為如果你是，」老人繼續抱怨說，「我希望你帶我離開這地方——或者，至少要他們在這兒放個舒適的搖椅。」

「你到底從哪兒來的？你是誰？」巴頓先生瘋狂似地脫口而出。

「我沒辦法確切告訴你我是誰，」那充滿牢騷的聲音回答，「因爲我才出生幾小時——但我的姓氏絕對是巴頓。」

「你說謊！你是個騙子！」

老人不耐煩地轉向護士。「眞是迎接新生兒的好方式，」他用虛弱聲音抱怨，「你爲什麼不告訴他，說他錯了？」

「你錯了。巴頓先生，」護士嚴肅地說，「這是你的孩子，你必須接受這事實。我們要求你儘快帶他回家——就在今天。」

「回家？」巴頓先生不可置信地說。

「是的，我們不能讓他待在這裡。我們眞的沒辦法，你明白嗎？」

「我很高興這麼辦，」老人嘀咕，「這裡應該是讓嬰兒感受平靜的好地方。這些號啕哭鬧根本讓我沒辦法闔眼睡覺。我要求吃東西，」他嗓音提高成尖銳的抗議，「他們竟給我一瓶牛奶！」

巴頓先生癱坐在他兒子附近的一張椅子上，把臉埋在手掌裡。「我的天啊！」他低語，陷於恐懼中，「人們會怎麼說？我該怎麼辦？」

「你得帶他回家。」護士強調，「馬上！」

一幅怪誕的景象在這受盡折磨的男人眼前極爲清晰地浮現起來——他走過城市的熙攘街道，旁邊跟了這嚇人的怪物昂首闊步。「我做不到。我做不到，」他呻吟著。

人們會停下腳步問他，他能怎麼說？他得介紹這位——這位七十歲老翁：「這是我兒子，今天早上出生。」然後老人拉緊裹在身上的毯子，他們緩緩沉重地繼續走，走過熱鬧的商店，走過奴隸市場（在那萬念俱灰的一刻，巴頓先生多希望他兒子是黑人），走過社區的一棟棟奢華宅邸，走過養老院……。

「來吧！打起精神。」護士命令他。

「看看我，」老人頓時開口，「如果你以為我會裹著毯子走回家，你就完全搞錯了。」

「嬰兒都是裹著毯子。」

心懷不滿地弄得劈啪作響，老人拿起一件白色小嬰兒服。「看！」他顫抖地說，「這是他們為我準備的。」

「嬰兒都是穿那種衣服。」護士硬生生地說。

「好吧，」老人說，「你眼前的嬰兒兩分鐘後將脫光全身。這毯子令人發癢。他們至少可以給我一條床單。」

「別脫下！別脫下！」巴頓先生趕緊說。他轉向護士：「我該怎麼做？」

「進市區幫你兒子買幾件衣服。」

巴頓先生兒子的聲音隨著他傳到樓下走廊：「還有一根拐杖，父親。我想要一根拐杖。」

巴頓先生砰的一聲粗魯關上外面的門……。

## 2

「早安，」巴頓先生來到切斯皮克服裝店，焦急地對店員說，「我想爲我孩子買衣服。」

「你的孩子年紀多大，先生？」

「大概出生六小時。」巴頓先生未經適當考慮便回答了。

「幼兒部在後面。」

「噢，我不認爲——我不確定那是我想要的。情況是，他個頭非常大，意想不到——的——大。」

「他們有最大的嬰兒尺寸。」

「童裝部在哪裡？」巴頓先生問，立刻改變說法。他覺得店員一定嗅出了他丟臉的祕密。

「這裡就是。」

「那麼——」他猶豫了。給兒子穿上男裝的想法令他反感。如果，這麼說好了，只要能找到最大尺寸的童裝，再把那嚇人的長鬍鬚剪掉，白髮染成棕色，想辦法遮掩最麻煩的地方，讓他多少保留一些尊嚴，更別說——他在巴爾的摩還擁有的社會地位。

但在童裝部拚命尋找，都看不到一套服裝適合剛出生的巴頓。他責備店家——那是當然，這種情況下都會責備店家。

「你說你的孩子多大年紀？」店員好奇詢問。

「他是——十六歲。」

「噢，請您原諒。我以爲你說才六小時大。你可以在下個走道看到青少年服飾。」

巴頓先生悻悻然走開。接著停下腳步，眼睛一亮，手指著展示櫥窗裡的一個假人。「那個！」他大聲說，「我要買那套衣服，假人身上的那套。」

店員瞪大眼睛。「嗯，」他不贊成，「那不是小孩的衣服。就算是吧，那也是舞會服裝。你可以自己穿穿看！」

「打包起來，」這位顧客焦急地堅持，「那就是我要的。」

吃驚的店員照做了。

回到醫院的巴頓先生進入育嬰室，幾乎是將包裝整個扔向兒子。「這是你的衣服。」他厲聲說。

老人拆開包裝，用疑問的眼神查看裡面。「它們對我來說太花俏，」他抱怨，「我不想出洋相——」

「你已經讓我出盡洋相！」巴頓先生激烈反駁，「別管自己看起來多可笑。穿起來，要不然我會——我會揍你。」他好不容易嚥下原本要講的話，不過覺得那才是他該講的話。

「好吧，父親，」老人一副怪模怪樣、假裝畢恭畢敬的樣子，「你活得比較久，你最知道，就照你所說。」

如同之前，聽到「父親」這兩個字就讓巴頓先生大爲光火。「動作快。」

「我在快了，父親。」

當他兒子穿好衣服，巴頓先生沮喪打量著他。這套衣服包含圓點印花的短襪，粉紅色的褲子，繫腰帶的短衫，白色領口寬寬鬆鬆。兒子臉上飄著灰白長鬍鬚，幾乎垂到腰部。這效果不甚理想。

「等一下！」

巴頓先生抓了一把醫院的剪刀，迅速劈啪三下剪掉一大段鬍子。但即使經過這番改進，整體看來離完美還差一大截。還有雜亂的頭髮，死板的眼神，上了年紀的牙齒，搭配那套花俏服裝似乎很奇怪。然而，巴頓先生打定了主意，牽起兒子的手。「跟我走！」他堅決地說。

他兒子放心地握住手。「你打算怎麼稱呼我，爹？」他們走出育嬰室時，他那顫抖的嗓音問著，「就暫時叫『寶貝』？等你想到更好的名字再說。」

巴頓先生咕噥著：「我不知道，」他厲聲回答，「我想我們會叫你瑪土撒拉[1]。」

---

1 瑪土撒拉（Methuselah）：根據《聖經》記載，是為亞當第七代子孫，最長壽的老人，這個名詞日後用以代表古老的東西。

# 3

即使巴頓家的這位新成員已經把頭髮剪短，再染成稀疏不自然的黑色，還把鬍子刮到近乎光亮，也穿上從一位目瞪口呆的裁縫師那兒訂做來的童裝，令巴頓無法忘懷的是他兒子實在不配做爲家裡的第一個孩子。儘管身軀老邁，班傑明．巴頓（他們叫他這個名字，取代頗爲恰當卻惹人反感的瑪土撒拉）身高卻將近一百七十三公分，他的服裝無法遮掩這一點；此外，經過修剪染色的眉毛也無法僞裝眼睛透露的眞相（它們顯得暗淡、呆板和疲累）。其實，先前聘用的保母前來看了一眼之後，就帶著相當憤怒的心情轉身離去。

但巴頓先生堅持自己不可動搖的決心。班傑明是個嬰兒，嬰兒就應該存活下來。剛開始他聲明，如果班傑明不喜歡熱牛奶就什麼都沒得吃，但最後屈服讓他兒子吃麵包塗奶油，甚至經過妥協還可以吃燕麥粥。有一天他買撥浪鼓回家拿給班傑明，直截了當堅持說他應該要「玩玩這個」，於是老人帶著厭倦表情接過來，整天都不時傳來他聽話地搖出叮叮咚咚的聲響。

然而，毫無疑問，撥浪鼓令他生厭，當他被留下獨處時找到了其他更撫慰人心的消遣。比如說，巴頓先生有一天發現，上個星期他抽掉的雪茄比以前多——這現象在幾天後獲得解釋，當他意外走進嬰兒房時，房間充滿嗆鼻的藍色煙霧，而班傑明臉上掛著做錯事的表情，試圖隱藏一根熄滅的哈瓦那雪茄。這免不了會召來狠狠的一巴掌，但巴頓先生發現自己實在下不了手。他只警告兒子說那會「妨礙發育」。

不過他固守自己的看法。他買小錫兵，買玩具火車，買棉花做的動物大玩偶，還有，爲了讓自己創造的幻想更完美——至少是爲他自己——他認眞詢問玩具店的店員「如果小孩把這粉紅色鴨子放進嘴裡會不會掉漆。」但，任憑父親使盡所有的嘗試，班傑明拒絕對這些東西感到興趣。他會從後面樓梯溜下去，拿一冊大英百科全書回嬰兒房，然後閱讀整個下午，他的乳牛玩偶和方舟模型就棄置在地上。面對如此的頑固，巴頓先生的努力幾乎沒什麼成效。

起初，這件事在巴爾的摩掀起巨大的風波。這災難會讓巴頓夫婦和他們親屬在社會地位上付出多大代價就不得而知了，因爲內戰爆發將整個城市的注意力引到別的地方。少數人保持一貫的客套，絞盡腦汁向這對父母說些恭維的話——最後總是巧妙提到說這孩子很像他祖父，根據一般人活到七十歲的標準老化狀態而言，這是不可否認的事實。羅傑・巴頓夫婦聽了並不高興，而班傑明的祖父則覺得深受侮辱。

班傑明離開醫院後就過著隨遇而安的日子。幾個小男孩被帶去拜訪他，他就花一下午嘗試對陀螺和彈珠產生興趣，玩到關節都僵硬了。他甚至設法用彈弓射石子，相當意外地，打破了一扇廚房玻璃窗，這本領讓他父親暗自感到高興。

自此之後，班傑明每天都計畫打破某樣東西，他做這些事只因爲別人期待他做，也因爲他天性順從。

當祖父對他最初的敵意逐漸消退後，班傑明和這位紳士相處得非常愉快。這兩人的年紀和閱歷差距如此大，卻能坐在一起好幾小時，像兩個老太婆喋喋不休聊著當天沉悶的話題。班傑明覺得跟祖父相處比跟父母相處更輕鬆——他們似乎對他總是存有幾分敬畏，儘管他們對兒子展現出絕對的權威，仍舊經常稱呼他「先生」。

對於出生時的心智和身體狀況明顯超越應有的年紀，他和所有人一樣感到困惑。他在醫學期刊上尋找解答，但發現從沒有相同的案例記錄。在父親慫恿下，他認眞嘗試和其他男孩玩在一起，經常參與比較溫和的遊戲——橄欖球太激烈，他怕老朽的骨頭萬一斷裂，可能就此無法癒合。

當他五歲時被送去幼稚園，在這裡開始學習美術，綠色彩紙拼貼到橘色彩紙上，繪製彩色圖畫，用卡紙串成項鍊。他在做作業時就低下頭去打起瞌睡，這習慣讓年輕老師感到既生氣又驚恐。她向父母抱怨，於是他被帶離學校，反倒讓他鬆了一口氣。羅傑．巴頓夫婦告訴朋友們說，他們覺得他還不夠成熟。

到了十二歲的時候，他的父母已經漸漸適應他。正確地說，習慣的力量是如此強大，讓他們覺得他跟其他小孩沒什麼兩樣——除了某些古怪異常的地方會提醒他們事實。然而滿十二歲後的幾個星期，班傑明有一天瞧著鏡子，他發現了，或者說是自己認爲發現了，一件驚人的事。眼睛欺騙了他嗎，還是經過十二年的生長，染劑遮掩下的頭髮從白色變成了鐵灰色？滿佈在臉上的皺紋變得沒那麼明顯？他的皮膚變得更健康、更結實，甚至帶著一點冬天時的紅潤膚色？他分辨不出來。他知道的是自己不再彎腰駝背，生理狀況從出生以來已有進步。

「難道是——？」他暗自想，或者，更確切說，幾乎不敢想。

他去找父親。「我長大了，」他果決宣稱，「我想穿長褲。」

他父親猶豫一下。「啊，」他最後說，「我不知道。十四歲時才會穿長褲——你才十二歲。」

「但你得承認，」班傑明抗議，「我看起來比實際年紀還成熟。」

父親看著他，帶著迷惑的沉思。「噢，我無法確定，」他說，「我十二歲時看起來跟你一樣成熟。」

這不是真的——羅傑．巴頓之所以這麼講是因爲他默默堅持自己的信念，那就是他兒子是正常的。

最後達成協議。班傑明繼續染頭髮。他要更努力和年紀相仿的男孩打成一片。他不要戴著眼鏡或拿根拐杖走去街上。這些讓步換來的是准許他穿上第一套長褲裝……。

## 4

班傑明在十二歲到二十一歲之間的這段生活，我不打算多加描述。只需提到這段時間是按照常人進度倒著發育就夠了。班傑明十八歲時就像一個五十歲的人；他的頭髮長多，變成深灰色；他的步伐穩健，嗓音不再沙啞顫抖，反倒像個健全的男中音那樣渾厚。於是父親送他去康乃狄克州接受耶魯大學的入學甄試。班傑明通過甄試，成爲大學新生一員。

取得入學許可後第三天，他收到註冊主任哈特先生的通知，要他去辦公室報到並且排定課表。班傑明看著鏡子，決定頭髮要重上棕色染劑，但焦急看過五斗櫃抽屜後發現染髮劑瓶子不在那兒。隨後想起——前一天用完後被他扔掉了。

他陷入困境。五分鐘內要到註冊組。似乎於事無補——他得這樣過去。他的確這麼做。

「早安，」註冊主任客氣地說，「你已經來詢問過你兒子的事了。」

「噢，事實上，我的名字是巴頓——」班傑明開口，但哈特先生打斷他。

「很高興見到你，巴頓先生。我正在等你兒子過來。」

「就是我！」班傑明脫口而出，「我是新生。」

「什麼！」

「我是新生。」

「你一定是開玩笑。」

「完全不是。」

註冊主任皺起眉頭盯著眼前的卡片。「怎麼會，我看班傑明．巴頓先生的年紀在這裡寫的是十八歲。」

「我是這年紀。」班傑明聲稱，有一點臉紅。

註冊主任不耐煩地看著他。「想當然爾，巴頓先生，你別期望我會相信。」

班傑明疲倦地笑著。「我是十八歲。」他重申。

註冊主任嚴厲指著門。「出去，」他說，「滾出學校，離開鎮上。你這個危險的瘋子。」

「我是十八歲。」

哈特先生打開門。「想得美！」他高喊，「像你這年紀的人想進來當新生。十八歲，是嗎？很好，我給你十八分鐘離開鎮上。」

班傑明．巴頓舉止莊重地走出房間，幾個在走廊排隊等待的大學生好奇盯著他看。他走了幾步後回身，朝著仍在門口怒氣沖沖的註冊主任，堅定地再說一遍：「我的年紀是十八歲。」

面對那群大學生響起的一片竊笑聲，班傑明走了出去。

但他注定沒那麼容易脫身。他鬱悶地走向鐵路車站時，發現一小群人跟在後面，然後是一大群，最後變成密密麻麻的一堆大學生。消息已經傳開，說有一個瘋子通過耶魯大學的入學甄試，企圖假冒成十八歲的年輕人。全校鬧得沸沸揚揚。男生沒戴帽子就衝出課堂，橄欖球隊丟下練習加入圍觀，教授夫人們頭上的軟帽歪歪斜斜，她們跑在人群後面跟著嚷嚷，人們不斷發出一連串的評論，這全都刺中了班傑明．巴頓脆弱的感情。

「他一定是個迷途的猶太人！」

「他這年紀應該去上預備學校！」

「看那天才兒童！」

「他把這裡當作養老院。」

「去哈佛大學吧！」

班傑明加快腳步，不久開始跑了起來。他要證明給他們看！他會去哈佛大學，到時他們就會爲這些惡意嘲弄感到後悔。

平安登上開往巴爾的摩的火車，他把頭伸出窗外。「你們將爲此感到後悔！」他大喊。

「哈——哈！」大學生們笑著，「哈——哈——哈！」這是耶魯大學至今犯下的最大錯誤……。

## 5

一八八〇年，班傑明・巴頓二十歲，他爲生日寫下的註腳就是進入羅傑・巴頓五金批發合夥公司爲父親工作。就在同一年，他開始「外出社交」——也就是說，父親堅持帶他參加幾個上流階層的舞會。羅傑・巴頓現在五十歲，和兒子的關係更爲友好——實際上，自從班傑明不再染髮（雖然仍舊斑白）之後，他們看起來年紀相仿，可能被當成兄弟一對。

八月的一個晚上，他們穿著盛裝坐進馬車，前往謝爾文斯的鄉村別墅參加舞會，地點就在巴爾的摩市郊。這是個豪華的晚會。滿月之光灑在路面，發出白金光澤，秋日晚開的花朵在停滯的空氣中散發香味，就像若有似無的淺笑聲。這開闊的鄉野滿佈圍籬環繞、銀光閃閃的麥田，就像白天時一樣清晰。幾乎沒人不被這十足優美的夜色給感動——幾乎啦。

「五金事業有很好的前景。」羅傑・巴頓說著。他不是個有靈性的人，只擁有基本的審美觀。「像我這樣的老傢伙學不了新把戲，」他深切體會到，「你們年輕人有幹勁，有活力，大好前途擺在你眼前。」

在路的遙遠那端，謝爾文斯鄉村別墅的燈光映入眼簾，此時一陣颯颯聲持續向他們進襲而來——也許是小提琴纖細的悲鳴，或者是月光下銀色麥田的窸窣聲。

他們在一輛豪華馬車後方停下，裡面乘客正探出身子走下車。一位夫人出來，然後是一位年長紳士，接著是一位貌美無比的年輕女士。班傑明心頭一驚；幾乎像是化學變化分解並重組了他身體的每一部份。他正襟危坐起來，血液漲滿臉頰和額頭，然後耳中響起持續的砰砰聲。這是初戀。

那女孩長得修長嬌弱，秀髮被月光照得銀白閃亮，到了前廊嘶嘶作響的煤氣燈下則被染上一層金黃色。她肩頭披的柔黃色薄紗披巾在黑夜中飄逸著；蓬鬆裙襬下露出耀眼的小巧雙腳。

羅傑・巴頓靠向兒子。「那一位，」他說，「是年輕的希爾嘉・蒙克里夫，蒙克里夫將軍的女兒。」

班傑明冷靜點點頭。「漂亮的小姑娘，」他說得冷淡。不過黑人童僕將馬車引走之後，他補了一句：「爹，你也許能把我介紹給她。」

他們走近一群人，蒙克里夫小姐身處中央。在舊傳統的教育下，她向班傑明行屈膝禮。是的，他可以跟她跳一支舞。他道謝之後走開——搖搖晃晃地走開。

等待輪到他共舞的這段時間似乎永無止盡。他靠近牆邊，沉默不語，心思難料，用凶惡的眼神看著那些巴爾的摩年輕人，他們全圍著希爾嘉・蒙克里夫打轉，臉上露出熱情的愛慕。他們在班傑明眼裡是多麼令人討厭；多麼令人無法忍受的癡醉！他們捲翹的棕色鬍鬚讓他覺得胃在翻騰。

但輪他的時候，兩人隨著巴黎最新的華爾滋樂曲翩翩起舞，籠罩他的嫉妒和焦慮就像融雪般消退殆盡。沉迷在狂喜中，他覺得人生才正要開始。

「你和你哥哥跟我們同時到達這裡，是吧？」希爾嘉問，抬頭望著他的那雙眼睛就像亮晶晶的藍色搪瓷。

班傑明猶豫了。如果她把他當成是父親的弟弟，要怎樣跟她說明才好？他想起自己在耶魯大學的經歷。反駁一位女士是無禮的行爲；講述自己怪誕的出生故事會玷污這優雅的場合。以後再說，也許吧。所以他點頭微笑，聽她說話，高興不已。

「我喜歡你這年紀的男士，」希爾嘉對他說，「年輕男孩實在很呆。他們告訴我在大學喝過多少香檳，玩牌輸掉多少錢。像你這種年紀的男士懂得欣賞女性。」

班傑明覺得自己幾乎想開口求婚，但他努力控制這股衝動。「你正値浪漫的年紀，」她繼續說，「就是五十歲。二十五歲太花言巧語；三十歲顯得工作操勞；四十歲到了可以抽掉整根雪茄，講他冗長故事的年紀；六十歲就——噢，六十歲太接近七十歲了；但五十歲是成熟的年紀。我喜歡五十歲。」

五十歲對班傑明來說眞是個輝煌的年紀。他熱切渴望成爲五十歲。

「我一向主張，」希爾嘉說下去，「我寧願嫁給一個五十歲的男士，備受他的呵護，也不要嫁給一個三十歲的男人，還得費力照顧他。」

接下來的夜晚，班傑明浸浴在金黃色的迷霧中。希爾嘉又跟他跳了兩支舞，他們發現兩人對於當代問題的看法竟然都不謀而合。她打算下個星期天與他一同出遊，到時他們可以更深入討論這些問題。

天將破曉，乘著馬車走在回家路上，當第一隻蜜蜂開始嗡嗡忙碌，殘月在露水上朦朧閃爍，班傑明依稀知道他父親在談論五金批發。

「……。所以你認爲在鎯頭和鐵釘之後，什麼東西最値得我們注意？」老巴頓說。

「愛（love）。」班傑明心不在焉地說。

「把手（lugs）？」羅傑．巴頓大聲說，「咦，我才說過把手的問題。」

班傑明茫茫然看著他，此時東邊天空晨光乍現，一隻金鶯在逐漸活躍起來的枝頭上高聲鳴叫……。

## 6

六個月後，當希爾嘉・蒙克里夫小姐與班傑明・巴頓先生訂婚的消息被人知道（我之所以說「被人知道」，是因爲蒙克里夫將軍宣稱，他寧願死在自己劍下也不要公佈這消息），巴爾的摩上流社會的騷動達到最高潮。班傑明幾乎被人忘記的出生故事又被提起，流言蜚語傳播開來，把他說得像個惡漢般不可信任。傳言說班傑明實際上是羅傑・巴頓的父親，又說他是巴頓先生坐牢四十年的弟弟，還說他是約翰・威爾克斯・布思[2]僞裝的——而最誇張的是說他頭上長出兩根圓角。

紐約的報紙在星期天增刊上特別報導這件事，登了一幅吸睛的插畫，將班傑明的腦袋移植到一條魚、一條蛇、最後是一尊銅像的身上。他變成報紙上廣爲人知的馬里蘭州神祕人物。但是眞相通常只有很少人知道。

然而，所有人都認同蒙克里夫將軍，就是一位可以嫁給巴爾的摩任何青年才俊的美麗女孩，卻投向一個保證有五十歲的男人懷抱，這是「可恥的」行爲。就算羅傑先生在《巴爾的摩宣傳報》大幅刊登他兒子的出生證明也沒有用。沒人相信它。你只要看到班傑明本人就明白。

至於這兩個人最關心的事卻未曾動搖。希爾嘉認爲關於她未婚夫的這麼多傳言都是假的，她頑強地拒絕相信其中有任何真話。儘管蒙克里夫將軍向她指出五十歲男人的死亡率有多高——或者，至少是那些看起來像五十歲的男人；儘管他向她提及五金批發事業並不穩固。希爾嘉早已選擇要嫁給熟齡男子，而且真的結婚了……。

## 7

至少有一方面，希爾嘉・蒙克里夫的親友們說錯了。五金批發事業非常興旺。從一八八〇年班傑明・巴頓結婚開始，到一八九五年他父親退休的十五年間，家族財富增加了一倍——主要歸功於公司的這位年輕成員。

不用說，巴爾的摩終究接受了這對夫婦。甚至蒙克里夫將軍也和女婿握手言和，班傑明贊助他出版二十冊一套的《美國內戰史》，它歷經九家著名出版商的回絕。

十五年歲月也給班傑明自己帶來許多改變。他似乎感覺到身體充滿新的活力。早上帶著喜悅起床，踏著敏捷腳步走過和煦繁忙的街道，精神奕奕監督著鋤頭出貨和鐵釘裝箱。一九九〇年，他執

---

2 約翰・威爾克斯・布思（John Wilkes Booth, 1838～1865）：美國戲劇演員，內戰時同情南方邦聯，後因北方戰勝憤而刺殺林肯總統。

行自己著名的商業創舉：提議鐵釘裝箱時用於封箱的所有釘子仍屬於公司的財產，這提議經過首席法官福索的批准成爲一條法規，爲羅傑．巴頓五金批發合夥公司每年省下六百根鐵釘的成本。

此外，班傑明發現自己愈來愈受奢華生活吸引。他成爲巴爾的摩第一位擁有並駕駛汽車的人，這是他漸漸追求享樂的典型代表。同儕們在街上遇到他，總是羨慕盯著他那副健康蓬勃的模樣。

「他似乎每年變得更加年輕。」他們會這麼講。如果說現在六十五歲的羅傑．巴頓沒辦法起身好好迎接他的兒子，最終也會送他幾句讚美的話做爲補償。

現在我們談到一個不愉快的話題，還是盡快帶過比較好。只有一件事困擾著班傑明．巴頓；他的妻子不再吸引他。

當時希爾嘉是三十五歲的女人，生了一個兒子，叫做羅斯科，十四歲的年紀。班傑明在他們婚姻初期對她極爲仰慕。但隨著時光流逝，她金黃色頭髮變成單調的棕色，藍色搪瓷般的眼睛看來成了廉價瓷器——此外，最糟糕的是，她變得安於現狀，太平靜、太滿足、太缺乏激情，而且品味太樸素。剛結婚時，她會「拖著」班傑明出去跳舞和用餐——現在情況顚倒了。她陪他出去交際應酬，但熱情不再，已經被無窮的慣性給吞噬掉，這慣性總有一天會找上我們每個人，而且陪我們走到生命盡頭。

班傑明心中的不滿愈加強烈。當一八九八年美西戰爭爆發時，家庭不再對他具有吸引力，於是他去從軍。由於事業有成，他被任命爲陸軍上尉，而且表現極爲稱職，所以晉升少校，最後成爲陸軍中校，正好參與了著名的聖胡安山戰役。他只受到輕傷，同時獲頒一枚勳章。

班傑明變得極爲熱愛軍旅生涯的活躍與刺激，他不想放棄，但他有事業需要照顧，所以辭去軍職回到家鄉。他在車站受到樂隊歡迎，並且被一路護送回家。

## 8

希爾嘉在門廊上揮舞著大面旗幟迎接他，他親吻她時心情很是低落，覺得這三年給他們帶來了負面影響。她現在是四十歲的女人了，頭上夾雜著些許灰白頭髮。這景象讓他覺得沮喪。

回到樓上房間，在熟悉的鏡子前看著自己身影——他走近一點，忐忑不安地檢視自己臉孔，拿一張參戰前身穿軍服拍的照片做比較。

「天啊！」他驚呼出聲。這過程仍在持續進行。毫無疑問——他看起來就像一個三十歲的男人。他沒有高興，反倒擔心起來——他變得愈來愈年輕。至今他都希望有一天身體看來能跟實際年齡相符，出生以來的怪現象可以停止運作。命運對他來說實在嚇人，不可置信。

下樓時，希爾嘉正在等他。她顯得不高興，而他想知道是否她至少發現有些地方不對勁。他試圖舒緩兩人之間的緊張，於是用餐時巧妙開口提這件事。

「噢，」他輕描淡寫地說，「每個人都說我看起來比以前年輕。」

希爾嘉輕蔑地看他一眼，嗤之以鼻。「你認爲這值得炫耀？」

「我沒在炫耀。」他不自在地聲稱。

她又哼了一聲。「這念頭，」她說，然後停了一會兒，「我還以爲你有足夠的自尊就此打住。」

「我能怎麼做？」他追問。

「我不想和你爭吵，」她回嘴，「但做事有對的方式和錯的方式。如果你決心要與眾不同，我想自己也無法阻止你，但我眞的不認爲這是考慮周詳的做法。」

「但，希爾嘉，我沒辦法。」

「你有辦法。只不過一意孤行罷了。你認爲要與眾不同。你總是那副德性，未來也不會改變。但是想一想，如果其他人都跟你有相同觀點會怎樣——這世界會變成什麼模樣？」

這是空泛到難以反駁的爭辯，班傑明沒有回答，從此兩人之間的鴻溝愈加擴大。他納悶以前是被她施加了什麼魔力。

隨著時間推進到新世紀，他發現尋歡作樂的渴望之心變得更強烈，也加深了彼此的裂痕。巴爾的摩各種派對上都看得到他的身影，跟最美的少婦一起跳舞，和當紅的社交名媛搭訕聊天，發現有她們作伴眞是高興，在此同時，他的妻子就像散發不祥之兆的遺孀貴婦坐在家長席上，一會兒傲慢地表現出不以爲然，一會兒用嚴肅、爲難、斥責的眼神盯著他。

「看！」人們會說，「多可憐！那年輕小伙子被一個四十五歲的女人給綁住。他一定比妻子年輕了二十歲。」他們已經忘了（人們都很健忘），回到一八八〇年，他們的父母也曾如此奚落這對年齡不相配的夫妻。

班傑明在家裡愈來愈不快樂，他在許多新的興趣上尋求慰藉。他去打高爾夫球，並且頗有成就。他沉迷跳舞——一九〇六年成了「波士頓舞」專家，一九〇八年被視爲「瑪嬉喜舞」老手，到了一九〇九年，他的「卡斯爾慢舞」讓城裡所有年輕人羨慕不已。

他的社交活動免不了對事業有一定程度影響，但已經在五金批發事業上辛苦工作了二十五年，他覺得很快就能交棒給羅斯科，最近剛從哈佛大學畢業的兒子。

實際上，他與兒子經常被別人誤認成對方。這讓他高興，很快便忘掉從美西戰爭返鄉後隱藏在心的恐懼，漸漸對自己的外表天眞地引以爲榮。唯一美中不足的事——他討厭跟妻子一起出現在公共場合。希爾嘉快五十歲了，看到她就覺得很可笑⋯⋯。

## 9

一九一〇年九月的某天——幾年前，羅傑・巴頓五金批發合夥公司已經交棒給羅斯科・巴頓——一位外表大約二十歲左右的男士，以新生身份申請進入劍橋市的哈佛大學。他沒犯錯說出自已超過五十歲了，也沒提及他兒子實際上在十年前已經從這所大學畢業。

他被准許入學，而且幾乎立刻在班上取得顯要地位，一部份是因爲他看起來比其他人稍微老成，新生的平均年齡是十八歲。

不過他的名望主要來自於跟耶魯大學的橄欖球賽，他表現得極爲出色，充滿銳氣和冷酷無情的狠勁，爲哈佛完成七次達陣得分和十四次射門得分，使得耶魯整隊十一個球員被孤伶伶扶下場去，各個神智不清。他是全校最有名的人物。

奇怪的是，他在大三那年差一點就無法「擠進」球隊。教練們說他體重減輕了，細心的人觀察到他身材似乎沒有以前高大。他沒辦法成功達陣——實際上，他之所以還待在球隊，主要是希望他響亮的名號可以威嚇耶魯球隊，令他們自亂陣腳。

他到四年級就根本不能入選球隊。他變得實在瘦弱，有一天還被大二學生當成新生，這件事讓他深感丟臉。他成爲眾所皆知的奇人——一個看起來絕對不到十六歲的大四學生——而且經常對一些同學的老成世故感到震驚。課業對他來說似乎愈加困難——他覺得太先進了。他聽過同學提起聖米達斯，就是許多人準備大學時就讀的知名預備學校，他決定畢業後要申請進入聖米達斯，躲在一群男孩的生活裡比較符合他的身材。

一九一四年畢業後，他口袋裡裝著哈佛大學畢業證書回到家鄉巴爾的摩。希爾嘉目前住在義大利，所以班傑明去跟兒子羅斯科住在一起。雖然大致上算是歡迎他來住，但羅斯科對他感情顯然冷淡——當他像青少年般在房子裡無所事事閒晃，班傑明甚至可以察覺兒子有一點覺得他礙手礙腳。羅斯科已經結婚，在巴爾的摩也頗具名望，他不希望自己的家庭沾惹上任何醜聞。

班傑明不再受到名媛閨秀和年輕大學生的歡迎，他發現自己很孤獨，只有三、四個住在附近的十四歲男孩可以作伴。他又想起聖米達斯預備學校。

「喂，」他有一天對羅斯科說，「我跟你講過好多次，我想去上預備學校。」

「噢，那就去吧，」羅斯科簡短地回答。這事令他反感，希望避免討論。

「我不能自己去，」班傑明無助地說，「你得幫我申請入學，帶我去那邊。」

「我沒時間，」羅斯科斷然聲明。他瞇起眼睛，不自在地看著父親。「老實講，」他補上一句，「你最好別再繼續做這種事。你得立刻停止。你最好——你最好」——他一時語塞，滿臉通紅在想適當的說法——「你最好調過頭來，回到正常生活的方向。這玩笑開得實在太大。一點都不有趣。你——你要檢點自己行為！」

班傑明淚水盈眶看著他。

「還有一件事，」羅斯科繼續說，「家裡有訪客登門時，我希望你叫我『叔叔』——不是『羅斯科』，是『叔叔』，懂嗎？一個十五歲男孩直呼我的名字很荒謬。或許你最好隨時都叫我『叔叔』，這樣就會習慣。」

羅斯科狠狠瞪了父親，然後轉身走開……。

# 10

結束這番對話後，班傑明沮喪地在樓上晃蕩，盯著鏡中自己的身影。他三個月沒刮鬍子，但臉上看不到任何鬍碴，倒是蒼白的下巴看似不需任何打理。他從哈佛大學剛回到家，羅斯科就已經建議他要戴上眼鏡，臉頰貼上假鬍子，他的臉孔一時之間看起來就像早年的樣子。但假鬍子令他發癢，而且很難爲情。他哭了起來，羅斯科不甘願地讓步了。

班傑明翻開童書《比米尼灣的童子軍》，然後開始閱讀。但他發現自己不斷想到戰爭。美國在上個月已經加入協約國陣營，班傑明想要入伍，不過，可惜啊，年齡底限是十六歲，他看起來年紀不到。他的眞實年齡是五十七歲，無論如何都不符資格。

有人敲他房門，管家拿了一封角落蓋著大大官印的信件，收件人是班傑明·巴頓。班傑明熱切拆開，讀了內容之後欣喜萬分。文件通知他說許多參與美西戰爭的後備軍官正被召回擔任高階軍職，信中隨附指派他爲美國陸軍準將的委任令，要求他立刻報到。

班傑明激動得發抖，馬上站起來。這正是他想要的。他抓起帽子，十分鐘後已經來到查理斯街上一間大型裁縫店，用他變聲的尖銳嗓音要求量製軍服。

「想扮演軍人，小弟弟？」店員心不在焉地問他。

班傑明滿臉通紅。「哎！別管我要做什麼！」他生氣地回答，「我姓巴頓，住在費農山莊，你知道我付得出錢。」

「好吧，」店員遲疑地接受了，「就算你付不出，我想你爹也會付。」班傑明量了尺寸，一星期後制服做好了。他要拿到將軍配章是有困難，因爲店員堅持對他說女青年會的徽章看起來也無妨，而且扮演起來更有趣。

他沒跟羅斯科說，有天晚上就離開家，坐火車前往南卡羅萊那的摩斯比軍營，他要在這兒指揮一支步兵旅。一個悶熱的四月天，他到達營地入口，付清從車站坐來的計程車資，然後走向看守的衛兵。

「叫人來拿我的行李！」他輕快地說。

衛兵用責備的眼光看他。「喂，」他說，「小鬼，你穿著一身將軍制服要去哪兒？」

班傑明，這位美西戰爭的老戰士，目光充滿怒火瞪了回去，但是，哎呀，開口卻是變聲的尖銳嗓子。

「立正站好！」他試圖斥喝；停下來深吸一口氣——接著突然看到衛兵用力併攏腳跟，提起步槍。班傑明藏住滿意的微笑，但環顧四周之後笑容消失。發號施令的並不是他，而是一位雄赳赳的陸軍上校，正騎在馬背上過來。

「上校！」班傑明尖聲喊道。

上校過來，拉住韁繩，用閃爍冷酷的眼神低頭看他。「你這小伙子是誰？」他和藹地問。

「很快就會讓你搞清楚我這小伙子是誰！」班傑明語氣凶狠地回答，「從馬背上給我下來！」

上校發出宏亮的笑聲。

「你想要這匹馬，是嗎，將軍？」

「過來！」班傑明大吼，「讀讀這個。」他把委任令猛力塞給上校。

上校讀完，瞪大眼睛。

「你哪裡弄到這個？」他問，同時把文件收進自己口袋。

「政府給我的，你很快就會查明。」

「你跟我來，」上校帶著古怪神情說，「我們到司令部把事情說清楚。過來。」

上校轉身牽著馬走向司令部。班傑明除了盡量保持威嚴跟著他，也沒其他辦法——在此期間他發誓一定要好好討回顏面。

但這顏面討不回來。倒是兩天之後，他兒子羅斯科從巴爾的摩現身，歷經心急如焚的倉促旅途，陪著哭哭啼啼的將軍，脫掉制服，回到自己家鄉去。

## II

一九二〇年，羅斯科・巴頓的第一個孩子出生。不過，在接下來的慶祝活動中，沒人想要提起

「這件事」，就是在屋子附近玩著小錫兵和一票玩偶，外表大約十歲的邋遢小男孩，是這新生兒的親生祖父。

沒人討厭這小男孩，他精力充沛、興高采烈的臉孔帶著一絲憂傷，但在羅斯科・巴頓眼裡，這容貌是苦惱的來源。用他這世代的辭彙來講，羅斯科並不認爲這情形稱得上「有本事」。對他而言，拒絕六十歲容貌的父親表現得不像一個「有勇氣的男子漢」——這是羅斯科最愛用的說法——卻採取這稀奇古怪的邪門歪道。實際上，只要花上半小時想這回事就足夠讓他瀕臨發狂。羅斯科相信「生活動力」應該要保持年輕，但做到這種程度就是——就是——就是無能。這是羅斯科的結論。

五年後，羅斯科的兒子長得夠大了，可以在一位保母看管下跟小班傑明玩小孩子的遊戲。羅斯科在同一天帶他們一起去上幼稚園，班傑明覺得用彩色紙帶做畫框、做項鍊、做出奇妙美麗的設計，眞是世界上最迷人的遊戲。他有一次犯錯被罰站牆角——當時哭了起來——但大部份都在這歡樂的房間裡度過愉快時光，陽光從窗子照進來，貝莉小姐不時親切地用手摸他蓬鬆的頭髮。

羅斯科的兒子到隔年升上一年級，但班傑明留在幼稚園。他非常快樂。有時候其他小孩在講長大想做什麼，一道陰影會掠過他暗淡稚嫩的臉龐，因爲他知道那是自己再也無法分享的事。

日子在單調的滿足中流逝。這是回到幼稚園的第三年，但他現在年紀小到無法理解亮閃閃的紙帶是要做什麼。他哭鬧，因爲其他男孩的個頭兒比他大，他害怕他們。老師對他說話，雖然他試圖理解卻完全聽不懂。

他被帶離幼稚園。保母娜娜，穿著一身漿硬的棉布格子裝，成了他小小世界的中心。他們在晴朗的日子到公園散步；娜娜指著一個巨大灰色怪物說「大象」，班傑明會跟她唸一遍，然後當天晚上脫掉衣服去睡覺時，他會對她一遍又一遍唸著：「嗒象，嗒象，嗒象。」有時候娜娜讓他在床上蹦跳，這很有趣，因爲你如果直直坐下去，就會反彈站立起來，假如彈起時發出很長一聲「啊」，就會聽到非常可愛的破鑼嗓音。

他喜歡從帽架上拿來一支大拐杖，用它到處敲打椅子和桌子說著：「攻擊，攻擊，攻擊。」如果旁邊有人，老太太們會咯咯笑著喚他過來，這使他開心，年輕女士則想要親他，那就只好無奈地順從屈服。當漫長的一天到了五點鐘，他要跟娜娜上樓，用一根湯匙被餵食燕麥片和精心調製的軟糊食物。

他童稚的睡夢裡沒有煩人的回憶；大學時的英勇日子，讓許多女孩心慌意亂的璀璨年代，這些殘影不復存在。這裡只有白色、令人安心的嬰兒床內緣和娜娜，還有一個偶爾來看他的男人，以及一顆黎明時娜娜站在床頭指著它叫「太陽」的橘色大圓球。當太陽消失，他闔眼睡覺——沒有做夢，沒有夢境來困擾他。

往日——他的部隊猛烈攻上聖胡安山；結婚前幾年，爲了他所愛的年輕希爾嘉，在繁忙城市辛勤工作到壯年尾聲；更早之前，在門羅街上老巴頓的陰暗宅邸裡，跟祖父坐在一起抽菸到深夜——

這些都像不實的夢幻從他腦海消逝，如同從未發生過。

他不記得了。他無法清楚記得最後一口牛奶是熱是冷，或者這幾天是怎麼過的——記憶中只有他的嬰兒床和娜娜熟悉的身影。然後他什麼都不記得了。當他餓了就哭——僅此而已。從白天到夜晚，他呼吸著，上方傳來幾乎聽不見的輕聲細語，還有微弱難辨的氣味，以及明亮與黑暗。

然後是一片黑暗，他的白色嬰兒床和那些模糊臉孔離他而去，牛奶溫熱香甜的氣味也徹底從他腦海消逝。

——〈班傑明的奇幻旅程〉（The Curious Case of Benjamin Button），

原刊於一九二二年五月廿七日《柯立爾》（Collier's）週刊

# 等飛機的三小時

這是難得的空檔，但唐納帶著做完工作的疲憊心情，悠閒而無所事事。現在他要犒賞自己。或許是吧。

飛機著陸後，他步出機艙來到中西部的夏夜星空下，朝向孤立的村莊航站走去，一如往常是一棟老舊的紅色鐵路車站。他不知道她是否健在，是否住在鎮上，或者現在怎麼稱呼。帶著興奮心情，他翻起電話薄尋找她父親的名字，也許在這二十年間，他也已經去世。

**漢蒙・霍姆斯法官，希爾賽德街三一九四號**。

有個女人以愉悅嗓音回答他對南希・霍姆斯小姐的探詢。「南希現在是華特・吉福德太太。請問是哪位？」

但唐納沒說就掛掉電話。他已查明想知道的事，而且只有三小時空檔。他完全不記得華特・吉福德這個人，翻找電話簿時又遲疑了片刻。她很可能嫁去別的鎮上。

**華特・吉福德，希爾賽德街一一九一號**。

他的手指再度活躍起來。

「您好？」

「您好。吉福德太太在嗎？我是她的一個老朋友。」

「我就是。」

他想起，或者說他自認想起，那嗓音中有趣的魔力。

「我是唐納・普蘭特。我從十二歲以後就沒見過你。」

「哎唷！」對方口氣顯得驚訝萬分，非常客氣，但他聽得出其中不帶喜悅，也不確定對方是誰。

「——唐納！」他又說了一聲。這次多了些確定，而不是在使勁回想。

「……你什麼時候回鎮上的？」對方接著熱烈地說，「你在哪兒？」

「我在機場——只待幾小時。」

「那麼，過來看我吧。」

「你不會正好要去睡覺？」

「天啊，不是！」她驚呼，「我正坐在這兒——自己喝著威士忌蘇打。就告訴計程車司機說……」

唐納在路上分析這段對話。他說「在機場」確立了自己處於上層中產階級的地位。南希獨自一人或許表示她是魅力盡失，沒有朋友的熟女。她丈夫大概出去了或在睡覺。而威士忌蘇打頗令他驚訝，因爲想像中的她一直都是十歲的模樣。不過他笑了一笑更正想法——她已經將近三十歲了。

來到彎路底，他看見頭髮烏黑，身材嬌小的美麗女子站在亮燈的門邊，手上拿著一只玻璃杯。本人終於現身，唐納吃了一驚，他走下計程車說：「吉福德太太？」

她在門廊燈光下轉身注視他，猶豫地瞪大眼睛，臉上疑惑的表情蹦出笑容。「唐納——是你——我們都改變好多。噢，這會兒快認不出來了！」

他們走進屋內，交談中不斷提到「這些年來」這句話，唐納有一種不安的感覺。部份原因出自於他們最後一次相遇的情景——她騎腳踏車從身旁經過，完全忽視他的存在——還有部份原因出自於擔心他們恐怕無話可聊。這就像在大學同學會上——但紛亂喧鬧的場面可以化解找不到昔日話題的尷尬。心慌了起來，他意識到這將是一段冗長空虛的時光。他別無選擇地孤注一擲。

「你一向是個可人兒。但發現你還是那麼漂亮，讓我有些訝異。」

這話起了作用。意識到彼此的改變，加上大膽的讚美，讓他們從支支吾吾的兒時玩伴，變成耐人尋味的初識者。

「威士忌蘇打？」她問，「不喝一杯嗎？可別認爲我私底下是個酒鬼，不過這是個鬱悶的夜晚。我在等丈夫回家，但他拍電報說要晚兩天。他人很好，唐納，而且很有魅力。外型容貌跟你有幾分相似。」她停頓了一下，「——而且我認爲他在紐約愛上某人——我不明白。」

「見到你之後，這聽起來不可思議，」他鼓勵她，「我結婚六年，曾像這樣折磨自己。然後有一天，我在生命中從此拋開嫉妒。妻子去世後，我很高興這麼做了。結果留下的是許多美好回憶——沒有煩擾、走調或不堪回首的往事。」

她聚精會神看著他，對他說的事表現出同情。

「我很遺憾，」她說。適當沉默了一會兒之後，「你變好多。轉過頭來。我記得父親曾說：『這孩子會動腦筋。』」

「你也許不同意這說法。」

「我留下了深刻的印象。在那之前，我以爲每個人都會動腦筋。所以我一直記在心裡。」

「你心裡還記得什麼？」他笑著問。

南希突然起身，迅速走離幾步。

「啊，現在又怎樣，」她責備他，「這不公平！我覺得自己像個沒規距的女孩。」

「你不是，」他說得果決，「我現在想來一杯酒。」

她倒酒的時候，仍然把臉撇開。

他繼續說：「你是否認爲當時自己是唯一有接吻過的小女孩？」

「你喜歡聊這話題？」她追問。一時的腦怒平靜了下來，說：「管它的！我們當時玩得盡興。

就像那首曲子的氣氛。」

「雪橇行。」

「對啊——是某人的野餐會——楚迪・詹姆斯辦的。還有在芳堤娜——那些夏天的日子。」

他最記得雪橇行這首曲子，還有趁她含笑仰望冷冽星空時，在稻草堆角落親吻她冰涼的臉頰。旁邊兩人轉過身去，他親吻她纖細的脖子，親吻她耳朵，但沒碰到嘴唇。

「還有麥克家的聚會，他們玩上郵局寄信的扮家家酒，我得了腮腺炎不能去。」他說。

「我不記得那回事。」

「噢，你有參加。你正被吻，我從沒像那樣嫉妒得快瘋了。」

「奇怪的是我想不起來。也許我刻意要忘記。」

「但爲什麼？」他莞爾地問，「我們倆是天眞無邪的孩子。南希，每當我和妻子談到往事，都告訴她說我愛你的程度幾乎跟愛她一樣。但我認爲對你的愛其實是一樣多。當我家搬離鎮上時，心中一直深深惦記著你。」

「你的感受眞那麼——強烈？」

「老天，當然！我——」他突然意識到兩人站著相距只有兩尺，他講得就像現在深愛著她，而她嘴唇微張，雙眼朦朧抬頭看他。

「繼續，」她說，「說來難爲情——但我想聽。我不知道你當時那麼苦惱。我以爲只有我心煩意亂。」

「你啊！」他大聲說，「難道不記得你在藥房拒絕我。」他笑了，「你對我吐舌頭。」

「我完全不記得。對我來說是你拋棄我。」她的手輕放在他手臂上，簡直是在安慰他。「我在樓上有一本相簿，好多年沒看了。我去找出來。」

唐納坐了五分鐘，心中有兩種思緒——第一，不同的人對同一件事絕不可能有相同的記憶——第二，南希正以一種驚人的方式觸動他心扉，就像童年那麼令他心動。半小時來已經發展出一種情愫，從他妻子去世後就未曾體驗過——他從沒期望能夠再次體驗。

他們並肩坐在沙發上，相簿攤開在兩人中間。南希看著他，帶著微笑非常快樂。

「噢，眞開心，」她說，「很高興你人這麼好，還記得我是——如此漂亮。讓我告訴你——眞希望當時我懂你的心意。」

「眞遺憾。」他溫柔地說。

「但不是現在，」她請他放心，然後接著一股衝動，「吻我，好彌補——

「……做妻子的不該這樣，」片刻之後，她說，「我眞沒想過婚後會親吻第二個男人。」

他情緒起伏不定——但主要是感到困惑。他吻過南希嗎？或者是殘缺的記憶？或者是眼前這位漂亮而渾身顫抖的初識者，正移開視線快速翻著相簿？

「等等！」他說，「我不認爲翻這麼快可以看清楚照片。」

「我們不能再這麼做。我覺得自己不是很冷靜。」

唐納意有所指隨口說了一句。「如果我們再次陷入愛河豈不是不可思議？」

「別說了！」她笑著，但幾乎喘不過氣來，「都過去了。那是一時激情。我會忘掉這回事。」

「別告訴你丈夫。」

「爲什麼不？我通常會告訴他每件事。」

「那會傷他感情。千萬別告訴男人這種事。」

「好吧，我不說。」

「再吻我一次。」他出爾反爾地說。

但南希翻過相簿，熱切指著一張照片。

「那是你，」她喊道，「馬上找到了！」

他看著照片。那是一個穿短褲的小男孩站在碼頭上，背後有一艘帆船。

「我還記得——」她得意洋洋笑著，「——是那天拍的。凱蒂拍了照片，然後我從她那裡偷過來。」

唐納在照片中一時無法認出自己——然後，彎腰靠近看——他根本認不出是自己。

「那不是我。」他說。

「噢，那是。那是在芳堤娜——夏天我們——我們經常會去岩洞。」

「什麼岩洞？我在芳堤娜只待了三天。」他睜大眼睛再仔細看那泛黃照片，「而且那不是我。那是唐納・鮑爾斯。我們倆看起來有一點兒像。」

現在她直盯著他——身子往後靠，似乎要離他遠一點兒。

「但你是唐納・鮑爾斯！」她大聲說，嗓音提高了些，「不，你不是。你是唐納・普蘭特。」

「我在電話中告訴你了。」

她站起來——臉上隱約透露出震驚。

「普蘭特！鮑爾斯！我一定是瘋了。或者因爲喝酒的關係？我一看到你的時候有些糊塗。聽著！我跟你說了些什麼？」

他翻著相簿，努力保持修士般的冷靜。

「什麼都沒說。」他說。眼前照片不論是原本排列或安插進去的都沒他的身影——芳堤娜——一處岩洞——唐納・鮑爾斯——「你把我拋棄了！」

南希在房間另一頭說話。「你絕不能把事情說出去，」她說。「流言會四處散播。」

「不會有任何流言蜚語。」他猶豫了一下，卻心想——原來她是個不正經的小女孩。

現在，他突然對唐納・鮑爾斯充滿強烈嫉妒——他曾在生命中完全拋開過嫉妒。邁開五步穿越房間，他將二十年的隔閡與華特・吉福德的存在碾過腳下。

「再吻我一次，南希。」他說，單膝跪在她椅子旁，將手搭在她肩上。

但南希閃開。「你說要趕飛機。」
「沒關係。我可以錯過班機。那不重要。」
「請你離開，」她用冷淡的嗓音說，「而且請想想我的感受。」
「但你表現得就像不記得我，」他喊道，「好像想不起唐納・普蘭特這個人！」
「我記得。我確實記得你……但那是好久以前的事了。」她嗓音又變得嚴厲，「計程車行的電話是，克雷斯伍德街八四八四。」
前往機場的路上，唐納搖了搖頭。他現在徹底恢復自己身份，但難以接受這次的經驗。然而當班機升向漆黑天空，乘客們脫離下方芸芸眾生的世界，他的心思也跟著飛離現實。頭暈目眩的五分鐘裡，他就像精神病患同時活在兩個世界。他是個十二歲男孩，也是個三十二歲男人，完全無法合而為一。
等飛機的這幾個小時，唐納也失去了一筆好交易——不過後半輩子既然是擺脫往事的漫長過程，這部份經驗或許也就無關重要。

——〈等飛機的三小時〉（Three Hours Between Planes），原刊於一九四一年七月《君子》（Esquire）月刊

# 幸福的殘垣[1]

## I

假如你查閱本世紀初的舊雜誌檔案，你會發現在理查・哈定・戴維斯[2]、法蘭克・諾里斯[3]以及其他古早作者的故事當中，穿插著傑弗瑞・克登的作品：一、兩篇小說，還有大概三、四十篇左右的短篇故事。如果你有興趣，可以循著年代看下去，直到，比如說，一九〇八年，然後它們就突然消失無蹤。

1 本篇舊譯〈殘火〉，日本小說家村上春樹曾翻譯過此故事。
2 理查・哈定・戴維斯（Richard Harding Davis, 1864～1916）：美國著名戰地記者兼短篇小說家。
3 法蘭克・諾里斯（Frank Norris, 1870～1902）：美國著名小說家。

當你讀過這些作品，就會了解其中沒有傑作——它們都是差強人意的娛樂故事，現在看來有一點兒過時，但毫無疑問可以讓你消磨在牙醫診所枯等的半小時。寫故事的人見多識廣，有才華，能言善道，或許年紀還輕。就他作品內容來說，你會發現除了一些生活奇想稍微能引起興趣外就別無他物——沒有發自內心的莞爾一笑，不會感到無奈或隱約的哀愁。

讀完這些故事後，你打著呵欠把它們放回檔案裡，如果是在圖書館閱覽室，你或許決定轉換心情，翻閱一下當時的報紙，看看日本人是否已經拿下亞瑟港[4]。但如果你恰巧挑對了報紙，然後翻到戲劇版面，你的視線會被吸引而停駐下來，至少一時之間會像忘掉蒂耶里堡[5]那樣立刻忘掉亞瑟港。因爲在這幸運的機緣下，你看到了一位美麗女子的照片。

那是《芙蘿多拉》[6]音樂喜劇和六重唱的年代，也是緊身胸衣和羊腿袖流行的年代，裙撐隨處可見，芭蕾蓬裙更是無所不在，但是，毫無疑問，就算在突兀生硬的舊式服裝遮掩下，她的美貌依然出類拔萃。你見到當年歡悅的氣息——柔媚的雙眼，騷動人心的歌聲，舉杯祝賀與成捆花束，曼妙起舞和豐盛晚宴。你見到坐在雙輪馬車上的絕代佳人，那根本就是耀眼的典型吉布森女孩（註7）。你見到……正如你所見到。照片下面有一排名字，蘿珊娜・密爾班克，她原本是《雛菊花環》這齣劇的歌舞女郎和後備演員，由於頂替身體不適的明星而表現出色，結果獲得主角位置。

你會不禁再看一眼照片——然後心中納悶。爲什麼你從未聽說過她。爲什麼她的名字沒流傳在大眾歌曲中、輕歌劇的戲謔橋段、雪茄菸的標籤上、還有你那些尋歡作樂老長輩們的記憶裡，就像莉蓮・羅素、史黛拉・梅修和安娜・海德[8]那樣？蘿珊娜・密爾班克——她上哪兒去了？難道一處暗地活門突然打開把她吞噬進去？她的名字當然不在上星期天的報紙副刊，那些嫁給英國貴族的女演員名單之列。她肯定去世了——眞可憐，美麗年輕的女子——她被徹底遺忘。

我一直寄予厚望。我讓你碰巧發現傑弗瑞・克登寫的故事，還有蘿珊娜・密爾班克的照片。不可思議的是你在六個月後的報紙上發現一則約莫四百字篇幅的新聞，報導了參與「雛菊花環」巡迴演出的蘿珊娜・密爾班克小姐，低調宣佈嫁給大眾作家傑弗瑞・克登的喜訊。「克登太太，」報導

---

4 亞瑟港（Port Arthur）：西方對「旅順港」的舊稱。一八九四年十一月，日本於甲午戰爭攻陷旅順。

5 蒂耶里堡（Château Thierry）：法國北部埃納省（Aisne）的一處城鎮，第一次世界大戰期間的一九一八年七月十八日，德軍與美軍在此發生蒂耶里堡戰役。

6 《芙蘿多拉》（Florodora）：一齣音樂喜劇，一八九九年在倫敦首演，隔年在紐約搬上舞臺，共演出五百多場，成為二十世紀百老匯最成功的音樂劇之一，其中最著名的是雙六重唱（六男六女）以及歌舞團的演唱。

7 吉布森女孩（Gibson Girl）：美國插畫家吉布森（Charles Dana Gibson, 1867～1944）描繪的一八九〇年代美國女性理想形象。

8 莉蓮・羅素（Lillian Russell, 1860～1922）、史黛拉・梅修（Stella Mayhew, 1874～1934）、安娜・海德（Anna Held, 1872～1918），三人均為一八九〇年代紅極一時的女演員。

還平淡加註說，「將退出舞臺。」

這是愛情促成的婚姻。他倍受寵愛而充滿魅力；她天真無邪到難以抗拒。他們就像兩根浮木在激流中遭遇，相互牽絆，然後一起奔流而下。但就算傑弗瑞・克登繼續寫作四十年，也寫不出一篇像發生在自己生命中那麼峰迴路轉的故事。儘管蘿珊娜・密爾班克演出了三十多種角色，面對過五千場滿座觀眾，也不曾扮演如此幸福而又絕望的角色，等著在她走向蘿珊娜，克登的命運。

他們在各地旅館過了一年，到加州、阿拉斯加、佛羅里達和墨西哥四處旅行，濃情密意讓口角爭執變得溫柔和緩，才子佳人讓平凡瑣事變得華麗耀眼——他們年輕又滿富熱情；他們需索一切，然後在無私自豪的狂喜下又捨棄一切。她喜歡他輕快的說話聲調，還有那無緣由的強烈嫉妒心。他喜歡她雙眸深邃的光采和潔白的虹膜，還有那笑容中溫暖亮麗的熱情。

「難道她不討你喜歡嗎？」他會興奮而又羞澀地詢問別人，「她不是很棒嗎？你是否見過——」

「是啊，」他們會笑著回答，「她是個奇女子。你真幸運。」

一年過去了。他們厭倦住旅館。兩人在距離芝加哥半小時車程的馬洛鎮附近，買了一棟老房子和二十畝土地；他們買了一輛小車，帶著連巴爾波亞都自嘆弗如的拓荒者夢想，熱熱鬧鬧搬了過去。

「這是你房間！」他們輪流喊著。

然後接著說：

「這是我房間！」

「我們有小孩時，嬰兒房要在這裡。」

「我們要蓋個涼臺——噢，明年就做。」

他們在四月搬過去。七月時，傑弗瑞最親密的朋友哈利・克倫威爾來跟他們住了一星期——他們在大片草地的盡頭迎接他，得意洋洋敦促他進屋子去。

哈利也結婚了。他的妻子在六個月前生下小孩，目前還在紐約娘家調養身體。蘿珊娜從傑弗瑞那兒得知，哈利的妻子可不像哈利那麼討人喜歡。傑弗瑞曾見過她一次，認為她——「很膚淺」。不過哈利已結婚近兩年，似乎過得還算快樂，所以傑弗瑞猜想她或許是個稱職的妻子。

「我正在做小餅乾，」蘿珊娜很認眞嘮叨著，「你妻子會做小餅乾嗎？廚娘在教我怎麼做。我認為每個女人都該知道怎麼做小餅乾。這聽起來就讓人怒氣全消。會做小餅乾的女人一定不會——」

「你必須搬到這兒來，」傑弗瑞說，「像我們一樣在鄉間找個地方住，為了你和凱蒂。」

---

9巴斯克・努涅斯・德・巴爾波亞（Vasco Núñez de Balboa, 1475～1519）：文藝復興時期的西班牙探險家，曾率隊通過巴拿馬到達太平洋岸，是第一批越過新大陸看到太平洋的歐洲人。

「你不了解凱蒂。她討厭鄉間。她要上劇院去看她的輕歌劇。」

「說服她，」傑弗瑞又說，「我們可以形成一個聚落。這裡都是非常友善的人。帶她過來吧！」

現在他們來到門廊臺階，蘿珊娜快活指著右邊一棟破舊屋子。

「那是車庫，」她宣佈，「它在一個月內會成爲傑弗瑞寫作的書房。同時，晚餐在七點開始。此外，我會調製雞尾酒。」

兩個男人走向二樓——確切地說，他們走到一半，到達第一個平臺時，傑弗瑞放下客人的手提箱，然後用介乎質問與哀求的語氣大聲說：「看在老天份上，哈利，你覺得她怎樣？」

「我們上樓去，」他的客人回答，「然後關起門來說。」

半小時候，當他們一起坐在圖書室，蘿珊娜再次從廚房現身，手上捧著一盤小餅乾。傑弗瑞和哈利站了起來。

「它們眞漂亮，親愛的。」丈夫熱情地說。

「相當精緻。」哈利低聲說。

蘿珊娜眉開眼笑。

「嘗一個。你們全都看過前我不會去碰它們，而且弄清楚味道如何之前絕不會拿回去。」

「那就像嗎哪[10]一樣，親愛的。」

兩個男人同時將餅乾送進嘴裡，試咬一小口。他們又同時想改變話題。但蘿珊娜可不好騙，她放下盤子拿起一塊餅乾。一會之後，她傷心地斷然做出評論：「難吃透了！」

「其實——」

「噢，我沒注意到——」

蘿珊娜大叫。「噢，我真沒用，」她笑著呼喊，「趕我走吧，傑弗瑞，我是個寄生蟲，這點兒事都辦不到——」

傑弗瑞用手臂摟住她。「親愛的，我會吃你的餅乾。」

「至少它們很漂亮。」蘿珊娜堅持。

「它們可以——可以用來裝飾。」哈利建議。

傑弗瑞激動地接受他的說法。「這就對了。它們可以用來裝飾，它們是傑作。我們用得上。」他衝去廚房，拿了一把鎯頭和滿手鐵釘回來。「我們來利用它們，就這麼辦，蘿珊娜！我們來做成牆壁飾條。」

「不要！」蘿珊娜哀求，「這是我們漂亮的房子。」

「沒關係。我們十月就要重貼圖書室的壁紙。你不記得了？」

---

10 嗎哪（manna）：根據《聖經》記載，這是以色列人出埃及時，上帝賜給的神奇食物。

頭。

「那麼——」

砰！第一塊餅乾被釘到牆上，它就像個活生生的東西在那兒抖動一會兒。

砰！……

當蘿珊娜再拿著雞尾酒回來時，餅乾垂直一排釘在牆上，整整十二個，就像原住民收藏的箭頭。

「蘿珊娜，」傑弗瑞喊道，「你是個藝術家！做菜？——別開玩笑了！你應該幫我的書畫插圖！」

晚餐期間，外面天光逐漸昏暗，然後成了佈滿星辰的夜空，蘿珊娜華麗飄逸的白色洋裝引人注目，輕盈的咯咯笑聲不絕於耳。

「她是這麼可愛的女孩，」哈利心想，「不像凱蒂那麼老氣。」他比較兩個女人。凱蒂，緊張兮兮又不靈光，愛發脾氣又沒氣質，像是飄忽不定、毫不耀眼的一個女人。而蘿珊娜，就像春夜一樣含苞待放，從那稚嫩笑聲充分表露無遺。

「她跟傑弗瑞眞是絕配。」他又想，「這兩人眞是朝氣蓬勃，就是那種能夠保持青春的心，直到突然發現自己上了年紀的人。」

哈利思索這些事的同時也不斷想到凱蒂。他對凱蒂感到心灰意冷。依他來看，她應該早已恢復到可以帶著小兒子回芝加哥。當他在樓梯口跟朋友和他妻子道晚安時，心中還隱約惦記著凱蒂。

「你是這房子第一位眞正的訪客，」蘿珊娜在他背後喊道。「你是不是既興奮又驕傲？」

當他消失在樓梯轉角，她轉向站在身旁，將手扶在欄杆末端的傑弗瑞。「我親愛的，你累了嗎？」

傑弗瑞用手指揉一揉腦門。「有一點。你怎麼知道？」

「噢，我怎麼會不了解你？」

「頭在疼，」他悶悶不樂地說，「像要炸裂一樣。我要吃些阿斯匹靈。」

她伸手把燈關掉，他緊緊摟著她的腰一起上樓。

## 2

哈利在這兒度過一星期。他們開車馳騁在夢境般的鄉間小路上，或者閒散待在湖濱或草地上愉快聊天。傍晚，蘿珊娜坐在屋裡跟他們一起玩遊戲，直到他們的雪茄燒盡化爲白色菸灰。然後送來一封凱蒂發出的電報，她要哈利去東部接她，所以蘿珊娜和傑弗瑞送走訪客，回到他們似乎永不厭倦的清靜生活。

「獨處」再度令他們興奮。兩人在屋裡遊蕩，親密感受著對方的存在；他們就像新婚夫妻般坐在餐桌同一邊；他們完全專注在彼此身上，沉浸在極致幸福當中。

馬洛鎭雖然算是開發已久的居住地，但直到最近才形成「社群」。大概五、六年前，因爲驚覺芝加哥空氣污染，兩、三對所謂「平房族」的年輕夫妻搬來這裡，他們的朋友也隨之跟進。傑弗瑞·克登夫婦發現這裡早有「一套」生活模式等著迎接他們；一間鄉村俱樂部，舞廳，以及高爾夫球場爲他們敞開大門，還有橋牌聚會，撲克牌聚會，啤酒聚會，甚至什麼都不喝的聚會。

哈利離開一星期後，他們參加了一場撲克牌聚會。那兒有兩桌牌局，許多年輕太太一邊抽菸，同時大喊下注，在那年代是非常大膽粗獷的行徑。

蘿珊娜很早就離開牌桌四處走動；她閒逛到廚房爲自己倒了杯葡萄汁——喝啤酒會使她頭痛——然後從這張牌桌走到那張牌桌，越過肩膀看看人們手上的紙牌，隨時注意傑弗瑞，保持愉悅、沉穩又滿足的心情。傑弗瑞全心全意專注在牌局上，面前累積了一堆各色籌碼，蘿珊娜從那深鎖的眉頭就知道他很投入。她喜歡看他對小事情感到興趣。

她悄悄走過去，坐在他椅子扶手上。

她坐在那兒五分鐘，聽著男人時而尖銳的評論，還有女人的瞎扯閒談，話語就像輕煙般從牌桌裊裊升起——但她幾乎都沒專心聽。接著她別無用意伸出手，想放在傑弗瑞的肩膀上——當手觸碰到時，他突然吃了一驚，咕噥一聲，然後猛烈向後揮舞手臂，正好掃中她的手肘。

這時全部的人都倒抽一口氣。蘿珊娜穩住身體，輕叫一聲，然後迅速站起來。這是她有生以來受到最大的打擊。竟然來自仁慈體貼的傑弗瑞——如此直覺粗暴的動作。

現場一片靜默。眾人目光轉向傑弗瑞，他仰望蘿珊娜，似乎是沒見過她一樣。他臉上凝結著迷惘的表情。

「噢——蘿珊娜——」他說得結結巴巴。

眾人心中立刻起了疑惑，流言蜚語悄悄傳開。是否這對表面上恩愛的夫妻，背後隱藏某種令人不解的嫌隙？否則萬里晴空爲何會閃過一道烈焰？

「傑弗瑞！」——蘿珊娜的聲調是乞求諒解——驚嚇而恐懼，但她知道有地方做錯了。她不曾責備或怨恨他。她顫抖的嗓音懇懇哀求——「告訴我，傑弗瑞，」她說，「告訴蘿珊娜，你的蘿珊娜。」

「噢，蘿珊娜——」傑弗瑞又開口。那表情從迷惘轉爲痛苦。他顯然跟她一樣受到驚嚇。「我不是故意的，」他接著說，「你嚇到我。你——我覺得好像有人在攻擊我。我——怎麼會——唉，眞是愚蠢！」

「傑弗瑞！」再次懇求的呼喚，猶如向蒼天祭獻的焚香，從莫名的無底深淵冉冉上升。

他們倆站起來，跟大家道別，支支吾吾致歉和解釋。他們沒打算三言兩語簡單帶過。那樣很沒禮貌。他們說傑弗瑞本來就覺得不舒服。他變得有些焦慮。藏在兩人心中的是在那撞擊下難以解釋的震驚，令他們訝異的是在那當下兩人之間有了隔閡（他的憤怒和她的恐懼），而現在他們都感到懊悔，毫無疑問，這只是暫時的，但隔閡很快、很快就會彌補起來，只等適當時機。從他們腳下衝激而過的急流是什麼——難道是某個不明鴻溝的凶兆？

他們到外面坐上車，在秋分的滿月下，他斷斷續續談了起來。這實在是——連他自己都覺得不可思議，他說。他在思考牌局——全神貫注——然後肩膀被碰到就好像遭人攻擊。是攻擊！他緊咬這字眼，拿來當做擋箭牌。他一向討厭人家碰他。當他揮舞手臂之後，那種——焦慮，就消失不見了。他能理解的就是這樣。

他們眼眶充滿淚水，在廣袤夜空下，汽車疾速掠過馬洛鎮寧靜的街道，兩人輕聲傾吐愛意。後來，他們躺到床上，情緒差不多平靜下來。傑弗瑞打算放下所有工作休息一星期——只需無所事事和睡覺，還要持續散步運動，直到不再感到焦慮。他們如此決定之後，蘿珊娜的心情才安定下來。腦袋下的枕頭變得柔軟親切；窗戶透進的月光照射下，他們所躺的床似乎顯得寬闊、潔白又穩固。

五天後，第一波秋涼在傍晚時分來報到，傑弗瑞拾起一把橡木椅，朝自己面前的玻璃窗砸了出去。然後他像個孩子般躺在沙發上，哀號著乞求一死。一顆彈珠大小的血栓在他腦子裡破裂開了。

## 3

有時候，人會面臨一種清醒的夢魘，當你一、兩夜難以成眠，在極度疲憊下伴隨著新的一天來臨，就會覺得周遭生活全變了樣。你可以清楚確認的是不知怎麼回事，這時現實世界正走在分歧的岔路上，原本生活只是稍縱即逝的畫面或一面鏡子——那些人物、街道和房子的投影來自非常模糊而混亂的往日。在傑弗瑞病倒的第一個月裡，蘿珊娜發現自己就處在這種狀態。她只有精疲力竭時才睡得著；醒來也是恍恍惚惚。醫生的診斷冗長又嚴肅，淡淡藥味迴盪在門廳，屋裡突兀的踮步取代了充滿歡樂的腳步，然而最糟的是，在他們曾經共享的那張床上，傑弗瑞蒼白的臉深陷在枕頭裡——這些事令她消沉，也留下無法磨滅的蒼老痕跡。醫生抱持希望，但也僅止於此。他們說他需要長期休養，並且保持平靜。所以責任落到蘿珊娜身上。現在是她要付帳單，檢查傑弗瑞存款簿，以及跟出版社聯絡。她經常在廚房裡忙碌。她向看護學習如何準備他的餐點，一個月後就完全由自己照顧病人。爲了節省開支，她必須讓看護離開。兩位黑人女僕的其中一位也在此時離開。蘿珊娜這才明白，他們一直賴以維生的是傑弗瑞寫的一篇又一篇短篇故事。

最常來探病的是哈利・克倫威爾。他聽到消息很是震驚難過，雖然妻子現在跟他一起住在芝加哥，但每個月他總會找時間過來幾趟。蘿珊娜很歡迎他來慰問——這男人承受著某種苦惱，當他在身邊時，她與生俱來的同情心會讓自己感到些許安慰。蘿珊娜的天性突然變得強烈起來。她有時覺得失去傑弗瑞的同時，也失去生下自己孩子的機會，孩子是她現在最需要而且應該擁有的。

傑弗瑞病倒六個月後，夢魘感漸漸消退，殘留的不是原來的世界，而是一個更灰暗冷酷的陌生環境，此時她期待去見哈利的妻子一面。她在芝加哥發現火車出發前還有一小時，於是決定基於禮貌去做拜訪。

當她踏進大門，腦海頓時浮現一個印象，就是這公寓很像她以前看過的一個地方——而且幾乎立刻讓她想起童年時街角的烘焙店，裡面放滿一排排覆蓋粉紅色糖霜的蛋糕——千篇一律的粉紅，粉紅食物，炫耀、俗氣、令人作嘔的粉紅。

而這棟公寓就像那樣。它全是粉紅色。連聞起來也是粉紅色！

克倫威爾太太裹著一身粉紅和黑色相間的晨袍來開門。她的髮色黃得鮮豔，蘿珊娜不禁想像她每星期都在洗髮水中攙了漂白劑。她的眼睛是很淺的淡藍色——人是漂亮，卻太刻意表現優雅。她尖聲親切表達熱誠，又如此迅速在款待中融入敵意，以致於兩人都只有表情與言語的交會——從未觸及內心深處的眞實自我。

這些事對蘿珊娜而言倒是其次；她的目光一直被那件晨袍怪異的魔力所吸引。它眞是髒得可怕。從最下面的褶邊到上方十公分的衣襬，完全沾滿地板上的藍色塵埃；再往上近八公分則是灰色——然後才慢慢顯露出衣服原本的顏色，那就是——粉紅。袖口也是髒的，還有衣領——當這女人轉身帶路走進客廳時，蘿珊娜確信她的脖子也是髒的。

然後單方面滔滔不絕的對話就此展開。克倫威爾太太娓娓訴說她的喜好與厭惡，她的頭，她的胃，她的牙齒，她的公寓——並且以一種傲慢的拘謹避免談到蘿珊娜的生活，似乎她認爲蘿珊娜遭受打擊後，自己應該盡量小心迴避這方面話題。

蘿珊娜微笑著。那件晨袍！還有那脖子！

五分鐘後，一個小男孩東倒西歪走進客廳——一個骯髒的小男孩，穿著骯髒的粉紅連身褲。他的臉滿是髒污——蘿珊娜很想把他抱到膝上擦擦鼻子；他頭上還有別的地方需要處理，那雙小鞋已經踢穿了鞋頭。眞不知該說些什麼！

「多可愛的小男孩！」蘿珊娜驚呼，露出燦爛笑容，「來我這邊。」

克倫威爾太太冷漠地看著自己兒子。

「他會弄髒你。看看那張臉！」她撇頭嚴厲看著他。

「他不是很可愛嗎？」蘿珊娜又說。

「瞧他的連身褲。」克倫威爾太太皺起眉頭。

「他需要換一件，不是嗎，喬治？」

喬治好奇瞪著她看。對他來說連身褲就是弄髒也沒關係的衣服，就像這件。

「今天早上我試著讓他看起來體面一點，」克倫威爾太太就像失去耐性般發牢騷，「然後發現他沒有別的連身褲了——爲了不讓他光著身子到處跑，就把這套衣服幫他穿回去——還有他的臉——」

「他有幾套連身褲？」蘿珊娜親切好奇地問著。（「你有幾把羽毛扇？」其實她想這麼問。）

「噢——」克倫威爾太太思索著，皺起她漂亮的額頭。「五件，我想應該是。我知道夠多了。」

「你可以買五十分錢一件的。」

克倫威爾太太露出訝異的眼神——還有些微的盛氣凌人。竟是這種價格的連身褲！

「你真這麼想？我不知道。他應該有很多件，但我整星期都抽不出時間送去洗衣店。」然後，她很唐突地岔開話題，「我一定要讓你看些東西——」

兩人起身，蘿珊娜跟她走過房門敞開的浴室，零亂扔在地上的衣服顯示已經有段時間沒送洗了，然後走進另一個房間，可以說是粉紅的極致。這是克倫威爾太太的房間。

在這裡，女主人打開一扇衣櫥門，展現在蘿珊娜眼前的是數量可觀的內衣收藏。那兒有許多薄得驚人的蕾絲綢衣，都很乾淨，沒有皺褶，似乎還沒碰過。旁邊衣架掛著三件新的晚禮服。

「我有一些漂亮的衣服，」克倫威爾太太說，「但沒多少機會穿它們。哈利不喜歡外出。」她的語氣帶著埋怨，「他只要我白天扮演保姆和管家，晚上扮演親愛的妻子就心滿意足了。」

蘿珊娜又報以微笑。「你這兒有一些漂亮的衣服。」

「是啊，沒錯。讓我給你看——」

「真漂亮，」蘿珊娜一再重複，然後打斷，「不過，我得用跑的才趕得上火車。」

她覺得自己的手在顫抖。她真想把手放在這女人身上搖一搖她——搖一搖她。真想把她鎖在某個地方去刷地板。

「眞漂亮，」她不斷重複，「但我只能待一會兒。」

「啊，眞遺憾，哈利不在家。」

她們走向門口。

「——噢，還有，」蘿珊娜耐著性子說（儘管語氣依舊溫和，面帶笑容），「我想你可以到艾潔莉的店買連身褲。再見。」

直到抵達車站，買好回去馬洛鎮的車票，蘿珊娜才意識到在這登門拜訪的五分鐘，是她六個月來第一次沒把心思放在傑弗瑞身上。

## 4

一星期後，哈利出現在馬洛鎮，突然在下午五點鐘抵達，他走過步道，精疲力竭倒在門廊椅子上。蘿珊娜自己才度過忙碌的一天而疲憊不堪。醫生五點三十分會到，還帶了一位從紐約來的知名神經科專家。她很緊張而且情緒低落，但哈利流露出的眼神讓她坐到了他身邊。

「怎麼回事？」

「沒事，蘿珊娜，」他否認，「我來看看傑弗瑞現在如何。你別擔心我。」

「哈利，」蘿珊娜堅持說，「一定有什麼問題。」

「沒事，」他重複，「傑夫好嗎？」

焦慮使她臉色沉重。

「他有點惡化，哈利。朱維特醫生剛從紐約來。他們認為他可以告訴我明確狀況。他會嘗試找出目前癱瘓是否跟當初血栓有任何關係。」

哈利起身。

「噢，我很抱歉，」他急忙說，「我不知道你在等會診。我不該來的。原本只想坐在門廊前晃個一小時——」

「坐下。」她命令道。

哈利猶豫不決。

「坐下，哈利，親愛的傢伙。」她滿滿的善意包覆著他，「我知道一定有問題。你的臉蒼白得像紙一樣。我去拿瓶冰啤酒給你。」

他立刻癱在椅子上，雙手掩面。

「我沒辦法讓她快樂，」他緩緩地說，「我已經不斷努力。今天早上我們因為早餐起了口角——我到市區吃早餐——然後——唉，她就在我去上班後離家出走，帶著喬治和一只裝滿蕾絲內衣的皮箱到東部投靠她母親。」

「哈利！」

「我不知道——」

碎石路傳來嘎吱聲響，一輛汽車轉進車道。

蘿珊娜輕喊一聲。「朱維特醫生來了。」

「噢，那我會——」

「你會等，對吧？」她心不在焉打斷他的話。他看得出那神情焦慮的思緒已經把他問題拋在一旁。

眞是尷尬的片刻，經過含糊簡略的介紹後，哈利跟大家進屋裡，看他們走上樓梯消失眼前。他進去圖書室，坐到大沙發上。

整整一小時，他看著夕陽餘輝在印花窗簾的圖案摺痕上慢慢爬升。沉寂中，一隻被困住的黃蜂在玻璃窗前嗡嗡作響，給房裡帶來幾分喧鬧。樓上不時傳來另一種嗡嗡聲響，好像幾隻更大的黃蜂被困在更大的玻璃窗裡。他聽到低沉的腳步聲，玻璃瓶的碰撞聲，還有倒水的傾瀉聲。

傑弗瑞和蘿珊娜到底做了什麼，生命竟會遭受這些猛烈打擊？樓上進行著對他朋友靈魂的生死裁決；他坐在這寂靜房間聽黃蜂悲鳴，就像童年時犯錯接受懲戒，被嚴厲的阿姨罰坐椅子長達一小時。但誰強迫他坐在這裡？哪個凶狠的阿姨從天上探出頭來懲罰他——又犯了什麼錯？

他對凱蒂感到非常絕望。她太奢侈（那是無解的難題），他突然痛恨起她。他眞想把她推倒一腳踹下去（說她是個騙子和吸血鬼），她實在很髒。還有，她得將兒子還回來。

他起身在房間來回踱步。同時，聽到樓上有人穿過走廊，步伐跟他一模一樣。他發覺自己很好奇，那人抵達走廊盡頭前，他們會不會就這樣同步走著。

凱蒂已經去投靠母親。老天，她去投靠怎樣的一個母親！他試想母女相見的畫面：受盡委曲的妻子仆倒在母親懷裡。想當然爾一定不是如此。要說凱蒂會有多悲傷是不可能的。他漸漸認為她是個冷漠無情的人。當然，她會要求離婚，最後還會再婚。他開始思考這件事。她會嫁給誰？他苦笑，接著笑不出來；腦海閃過一個景象——凱蒂環抱某個他看不到臉的男人，她嘴唇緊貼著那男人的嘴唇，無疑充滿著——激情。

「天啊！」他大聲嚷嚷，「天啊！天啊！天啊！」

這畫面頻頻浮現。今早的凱蒂逐漸淡出；那骯髒的晨袍也消失不見；怨氣、盛怒和淚水全都一掃而空。她又成為凱蒂・卡爾——那個黃頭髮大眼睛的凱蒂・卡爾。啊，她愛過他，她曾經愛過他。

一會兒之後，他察覺自己有些不對勁，無關凱蒂與傑夫，是另一種類型的問題。最後他突然驚覺；自己餓了。最簡單不過的事！他可以立刻去廚房，向黑人廚娘要一份三明治。然後他得回去城裡。

他停在牆邊，扯下一個圓形物體，漫不經心用手指撥弄，放進嘴裡嘗味道，就像嬰兒把鮮豔玩具拿來品嘗一樣。他的牙齒咬了下去——啊！

她會留下那件該死的晨袍，髒污的粉紅晨袍。希望她還懂得人情世故把它帶走，他心想。它大概是掛在屋子裡，就像他們病態婚姻的殘骸。他會想辦法丟掉它，但也可能永遠無法下定決心移動它。它就像凱蒂，柔軟輕滑，而且無動於衷。你打動不了凱蒂；你無法跟她溝通。其實沒什麼好溝通的。他完全知道——他一直都知道。

他手伸向牆上另一塊餅乾，費了番功夫將它連同釘子一起拔下來。他從餅乾中央小心抽掉釘子，徒然心想，吃第一塊餅乾時有沒有把釘子也吞下去。眞荒謬！這樣他一定會記得——那可是一根大釘子。他感覺食慾大開，想必自己非常餓。他思索著——想起來了——昨天他沒吃晚餐。昨天女僕休假，凱蒂躺在房間吃巧克力糖。她說她覺得「快透不過氣來」，不能忍受他靠近自己。他幫喬治洗了澡，哄他睡覺，然後躺到沙發上，打算自己吃晚餐前小憩片刻。結果他睡著了，大概十一點鐘才醒，發現冰箱裡除了一湯匙的馬鈴薯沙拉就沒別的可吃。他吃掉沙拉，還有一些在凱蒂櫃子裡找出來的巧克力糖。今天早上他在市區倉促吃了早餐就去上班。但是到了中午，他開始擔心凱蒂，於是決定回家帶她出去用餐。回到家後看到自己枕頭上放了紙條。衣櫥裡的那堆內衣不見蹤影——她還留下指示說要幫她寄送行李。

他從來沒這麼餓，他心想。

五點鐘，當護士踮腳走下樓，他正坐在沙發上盯著地毯。

「克倫威爾先生？」

「什麼事？」

「噢，克登太太沒辦法陪你吃晚餐。她身體不適。她要我告訴你，廚娘會幫你準備飯菜，而且還有一間備用的臥房。」

「你說她不舒服？」

「她躺在自己房間。會診才剛結束。」

「那他們——他們有做出判斷？」

「有的，」護士輕聲說，「朱維特醫生說沒希望了。克登先生會活下去，但不能看，不能動，也不能思考。他只會呼吸。」

「只會呼吸？」

「是的。」

護士這才注意到，她記得在寫字桌旁看過一排十幾個奇特的圓形物體，她曾依稀以爲是某種異國裝飾，現在只剩一個。其他原本位置只留下一排小釘孔。

哈利茫然地隨她瞥過牆面，然後站起來。「我想我不會留下。應該還有火車。」

她點點頭。哈利拿起帽子。

「再見。」她親切地說。

「再見。」他回答，就像在對自己說，接著，顯然是某種無法克制的需求所驅使，他走向門口的途中停下腳步，她看他從牆上拔起最後那塊物體，放進自己口袋。
然後他推開紗門，走下前廊臺階，離開她的視線。

# 5

過了一段時日，傑弗瑞・克登家外牆的潔白油漆向多年的七月豔陽做出明確讓步，並且轉變成灰色以展現誠意。它開始剝落——大片脆弱的舊漆往外翹起，就像老人在做怪異的健身操，最後掉落在下方漫草叢中發霉碎裂。前廊臺柱的油漆斑駁不堪；左邊門柱上的白色圓球被撞掉；綠色窗簾變得暗沉，失去所有炫耀的色彩。

這棟房子成了心志脆弱的人避免拜訪的地方——有個教會在斜對面買了大片土地當墓園，這麼一來，跟「克登太太與活死人同住的地方」聯想在一起，就足以讓臨近這條路的地區陷於陰森氣氛當中。她並沒有被世人遺忘。還是有男男女女會來看她，或者當她出外購物時在鎮區相遇，他們就用自己的車送她回家——然後進屋裡聊天，休息一會兒，沐浴在她仍具魅力的笑容之下。但不再有陌生男人帶著愛慕眼光在街上跟著她；無形面紗將她的美貌遮掩，奪走了活力，即便並沒在臉上添加皺紋或增胖。

她成了鎮上的怪人——有一些關於她的小故事流傳著：一年冬天，整個鄉間被冰封起來，馬車或汽車都無法通行，於是她自己學會溜冰，這樣可以快速前往雜貨店或藥房，不會單獨留下傑弗瑞太久時間。還傳說自從他癱瘓以來的每個夜晚，她都睡在他旁邊的一張小床上，緊握他的手。

人們談到傑弗瑞．克登就當他已經死了。隨著光陰流逝，認識他的人一一過世或搬走——只剩下五、六個人，那些一起喝雞尾酒時直呼彼此妻子名字的老傢伙，他們會想起傑夫是馬洛鎮有史以來最風趣、最有才華的一個人。然而，對於過路訪客而言，他只是克登太太有時匆忙告退上樓的藉口；他是氣氛凝重的週日下午，傳到沉寂客廳的一聲尖叫或呻吟。

他沒辦法動；他完全失明，不能說話，沒任何知覺。他整天躺在自己床上，除了每天早晨她整理床時會移去輪椅上。他的癱瘓逐漸向心臟蔓延。在第一年——剛開始，蘿珊娜有時握他的手會感到極輕微的擠壓回應——然後它消失了，某天傍晚就此停止不再出現，接下來的兩個夜晚，蘿珊娜睜大眼睛躺著，凝視黑暗不斷思索，是什麼消失了，他靈魂的哪個片段飛散了，那破碎崩解的神經傳到腦子的最後一絲領悟是什麼。

從此之後希望破滅。若沒有她持之以恆的照顧，最後的星火可能早已熄滅。她每天早上幫他刮臉洗澡，將他從床鋪搬上輪椅再移回去。她時常待在房間裡，忍受藥味，抹平枕頭，對他說話幾乎就像跟一隻親近人的狗在講話那般，並不期待回答或理解，只是習慣性帶著殘存的信念，在絕望中持續祈禱。

有不少人，包括一位知名神經科專家在內，向她清楚表示這麼多的照顧都是枉然，如果傑弗瑞還有意識會希望一死了之，如果他的靈魂徘徊在某處更廣闊的天空，也會同意她不要做這麼多犧牲，毀壞的只是禁錮它的肉體，而它將獲得解脫。

「不過你要明白，」她緩緩搖頭說，「我嫁給傑弗瑞是因為——我無法停止愛他。」

「但是，」專家反駁，「你不會愛上變成那樣的他。」

「我能愛他以往的模樣。不然我還能做什麼？」

專家聳聳肩離開，他說克登太太是個不凡的女人，就像天使般溫柔——但他又說，這真是太可惜了。

「一定有某個男人，甚至一打的男人，會非常樂意照顧她……。」

偶爾——是有這樣的男人。到處有人一開始心存冀望——最後都轉為尊敬她。這女人心中的愛，說也奇怪，除了對生命，對世人，對自己都難以負擔還施予食物的流浪漢，還有對於從砧板上切下一塊肉排便宜賣她的肉販，此外皆不存在。其他的愛被封存在那面無表情的木乃伊身上，躺在床上的那張臉就像指南針無意識地永遠朝向光線，靜靜等待心臟的最後一波律動。

## 6

十一年後，他在五月的一個晚上嚥了氣，那時紫丁香的氣味繚繞窗臺，蟬鳴蛙叫的喧鬧中外頭飄起了微風。蘿珊娜在兩點鐘醒來，驚覺只剩自己一個在這房子了。

在那之後，她有好幾個下午都坐在飽受日曬雨淋的門廊上，注視眼前那片緩緩下斜的起伏草地，朝著白綠相間的小鎮遠景延伸而去。她在想往後的日子要做什麼。她三十六歲——漂亮，強健，又是自由之身。這些年已經耗盡傑弗瑞的保險金；她也勉強割捨了左右兩側的土地，甚至還用房子抵押借了些錢。

丈夫走了，隨之而來的是身體的不安。她惦記著早上得照料他，惦記著要趕去鎮上，不忘到肉攤和雜貨店簡短親切打聲招呼；她惦記著要爲兩人做餐，爲他精心準備流質食物。有一天，爲了消耗精力，她到外面把整個花園鏟過一遍，這已經是多年來沒做的事。

夜晚，她獨自待在房間，這裡見證了她燦爛的婚姻和日後的苦難。爲了再看到傑夫，她回想那美好的一年，強烈熱情投在彼此身上，兩人形影不離，絕沒料到後來疑難重重的會診；她時常醒來躺在床上，希望他還在身旁——病懨懨但仍在呼吸——那畢竟是傑夫。

他去世六個月後的一天下午，她坐在門廊上，一襲黑衣完全看不出豐盈的體態。這是初秋晴朗的日子——金黃陽光灑滿全身；落葉打破周遭的寂靜；午後四點鐘，西邊太陽在火紅天空射下一道橘光。大部份的鳥都飛走了——只有一隻在杜鵑下築巢的麻雀，在頭頂上振翅跳躍，時而發出各種的啁啾鳴叫。蘿珊娜移動椅子好看得見牠，她放空思緒，懶洋洋沉浸在下午的時光。

哈利・克倫威爾要從芝加哥來共進晚餐。自從八年前離婚後，他就是這裡的常客。他們已經在彼此間形成一種慣例——當他來的時候，兩人會一起去看傑夫；哈利會坐在床邊熱心問候：「喲，傑夫，老傢伙，今天覺得怎樣？」

蘿珊娜站在旁邊，專注盯著傑夫，期待他對這位昔日老友的模糊認知可以穿透那殘破的心靈——但那張臉，蒼白，呆滯，唯一動作就是朝著光線緩慢轉動，如同失明雙眼的背後有某個東西在探尋另一種早已消失的光。

這樣的探訪持續了八年——在復活節、耶誕節、感恩節和無數的星期天，哈利都會出現，呼喚傑夫，然後坐在門廊跟蘿珊娜聊上很長一段時間。他深愛著她。既沒有刻意隱瞞，也不打算加深這層關係。她是他現在最好的朋友，而躺在床上的那具軀體是他過去最好的朋友。她是平靜，她是安寧，她是往事。他自己的慘痛經歷唯有她知道。

他參加了葬禮，但在那之後公司將他工作調去東部，只有出差才能來芝加哥附近。蘿珊娜寫信跟他說有機會就過來——他在城裡住了一晚，然後搭上火車。

他們握了握手，他幫她把兩張搖椅靠在一起。

「喬治好嗎？」

「他很好，蘿珊娜。看來他喜歡學校。」

「那當然，現在唯一要做的事就是送他去學校。」

「沒錯——」

「你很想他吧，哈利？」

「對啊，我很想他。他是個有趣的孩子——」

他談了很多喬治的事。蘿珊娜很有興趣。哈利下次休假一定要帶他過來。她只見過他一次，當時那個穿著骯髒連身褲的小孩。

她留下他看報紙，自己去準備晚餐——今晚有四塊肋排，還有從自家花園剛摘的蔬菜。她把晚餐都端上桌後叫他，他們一起坐下繼續聊著喬治。

「如果我有小孩——」她總會說。

後來，哈利就自己微薄的認知提供她關於投資的建議，他們在花園裡散步，走走停停，一會兒認出這裡曾是一張水泥長凳，那裡以前是網球場……。

「你還記得——」

然後他們想起許多往事——他們拍下所有照片的那天，傑夫被拍到騎在小牛背上；還有哈利為傑夫與蘿珊娜畫的素描，兩人伸展四肢躺在草地上，頭幾乎碰在一起。那裡原本要搭一個棚架，用來連接做工作室的車庫和房子，這樣傑夫在雨天也能過去——棚架當初已經動工，現在只留下一片破損的三角板還黏附在房子邊，就像被搗毀的雞舍。

「還有那些薄荷茶！」

「還有傑夫的筆記本！當我們從他口袋拿出來大聲唸了一頁內容，你記得我們笑得多開心，哈利。還有他變得多激動？」

「狂熱極了！他談到寫作就是這麼孩子氣。」

他們倆沉默一陣，然後哈利說：「我們原本也要在這兒找個地方住。你記得嗎？我們打算買下毗鄰的二十畝地。還要辦許多聚會！」

話題又中斷，這次是蘿珊娜低聲發問，打破沉默。「你聽說過她的消息嗎，哈利？」

「噢——有啊，」他平靜地承認，「她在西雅圖，再嫁了，嫁給一個名叫霍頓的男人，伐木大王之類的。我相信他的年紀比她大很多。」

「她現在表現怎樣？」

「不錯——我是這麼聽說的。你知道，她擁有一切。除了爲這傢伙盛裝打扮共進晚餐，不需要多做什麼。」

「我懂。」

他不費功夫就改變了話題。「你要保留這幢房子？」

「我想是的，」她點點頭，「哈利。我住這裡這麼久了，想到要搬家是很可怕的事。我曾想去學做看護，但那就表示我得離開。我應該會當膳宿公寓的女主人。」

「住進一間膳宿公寓？」

「不。經營一間。當膳宿公寓老闆娘很奇怪嗎？反正我有一位黑人女僕，夏天招攬大約八個房客，如果可以的話，冬天找兩、三個。當然，我得重新油漆房子，重做內部裝潢。」

哈利思索著。「蘿珊娜，嗯——你當然知道自己最適合做什麼，但這似乎令人很驚愕，蘿珊娜。你是以新婚妻子的身份來到這裡。」

「也許吧，」她說，「那也是爲什麼我不介意以膳宿公寓老闆娘的名義留在這裡。」

「我記得有一排餅乾。」

「噢，那些餅乾，」她喊道。「所以啦，從我聽說你吃掉它們的樣子來看，那些餅乾應該沒那麼難吃。我那天情緒實在低落，但聽到護士告訴我餅乾的事，不知怎麼就笑出來了。」

「我注意到那十二個釘孔還在圖書室牆上，就在傑夫釘上去的地方。」

「對啊。」

現在天色變得非常暗，空氣充滿乾爽的涼意，一陣強風吹得最後的枯葉紛紛落下。蘿珊娜微微顫抖。「我們最好進屋裡去。」

他看看手錶。「時間晚了。我得準備離開。明天我要去東部。」

「你一定得走嗎？」

他們就在門廊下逗留一陣，看那像似覆滿雪花的月亮從遠方湖面升起。仲夏已逝，正値初秋。草地一片冰涼，沒有霧氣，也沒有露水。他離開後，她會進屋裡去，點燃燈光收拾殘局，而他會延著小路走去鎮上。對這兩人而言，生命來去實在倉促，留下的不是苦澀，而是遺憾；沒有幻滅，只有痛楚。當他們握手道別時，月光已經足以讓他們清楚看見彼此眼中凝聚的善意。

——〈幸福的殘垣〉（The Lees of Happiness），
原刊於一九二〇年十二月十二日《芝加哥週日論壇報》（Chicago Sunday Tribune）

# 赦免

## I

從前有位神父，有著冰冷呆板的雙眼，在寧靜的夜晚會流下冰冷的眼淚。他流淚是因爲下午紛擾而漫長，沒辦法跟我們天主達到完美神祕的結合。有時候，將近四點鐘，一群瑞典女孩會沿著窗前小徑窸窣而過，他發現她們的尖銳笑聲刺耳極了，只得大聲祈求暮色降臨。到了黃昏，笑聲和話語安靜下來，但有幾次他在傍晚走過朗伯格雜貨店，屋裡點著黃色燈光，冷飲櫃檯上的金屬龍頭閃閃發亮，他聞到空氣中充斥著廉價香皀的甜膩氣味。星期六晚上聽完告解回去時，他經過這裡會刻意走在對街，這樣肥皀氣味還沒彌漫到鼻子前就浮升上去，如同焚香輕煙飄向夏日明月。

但他無法迴避下午四點鐘的炙熱狂躁。從窗子望去，在他視線所及，達科他麥田佈滿整個紅河谷。麥田看來令人生懼，他苦惱俯瞰著永遠攤在陽光下的遍地圖案，思緒沉浸在怪誕的迷宮裡。

一天下午，當他心智就像老舊時鐘一樣開始筋疲力竭時，管家帶了一位漂亮、緊張的十一歲小男孩進書房，他的名字叫魯道夫·米勒。小男孩坐在一塊陽光中，胡桃木書桌後的神父裝作十分忙碌。這掩飾了他的解脫，因爲有人來到他坐困的房間。

不久之後，他舉目環視，發現自己盯著一對閃爍大眼，眼珠子泛著湛藍光點。那眼神片刻間令他吃了一驚——然後看出他的訪客顯得相當害怕。

「你的嘴在顫抖。」舒瓦茲神父說，他的嗓音疲憊。

小男孩用手摀住顫抖不已的嘴。

「你惹麻煩了？」舒瓦茲神父問得嚴厲，「把手從嘴巴上拿開，告訴我是什麼問題。」

舒瓦茲神父現在認出他是一位教區信徒（貨運經紀人米勒先生）的兒子。這男孩勉強拿開他的手，絕望低聲傾訴起來。

「舒瓦茲神父——我犯了可怕的罪。」

「違背純潔的罪？」

「不，神父……更糟的罪。」

舒瓦茲神父的身體猛然抽動一下。「你殺了人？」

「不——但我就怕是——」那聲音轉爲激烈啜泣。

「你要告解嗎？」

小男孩痛苦地搖搖頭。舒瓦茲神父清一清喉嚨，好讓自己嗓音柔和，說些平靜寬容的話。他這時應該拋開自己的苦惱，努力表現得像上帝一樣。他在心裡反覆默唸一段祈禱文，希望上帝能回應，幫他表現稱職。

「告訴我，你做了什麼。」他改用柔和的語氣。

小男孩透過淚水看著他，放下心中疑慮，因爲焦躁的神父給了他道德寬容的印象。他盡可能讓自己對這人敞開心扉，魯道夫・米勒開始講述自己的情況。

「星期六，就是三天前，父親說我得去告解，因爲我已經有一個月沒去告解，我的家人每星期都去告解，我卻沒這麼做。於是我就出門去，沒放在心上。我想等到晚餐後再說，因爲我在跟一群小孩玩耍，後來父親問我有沒有去，我說『沒有』，他就抓著我衣領說『你現在就去』，於是我說『好啦』，然後走去教堂。他在背後對我喊道：『沒去以前別回來。』……」

## 2

——**星期六，三天前**。

告解亭的絨布簾又拉上陰沉的摺痕，底下只露出一個老人的舊鞋。布簾後面的不朽靈魂，在跟上帝與可敬的教區神父阿道夫・舒瓦茲獨處。聲音傳來，不太順暢的喃喃低語，還不時被神父清晰可聞的質問打斷。

魯道夫．米勒跪在告解亭旁的座席上等候，提心吊膽聆聽著，但仍聽不到裡面在說什麼。事實上，神父的聲音使他驚恐。下一個就輪到他，還有三、四個在等候的人，他們也許會大膽偷聽他承認違反第六條和第九條誡律[1]。

魯道夫不曾與人偷情，也沒有覬覦鄰人之妻──但這些通姦罪過的告解尤其難以面對。相較之下，他偏好沒那麼丟臉的墮落之罪──它們形成一片灰色背景，緩解他靈魂上淫穢的污點。

他一直用手遮住自己耳朵，希望拒絕聽見的舉動會被注意，等輪到他時也能獲得相同禮遇，當告解亭內的懺悔者有了明顯動作，他把臉猛然埋進彎曲的手肘裡。恐懼變成一種具體形式，擠壓在他的心肺之間。現在他得盡可能爲自己的罪過表現懊悔──並不是因爲害怕，而是他冒犯了上帝。他必須說服上帝相信他感到懊悔，在這之前他得先說服自己。經過一陣情緒緊繃的掙扎之後，他顫抖著自怨自艾，確定此時準備好了。假如他能完整保持這種情緒，不讓其他想法跑進腦子，直到走入那站立的大棺材裡，也許就能熬過生命中另一次宗教上的危機。

然而，有段時間，一個瘋狂的想法隱約在他心中糾纏。他現在可以回家，就趁輪到他前，然後告訴母親說他到得太晚，發現神父已經離開。不幸的是，這會冒著被逮到說謊的風險。另一個說

1 天主教十誡的第六條為「勿行邪淫」，第九條為「勿願他人妻」。

法是他已經告解過，但這表示他明天得躲避領受聖餐，因爲不潔靈魂領到的聖餐會在他嘴裡變成毒藥，然後他會全身癱軟，受到聖壇前的眾人指責。

舒瓦茲神父的話語聲再度響起：「以及爲你——」

沙啞的低語模糊不清，魯道夫坐立難安。他覺得今天下午沒辦法進去告解。他緊張地猶豫不決。接著，告解亭傳來一聲輕敲，吱吱嘎嘎，一陣沙沙聲響。滑窗已經落下，絨布簾在晃動。逃避的誘惑來得太遲了……。

「保佑我，神父，因爲我犯了……。我向全能的神和您懺悔，神父，我犯了……。自從我上次告解已經過了一個月又三天……。我譴責自己——妄稱上帝之名……。」這是個小罪，他請求責難只是在虛張聲勢（光是說得出來就很不簡單），「……對一位老太太口出惡言。」

格窗裡的蒼白身影動了一下。「你做了什麼，我的孩子？」

「是史文森老太太，」魯道夫歡快地低語著，「她拿走我們打破她窗子的棒球，不肯還給我們，所以我們整個下午都對她大喊『去死吧』。結果大約五點鐘，她昏倒過去，人們不得不把醫生找來。」

「繼續說，我的孩子。」

「還有——我不相信自己是父母的孩子。」

「什麼？」這詢問顯然吃了一驚。

「我不相信自己是父母的孩子。」

「爲什麼？」

「噢，只因爲傲慢。」懺悔者答得輕鬆。

「你是說你覺得自己太優秀，不可能是你父母的孩子？」

「是的，神父。」口氣已不那麼沾沾自喜。

「繼續說。」

「我違抗母親並直呼她的名字。我在背後詆毀他人。我抽菸——」

魯道夫現在說完了小罪，接著就是那些難以啓齒的罪過。他的手指像欄杆一樣緊壓在臉上，彷彿要把心中的羞愧從指間擠壓出來。

「我說髒話，我的心思和念頭不正經。」他說得很小聲。

「有多常？」

「我不清楚。」

「一星期一次？兩星期一次？」

「兩星期一次。」

「你是否屈服於這些念頭？」

「沒有，神父。」

「當你心生念頭時是獨自一人？」

「不是，神父。我跟兩個男孩和一個女孩在一起。」

「難道你不了解，我的孩子，你應該要避開罪惡的場合，如同避開罪惡本身？罪惡的同伴導致罪惡的念頭，罪惡的念頭導致罪惡的行為。這事發生在哪兒？」

「在穀倉，前面就是——」

「我不想聽到任何名字。」神父立刻打斷他。

「噢，發生在穀倉上方的閣樓，這女孩跟——一個同伴，他們在說話——說不正經的話，而我待在旁邊。」

「你應該離開——你應該叫那女孩離開。」

他應該離開！他不能告訴舒瓦茲神父，當他們說這些猥褻話語時，自己手腕的脈搏跳得有多快，心中盤據著多麼奇妙浪漫的興奮。也許在罪惡的妓院裡，從那些眼神呆滯、不可救藥的女孩當中，可以找到點燃純潔烈火的對象。

「還有別的事要告訴我嗎？」

「我想沒有了，神父。」

魯道夫覺得放下心中重擔。緊壓的手指下早已冒出汗水。

「你有沒有說謊？」

這質問令他震驚。就像那些天生習慣說謊的人，他對事實總會敬畏三分。幾乎是外來的一道命令要他迅速、痛苦地回答：「噢，沒有，神父，我從不說謊。」

在那片刻，他猶如登上王座的平民，嘗到驕傲的滋味。然後當神父依慣例低聲告誡時，他意識到自己威風凜凜的否認就已經是說謊，他犯了一個可怕的罪——在告解時說謊。

他不假思索回應舒瓦茲神父所說「表達你的懺悔」，開始無意義地大聲複誦：「噢，我的天父，我衷心懺悔，因爲冒犯了您……。」

他現在必須修改這句話——眞是糟糕的錯誤——但當他唸完祈禱文，闔上嘴巴時，隨即叩的一聲，滑窗關了下來。

一分鐘後走在暮光下，從悶熱的教堂來到開闊的麥田，他獲得紓解，老天都還沒完全明白他做了什麼。他不再煩惱，深深吸一口清涼空氣，開始對自己一遍又一遍說著「布拉齊福德・沙勒明頓，布拉齊福德・沙勒明頓！」

布拉齊福德・沙勒明頓是他自己，這些字眼實際像是一首抒情詩。當他變成布拉齊福德・沙勒明頓時會流露出一種瀟灑的崇高。布拉齊福德・沙勒明頓活在勢不可擋的勝利喜悅中。魯道夫半閉眼睛，這代表布拉齊福德已經完全支配了他，而且沿途傳來羨慕的低語：「布拉齊福德・沙勒明頓！那是布拉齊福德・沙勒明頓。」

此刻他暫時化身爲布拉齊福德，昂首闊步走在曲折的回家路上，但當腳下變成碎石路，轉進盧維克大街時，魯道夫的豪氣消逝，心情冷卻下來，他對自己說謊這件事感到害怕。當然，上帝已經知悉——但魯道夫在心裡保留一塊角落不受上帝譴責，他在這兒編織藉口去哄騙上帝。現在他躲進角落，思考如何躲避說謊的後果才好。

無論如何，他明天一定要避免領受聖餐。觸怒上帝到這種程度的風險實在太大。他得在早上「不小心」喝到水，這麼一來，按照教會規定，就會讓他失去當天領受聖餐的資格。雖然這藉口很薄弱，對他而言卻是最可行的辦法。他承擔了風險，目前正專心思考如何落實計畫，此時轉過朗伯格雜貨店的街角，他父親的房子出現在眼前。

## 3

魯道夫的父親，一位當地貨運經紀人，帶著德國與愛爾蘭裔第二代血統移居到明尼蘇達——達科他鄉間。理論上，在那年代和地區，有幹勁的年輕人眼前淨是大好機會。名聲在位階分明的行業是成功的必要條件，這幾乎是不變的道理，但卡爾．米勒在上司或下屬面前都不獲好評。他有點遲鈍，然而又不夠冷靜，連最基本的人際關係都無法建立，這方面的無能使他疑神疑鬼，一直處在焦慮中。

他五彩繽紛的生活與兩樣東西緊密相連，那就是他對天主教的信仰，以及對帝國建立者詹姆士・希爾[2]的神祕崇拜。希爾的典範特質正是米勒自己所缺乏的——對事物的判斷與直覺，以及風雨打在臉上的先驅形象。米勒總是依循前人的判斷亦步亦趨，生命中從沒穩當處理過一件事。他疲憊、忙碌、矮小的身影在希爾巨大的陰影下更顯蒼老。二十年來，只有希爾這名字還有上帝與他同在。

星期天早上，卡爾・米勒在清新寧靜的六點鐘醒來。他跪在床邊彎下身，把灰白黃髮和斑駁鬍鬚埋進枕頭，祈禱了幾分鐘。接著他脫掉汗衫——就像他這一代的人都無法忍受寬大的睡衣——然後爲瘦白無毛的身軀穿上羊毛內衣。

他去刮鬍修臉。隔壁臥室靜悄悄，妻子躺在裡面睡得並不安穩。寂靜的走廊角落布幕後面立著兒子的吊床，四周擺著愛爾傑[3]的書籍，他收集的雪茄標環，被蟲蛀的三角旗——上面印著「康乃爾」、「漢姆林」、「新墨西哥的普艾布羅向您致意」——還有其他私人擁有的玩意兒。米勒聽到屋外鳥禽叫得刺耳，呼呼鼓動翅膀，還有低沉而逐漸增強的哐噹聲，那是六點十五分的直達列車，開往蒙大拿和更遠的綠色海岸。接著，當冷水從手中破舊毛巾滴落時，他突然抬頭——樓下廚房有

2 詹姆士・希爾（James J. Hill, 1838～1916）：加拿大裔美國企業家，成立大北方鐵路公司（Great Northern Railway），因鐵路網在北美涵蓋範圍之大，被稱為「帝國建立者」。

3 霍瑞修・愛爾傑（Horatio Alger, 1832～1899）：美國青少小說作家。

鬼鬼祟祟的聲音。

他急忙擦乾剃刀，將褲子吊帶匆匆拉上肩頭，仔細聆聽。有人在廚房走動，從輕盈的腳步知道那不是他妻子。他微張著嘴，快步跑下樓梯，打開廚房門。

站在水槽旁的人，一手放在滴水的龍頭上，另一手拿著裝滿的玻璃杯，那是他兒子。男孩仍滿臉睡意，見到父親時瞪大驚訝責備的雙眼。他光著腳，睡衣捲起袖子，褲管拉到膝蓋上。

他們在那瞬間都保持不動——卡爾．米勒低頭看，他兒子仰頭望，彷彿兩人高漲的激昂情緒達到一種抗衡。然後父親的鬍鬚矯揉地落下遮住嘴巴，他迅速掃視一番，看有沒有東西被弄亂。

陽光射進廚房映在平底鍋上，照得平滑的地板和桌面像麥田一樣黃澄光潔。這是房子的中央，爐火在此升起，鐵罐像玩具般並排擺放，水壺整天發出輕微柔和的汽笛聲。沒有東西被移動或觸碰過——只有龍頭依舊滴下成串水珠，落進水槽濺起水花。

「你在做什麼？」

「我口好渴，所以想下來喝——」

「我想你今天要領受聖餐。」

兒子臉上淨是錯愕的神情。

「我都忘了這回事。」

「你已經喝了水？」

「還沒——」

魯道夫才說出口就知道答錯了，但男孩的意志還來不及運作，面前那對暗淡憤怒的眼睛就已經提示要說實話。他也才了解到根本不該下樓；若要顯得煞有其事，他應該在水槽放一個沾濕的杯子當證據；他太過老實的想像力出賣了自己。

「把那杯水，」他父親命令，「倒掉！」

魯道夫絕望地倒轉杯子。

「你到底怎麼了？」米勒生氣質問。

「沒事。」

「你昨天去告解了嗎？」

「有。」

「那你爲什麼要喝水？」

「我不知道——我忘了。」

「也許你比較在乎自己的渴，勝過對宗教信仰的重視。」

「我忘了。」魯道夫感覺淚水在眼眶打轉。

「這不是理由。」

「噢，我就是忘了。」

「你最好給我注意一點兒！」他父親維持著高聲尖銳口氣：「如果你健忘到宗教的事都記不得，最好要想想辦法。」

魯道夫馬上打斷：「我可記得一清二楚。」

「首先，你開始不重視自己信仰，」他父親大喊，掀起心中怒火，「接著你開始說謊和偷竊，然後就進感化院！」

這熟悉的恐嚇沒讓魯道夫面臨的深淵變得更絕望。他要嘛就現在承認一切，而且免不了遭受一頓毒打，或者不顧天譴的可能，用他褻瀆上帝的靈魂領受聖體聖血。就這兩樣選擇來看，前者似乎更嚇人——沒多少事比凶猛的毒打更令他害怕，尤其怒氣出自一個無能的人。

「放下杯子，上樓去穿好衣服！」他父親下令，「還有，我們到教堂後，在還沒領受聖餐前，你最好跪下祈求上帝寬恕你的粗心大意。」

這道命令中夾雜的幾個重音，在魯道夫混亂驚駭的腦海中起了催化作用。一陣狂野自負的怒氣在他心中升起，他激動地將杯子摔進水槽。

父親發出一聲嘶吼，朝他衝了過去。魯道夫往旁閃躲，踢翻一張椅子，想要跑到廚房的桌子對面。他被一隻手抓住睡衣肩膀時大叫出來，接著感覺到沉重的一拳落在腦袋側邊，上半身又挨了幾拳。他在父親緊抓之下左閃右躲，直覺抱住一隻手臂時還被整個舉起甩動，這才見識到那股敏捷與力道，除了歇斯底里笑了幾下，他就默不作聲。不到一分鐘，毆打突然中止。經過一段停歇，魯道夫仍被緊緊抓住，他們倆都劇烈顫抖，說些莫名而片段的話語，然後卡爾·米勒半拖半威脅他兒子上樓。「穿上你的衣服！」

魯道夫現在既激動又洩氣。他的頭在痛，脖子被父親指甲隱約留下一道長長抓痕，穿衣服時還在啜泣顫抖。他發現母親裹著晨袍站在走廊，她皺巴巴的臉蹙眉擠眼，使得頸部到額頭又浮現幾圈新的皺紋。當她想用金縷油幫他塗抹脖子時，他嫌棄那毫無助益的緊張不安，粗魯地回避掉，倉促哽咽完成梳洗。然後他跟隨父親離開屋子，沿路走向天主教堂。

## 4

他們走路時沒說話，卡爾·米勒只在路人經過時自動打聲招呼。魯道夫喘息著，擾動了星期天炎熱的寧靜。

他父親在教堂門前斷然停下腳步。「我認爲你最好再去告解。進去告訴舒瓦茲神父你做了什麼，並祈求上帝原諒。」

「你自己也發了脾氣！」魯道夫立刻說。

卡爾·米勒朝兒子邁近一步，魯道夫謹愼地往後退。

「好啦，我會去。」

「你會照我說的去做吧？」他父親嘶啞低吼著。

「是的。」

魯道夫走進教堂，這是兩天內第二次進入告解亭跪下。滑窗幾乎馬上就打開。

「我譴責自己忘記做晨禱。」

「就這樣？」

「就這樣。」

他心中充滿多愁善感的喜悅。以後需要紓解和狂妄一下時，他再也不能輕易抽離現實。一條無形界線已經畫下，他察覺到自己是孤單的——不僅化身布拉齊福德·沙勒明頓的時候，甚至所有內心世界都是如此。諸如「瘋狂的」雄心壯志和卑微的羞愧恐懼，這些事件至今只屬於個人隱私，並未在自己靈魂的寶座前獲得正式承認。現在他不知不覺了解到，個人隱私才是他自己——其他都是裝飾華麗的門面和墨守陳規的旗幟。環境給他的壓力迫使他走上孤僻隱密的成長道路。

他跪在父親身旁的座席上。彌撒開始。魯道夫跪立著——他若是獨自一人就會把背靠在後面椅子上——心裡嘗到一絲鮮明的報復意識。父親在旁邊祈求上帝原諒魯道夫，也懇求自己爆發的情緒能獲得寬恕。他瞄一下鄰座的兒子，發現猙獰狂野的表情已經消失，而且不再啜泣，於是放心不少。其餘的就交給聖餐帶來的上帝恩典，也許彌撒結束後，一切就會變得更好。他在心中爲魯道夫感到驕傲，也開始對自己的作爲誠心誠意感到抱歉。

傳遞捐獻箱對魯道夫而言，一向是儀式中的重大時刻。如果他沒錢可以放進箱子，其實經常如此，他會感覺非常丟臉，然後低頭假裝沒看見，惟恐後排的珍妮・布雷迪會注意，懷疑他家非常貧窮。但今天箱子經過眼前時，他冷淡地朝裡面瞥一眼，發現許多都是銅板小錢，一時感到有趣。

然而，當領聖餐的搖鈴響起，他顫抖起來。上帝沒理由不停止他的心跳。過去十二小時，他已犯下一連串不可饒恕的罪，一次比一次嚴重，現在他將爲此被冠上褻瀆聖體的罪名。

「主啊，不用麻煩了；我實在不配請你進我家；我自己也覺得不配到你那裡去，只要你說一句話，我的僕人……。」

座席間響起一陣沙沙聲，領受聖餐的人往走道挪動過去，他們目光低垂手牽著手。更虔誠者則是雙手合十。卡爾・米勒屬於後面這種人。魯道夫跟父親走到聖壇前跪下，自動拿起餐巾放到下巴下面。鈴聲大作，神父走下聖壇，高腳杯上放著白色聖體：「願我們的主耶穌基督聖體聖血的攙合，使我們領受的人，獲得永生。」

聖餐儀式開始，魯道夫的前額冒出冷汗。舒瓦茲神父沿著隊伍移動，魯道夫愈來愈反胃，覺得心跳在上帝旨意下愈變愈弱。眼前教堂逐漸變暗，周圍沉靜下來，只聽見模糊的讚頌宣告創世主即將到來。他把頭垂在兩肩之間等待懲罰。

然後他覺得側邊被用力推一下。父親頂了他，要他身體挺直，別靠在欄杆上；神父只差兩人之遠了。

「願我們的主耶穌基督聖體聖血的攙合，使我們領受的人，獲得永生。」

魯道夫張開嘴巴。舌頭嘗到薄酥餅淡而黏嘴的滋味。他保持不動，頭一直抬著，嘴裡的薄酥餅沒有溶解，這段時間似乎永無止盡。他又被父親手肘頂到嚇一跳，看見人們如落葉般紛紛退離聖壇，閉眼低頭回到座位與上帝同在。

魯道夫只與自己獨處，滿身浸透了汗水，淹沒在不赦之罪中。當他走回自己座位時，偶蹄[4]踩在地板發出響亮聲音，他知道自己心中承受著隱密的毒藥。

## 5

——白日飛的箭。[5]

漂亮小男孩有藍色石頭般的眼睛，睫毛像花瓣一樣綻放開來，他跟舒瓦茲神父講完自己的罪過——他原本坐在其中的那塊陽光，已經往房間裡移動一個半小時。魯道夫現在比較不害怕；一旦說出真相後便有這種反應。他知道只要和神父待在這房間，上帝就不會停止他的心跳，所以他嘆了氣靜靜坐著，等待神父開口。

舒瓦茲神父冰冷呆板的雙眼盯著窗外遍地圖案，陽光射出交錯光芒，稀疏平淡的藤蔓和灰白枯燥的花海也都一覽無遺。大廳時鐘滴答滴答持續走向日落時分，從這陰沉房間和午後窗外瀰漫起千篇一律的單調，不時被乾熱空氣傳來遠方鐵鎚敲擊的回響給打破。神父的神經緊繃，念珠像蛇一樣在桌面綠毛氈上爬行蠕動。他現在想不起自己該說些什麼。

在這瑞典後裔居住的無名小鎮，所有事物中他最感興趣的就是這小男孩的眼睛——一雙漂亮的眼睛，那睫毛依依不捨地放射出去，又向後捲曲像要與眼睛再度相會。

魯道夫在等待，沉寂維持了一陣，神父使勁回想從心中愈溜愈遠的東西，時鐘在破舊房子裡滴答運轉。然後舒瓦茲神父緊盯小男孩，用奇怪的嗓音說：「只要許多人聚集在適當地方，事物就會發光。」

魯道夫吃了一驚，立刻注視舒瓦茲神父的臉。

「我是說——」神父開口，停頓下來，留意傾聽著，「你聽到鐵鎚敲擊、時鐘滴答和蜜蜂飛舞的聲音？噢，那都沒用。重要的是讓許多人聚在世界中心，不管那是什麼地方。然後，」他呆板的眼睛狡黠地睜大，「事物就會發光。」

「是的，神父。」魯道夫同意，心裡有一點害怕。

---

4偶蹄（cloven hoofs）：惡魔的象徵，源自希臘神話半人半山羊的牧羊神形象，基督宗教視其為異教神而加以妖魔化，其羊蹄兩趾特別分叉，被當成顯著的象徵。

5原文為拉丁語，請參見《舊約・詩篇》第九十一篇第五節。

「你長大之後想做什麼？」

「嗯，我想當一陣子棒球選手，」魯道夫提心吊膽地回答，「但我不認爲那是非常好的志向，所以我想應該會去當演員或海軍軍官。」

神父又盯著他看。「我完全懂你意思！」回應得很激昂。

魯道夫沒特別用意，但想到自己話中的暗示，他變得更不自在了。

「這人瘋了，」他心想，「我怕他。他要我用某種方式幫他脫離困境，但我不要。」

「你看起來像在發光。」舒瓦茲神父激動喊道，「你有沒有參加過派對？」

「有的，神父。」

「你有沒有注意到大家都穿得很體面？那就是我要說的。當你走進派對時，在那片刻大家都穿著體面。也許有兩個女孩站在門邊，幾個男孩靠在欄杆上，四周是一盆盆似錦的繁花。」

「我參加過許多派對。」魯道夫說，這對話終於輪到他發言，有點鬆了口氣。

「當然，」舒瓦茲神父得意洋洋說，「我就知道你贊同我的說法。但我的理論是只要一大堆人聚集在適當地方，事物就會一直發光。」

魯道夫發覺自己想到布拉齊福德．沙勒明頓。

「請聽我說！」神父焦躁地下起命令來，「別再擔心上星期六的事。背離宗教必遭天譴，但前提是原本信仰就很忠誠。這解決你的問題了嗎？」

魯道夫一點也聽不懂舒瓦茲神父的話，但他點點頭，神父點頭回覆，然後回到自己專注的詭異話題。

「哎喲，」他嚷著，「他們現在擁有跟繁星一樣亮的燈——你了解嗎？我聽說他們在巴黎還是什麼地方擁有一個跟星星一樣亮的燈。許多人都擁有——許多放蕩的人。他們現在擁有各種你做夢都想不到的東西。」

「聽著——」他朝魯道夫過來，但男孩躲開，所以舒瓦茲神父回去坐在桌前，眼睛乾澀火燙，「你有沒有看過遊樂園？」

「沒有，神父。」

「那麼，去找個遊樂園瞧一瞧。」神父隨意揮揮手，「它就像博覽會，只是更耀眼。晚上去看，站在稍遠的暗處——站在暗樹叢下。你會看到燈光組成的大輪盤在空中轉動，還有讓船衝下水的長滑道。樂團在某處演奏，還飄來花生的味道——每樣東西都閃閃發亮。但你要知道，它不會讓你想起所有的事。它只不過像一個彩色氣球在夜裡掛在那兒——像吊在竿子上的一個黃色大提燈。」

舒瓦茲神父突然想到什麼事，皺起了眉頭。

「但別靠太近，」他警告魯道夫，「那麼做只會讓你感到炙熱、甜膩和活力。」

這番話對魯道夫而言似乎特別不可思議而且糟糕，因爲這人是一位神父。他坐著有一點害怕，睜大漂亮眼睛直瞪舒瓦茲神父。不過在這畏懼底下，他覺得自己的信念獲得證實。某些地方的確有些不可言喻的好事，那跟上帝無關。他不再認爲上帝會對他最初說謊的事感到生氣，因爲祂必定已經了解，他這麼做是爲了讓告解變得更完美，說一件輝煌驕傲的事來趕走自己坦承後的烏煙瘴氣。在他堅稱自己的信譽純淨無瑕時，一面銀色三角旗在風中升起飄揚，皮靴嘎吱作響，馬刺銀光閃耀，一隊騎兵在低矮的綠色山丘等待黎明到來。陽光在盔甲上射出光芒，就像家裡那幅畫中色當[6]戰場上的德國騎兵。

但現在神父口齒不清咕噥著心碎的話語，男孩變得非常害怕。驚悚突然從敞開的窗子竄進來，房間裡的氣氛改變了。舒瓦茲神父直挺挺癱跪下去，身體靠住後面椅子。「噢，我的主！」他呼喊出來，嗓音怪異，人就倒在地板上。

然後一股人性的壓抑從神父破舊的衣服傳出，混合角落裡淡淡的食物霉味。魯道夫尖叫一聲，驚慌跑出屋外——那崩潰的人躺著動也不動，房間傳出各式各樣的聲音與臉孔，充斥著各種模仿人的嗓音，接著響起一聲持續尖銳的大笑。

窗外憂鬱的熱風陣陣吹過麥田，黃髮女孩沿著田邊道路走得搖曳生姿，對那些在成排農作間工作的年輕男人喊得天真又興奮。他們皺皺棉布衫下的兩腿強健勻稱，脖子上那圈領口溫熱浸滿汗水。現在下午農事已經如火如荼做了五小時。不到三小時就要入夜，屆時到處可見這些白皙的北國女孩與高大年輕的農場男人，他們會躺在麥田旁，就在那月光底下。

——〈赦免〉（Absolution），

原刊於一九二四年六月《美國信使》（The American Mercury）月刊

6 色當（Sedan）：法國東北部的一個市鎮，一八七〇年普法戰爭期間，法軍在此被普魯士大軍包圍、投降。

# 葛蕾琴一覺醒來

## I

人行道上的乾枯落葉被吹得沙沙作響，隔壁淘氣小男孩去舔那凍到黏舌的鐵皮信箱。天黑前就會下雪，絕對沒錯。秋天結束了。現在當然要想的是煤炭和耶誕節的問題；不過羅傑・霍西站在自家前廊看著沉悶的郊區天空，心裡明白他沒時間擔心氣候。接著他匆忙走進屋裡，將問題關在門外寒冷的暮光中。

走廊是暗的，但樓上傳來他妻子、保母和小孩沒完沒了的話語，不外乎「不要！」和「當心，小麥克！」以及「噢，他又來了！」，並不時穿插凶狠的警告聲、揍屁股的悶響，還有輕快亂跑的腳步聲。

羅傑打開走廊燈，走進客廳再打開一盞紅布燈罩的燈。他把鼓脹的公事包放到桌上，坐著將自己年輕認眞的臉孔埋在手裡休息一會兒，眼睛小心遮住光線。然後點起一根菸，又將它捻熄，走到樓梯下面叫他妻子：「葛蕾琴！」

「喂，親愛的。」她的聲音充滿歡笑，「來看小孩。」

他輕輕咒罵一聲。「我現在不能看小孩，」他大聲說，「你還要多久才能下來？」

一陣莫名的停頓。接著又是一串「不要」和「當心，小麥克」，顯然代表正在阻止某個迫在眉梢的大災難。

「你還要多久才能下來？」羅傑再問，稍微不悅。

「噢，很快就下去。」

「多久？」他喊。

他每天這時候都難以調適，要把都市匆忙的緊迫語調正確轉換成典範家庭的輕鬆嗓音。但今晚他就是沒有耐心。當葛蕾琴三步併兩步跑下樓梯，用相當驚訝的聲音喊著「什麼事」，他幾乎沮喪不已。

兩人擁抱親吻——持續了一會兒。他們已經結婚三年，比一般人還恩愛。他們很少像年輕夫妻才會的那樣激烈嫌棄對方，羅傑仍舊感受得到她的美好。

「過來這兒，」他突然說，「我有事要跟你講。」

他的妻子，紅橙頭髮鮮明亮麗的女孩，就像一個法國玩偶那樣光彩奪目，跟著他進去客廳。

「聽我說，葛蕾琴。」他坐在沙發一端，「從今晚開始，我要——你在幹嘛？」
「沒事。我只是要拿一根菸。繼續說。」
她屏住呼吸，躡手躡腳走回沙發，然後坐到另一端。
「葛蕾琴——」他又忽然住口。她掌心朝上，向他伸了過去。「哎，做什麼？」他激動問。
「火柴。」
「什麼？」
在他焦急心切時，不可置信她竟然跟他要火柴，但他仍不自覺地摸索著口袋。
「謝謝，」她低語，「我不是故意要打斷你。繼續說。」
「葛蕾琴——」
擦的一聲！火柴點燃。他們的眼神緊張交會著。
這次她乞憐的雙眼暗自賠了不是，然後他笑了。畢竟，她只是點了一根菸；不過在這種心情下，連她最細微的動作都會惹得他極爲不悅。
「當你有空聽的時候，」他不高興地說，「你或許有興趣跟我討論救濟院的問題。」
「什麼救濟院？」她睜大眼睛，一臉驚嚇，坐著不敢吭聲。
「那只是爲了集中你的注意力。不過，今晚開始，我要著手進行也許是我一生中最重要的六週——這六週將決定我們是否永遠得待在差勁的郊區小鎮，住這破爛的小屋。」

葛蕾琴烏黑雙眼中的驚恐變成厭煩。她是南方女孩，任何要在這世界出人頭地的問題都令她頭痛。

「六個月前，我離開紐約平版印刷公司，」羅傑宣稱，「然後投入自己的廣告事業。」

「我知道，」葛蕾琴怨恨地插話進來，「所以現在沒有月薪六百元的穩定收入，我們在靠一筆沒保障的五百元過生活。」

「葛蕾琴，」羅傑清楚明白地說，「只要你對我的信任能夠再堅持六週，我們就會變得富有。我現在有機會拿到全國最大的客戶之一。」他停頓了一下，「在這六週，我們哪兒都不出去，也不請任何客人來。我打算每天晚上把工作帶回來做，我們會拉下所有百葉窗，不管誰按門鈴都不回應。」

他快活地笑著，彷彿他們要玩一個新遊戲。然後，葛蕾琴沒出聲，他的笑容褪去，茫然看著她。

「喲，怎麼了？」她終於發出聲音，「你期待我跳起來歡呼？你現在的工作夠多了。如果你還要增加任何工作量，最後會精神失常。我讀過一篇關於——」

「別擔心我，」他插話，「我還過得去。不過你每天晚上坐在這兒會無聊死了。」

「不會，我死不了的。」她說得不怎麼肯定，「除了今晚。」

「今晚怎麼了？」

「喬治・湯普金斯邀請我們去吃晚餐。」

「你答應了嗎？」

「當然啦，」她不耐煩地說，「爲什麼不答應？你總是說這地方有多糟糕，我想也許你願意去個比較體面的地方改變一下。」

「當我說要去一個比較體面的地方，是指想永遠搬過去。」他繃著臉說。

「那麼，我們會去吧？」

「我猜一定得去，因爲你已經答應了。」

他覺得有些惱怒，談話斷然結束。葛蕾琴匆忙起身隨意親了他一下，然後跑進廚房去燒熱水洗澡。他嘆一口氣，將公事包小心翼翼放到書櫃後面——裡面只是裝著廣告草圖和版面設計，但在他眼裡卻是竊賊最想偷的東西。然後他若有所思走上樓，順道走進小孩房間不經意沾了口水親一把，然後換上出外用餐的衣服。

他們沒有汽車，所以喬治・湯普金斯在六點三十分來接他們。湯普金斯是一位事業有成的室內設計師，體態壯碩、膚色紅潤的男人，留著漂亮的八字鬍，一身濃郁的茉莉香水味。他和羅傑曾在紐約的一間膳宿公寓住隔壁，但過去五年他們只有偶爾碰面。

「我們應該經常互訪，」今晚他對羅傑說，「老兄，你應該要更常出門。要雞尾酒嗎？」

「不要，謝了。」

「不要？嗯，那麼你漂亮的妻子——葛蕾琴，你要嗎？」

「我好喜歡這房子。」她驚呼，接過酒杯然後羨慕地看著模型船。還有幾瓶殖民時期的威士忌酒，以及其他一九二五年的時髦玩意兒。

「我喜歡它，」湯普金斯心滿意足地說，「照自己的意思設計它，而且建得不錯。」

羅傑鬱悶地四處打量這呆板樸素的空間，心想他們會不會是誤闖到廚房裡面。

「你看起來心事重重，羅傑，」主人說，「來杯雞尾酒振奮一下。」

「喝一杯嘛！」葛蕾琴慫恿。

「什麼？」羅傑心不在焉轉過身來，「噢，不了，謝謝。我回家後得工作。」

「工作！」湯普金斯笑了，「聽著，羅傑，你會被工作折磨死。何不稍微調配你的生活——工作一下，然後玩樂一下？」

「我就是這樣告訴他。」葛蕾琴說。

「你知道一般生意人怎麼度過一天嗎？」用餐時，湯普金斯說著，「早上一杯咖啡，接下來工作八小時，中間暫停匆忙吃頓午餐，然後消化不良地帶著壞心情又回到家，陪他妻子度過愉快的一晚。」

羅傑乾笑一聲。「你一定是電影看太多了。」他冷淡地說。

「什麼？」湯普金斯有點生氣地看著他，「電影？我一生幾乎不去看電影。我認為電影糟透了。我對於生活的見解都是自己觀察而來。我篤信均衡的生活。」

「那是怎樣的生活？」羅傑問。

「這個——」他停頓了一下，「也許跟你說明的最好方式，就是描述我自己的一天。這感覺會不會太自負？」

「噢，不會！」葛蕾琴興趣盎然地看著他，「我很想聽聽。」

「好吧，我早上起來先做一些運動。我把一個房間改成小健身房，做一小時的打沙包、練揮拳和舉重。沖完冷水澡之後——現在正流行一件事！你每天都沖冷水澡嗎？」

「沒有，」羅傑承認，「我每週晚上洗三到四次熱水澡。」

令人震驚的啞口無言。湯普金斯和葛蕾琴交換了眼色，彷彿披露了見不得人的事。

「有什麼問題嗎？」羅傑打破沉寂，有些惱怒地掃視兩人，「你們知道我沒有天天洗澡——我沒那個時間。」

湯普金斯長嘆了一口氣。「洗過澡後，」他繼續說，很識相地對那問題絕口不提，「我吃完早餐，開車去紐約的辦公室，工作到四點鐘。然後休息，如果在夏天就直接趕回這裡打個九洞高爾夫球，冬天的話就上俱樂部打一小時回力球。接著好好玩一局橋牌再去吃晚餐。晚餐常跟生意有關，但都在一種愉快的氣氛下。也許我才剛幫某位客戶完成裝潢，他要我出席第一場派對，看看光線是否夠柔和，諸如此類的事。或者，我或許會拿一本不錯的詩集坐下，獨自消磨夜晚時光。不管怎樣，我每天晚上都會做某件事放鬆自己。」

「這一定很棒，」葛蕾琴反應熱烈地說，「我希望我們是過這種生活。」

湯普金斯隔著桌子，認眞地傾身過去。

「你們可以，」他赫然說道，「你們沒理由不行。聽著，如果羅傑每天打個九洞高爾夫球，對他就有意想不到的效果。他會認不出自己。工作更有勁，絕不會那麼累，感覺那麼緊張——怎麼了？」

他突然住口——看得出來羅傑在打呵欠。

「羅傑，」葛蕾琴厲聲喊道，「沒必要這麼粗魯。如果你照喬治說的那麼做，你的情況會變好。」她憤憤不平地轉向主人，「最新發展是，他在未來六週打算要在晚上工作。他說要拉下所有百葉窗，把我們關在與世隔絕的洞穴裡。去年每個星期天他就是這麼做；現在他有六週時間每晚都要這麼做。」

湯普金斯遺憾地搖搖頭。「六週結束後，」他說，「他就要出發前往療養院了。讓我告訴你，羅傑，紐約的每間私人醫院充滿像你這樣的病例。你實在把人的神經系統繃到太緊，然後砰的一聲！——你的某條神經斷了。爲了爭取六十小時，你得躺在床上六週才能恢復。」他突然停住，改變語氣，帶著笑容轉向葛蕾琴，「更別提會發生在你身上的事。在我看來，面對這樣荒唐過度的工作時間，妻子遭受的衝擊似乎比丈夫還要來得大。」

「我不介意。」葛蕾琴一派忠心地反駁。

「才怪，她介意得很，」羅傑冷冷地說，「她不介意才怪。她是缺乏遠見的小傢伙，認爲生活永遠一成不變，直到我揚眉吐氣了，她就能買一些新衣服。但這也沒辦法。女人最可悲的就是這一點，畢竟，她們最好的招數就是坐下合攏雙手。」

「你對女人的見解大概過時二十年了，」湯普金斯同情地說，「女人不會再坐著等人伺候。」

「那麼她們最好嫁給四十歲的男人，」羅傑頑固堅持說，「如果一個女孩因爲愛情嫁給一個年輕人，既然丈夫走在前面打拼，合理範圍內她應該願意付出任何犧牲。」

「我們別談這個，」葛蕾琴不耐煩地說，「拜託，羅傑，這次就讓我們玩得愉快點。」

湯普金斯在十一點鐘送他們回到自家門前，羅傑和葛蕾琴在人行道上站了一會兒，看著冬天的月亮。天上飄著潮濕、白霧的細小雪花，羅傑吸一大口氣，洋洋得意地用手臂摟著葛蕾琴。

「我能賺比他更多的錢，」他緊張地說，「而且四十天內就能做到。」

「四十天，」她嘆氣，「似乎好久——這時候，其他人都在開心過日子。要是我能睡上四十天就好。」

「有何不可，寶貝？只要眼睛眨個四十次（小睡片刻），醒來時一切都將美好。」

她沉默了一陣。

「羅傑，」她說得若有所思，「喬治說星期天要帶我去騎馬，你認爲他的用意是？」

羅傑皺起眉頭。「我不清楚——也許不是，我希望他沒動歪腦筋，」他猶豫著，「其實，他今晚讓我覺得有些反感，就因為提到沖冷水澡那個廢話。」

他們摟著彼此，開始走向屋子。

「我敢說他沒有每天早上沖冷水澡，」羅傑左思右想繼續講，「就算一週三次也沒有。」他從口袋掏出鑰匙，精準地猛力插入鎖孔。然後他挑釁地轉過身來。「我敢說他一個月都沒洗澡。」

## 2

經過兩週密集工作後，羅傑．霍西已經分不清晝夜，只知道過了兩天、三天或四天。八點鐘到五點半待在辦公室。接著半小時在通勤火車上，藉著昏暗燈光在信封背面潦草寫下筆記。到了七點半，粉彩筆、剪刀和一張張白色卡紙佈滿客廳桌子，他低聲咕噥，不時嘆氣，一直忙到午夜，在此同時葛蕾琴拿本書躺在沙發上，拉下的百葉窗外偶爾傳來門鈴響聲。十二點鐘，總有一番爭辯說他是否該去睡覺了。他同意把東西收拾乾淨就跟上去；但老是因為想到幾個新構想而推拖延遲，通常躡手躡腳走上樓時發現葛蕾琴已經睡著。

有幾次是到深夜三點鐘，羅傑才在滿滿的菸灰缸裡捻熄最後一根菸，他在黑暗中脫掉衣服，身體累得筋疲力盡，但意識帶著昂揚的喜悅使他又堅持了一天。

耶誕節來了又走，他幾乎沒注意到它已經過了。他事後才想起，那天他完成加羅德鞋業的櫥窗看板。這是八個大客戶的其中之一，他要在一月時向他們提案——只要爭取到一半客戶，就能保證一年有二十五萬元的商業收益。

但在他事業以外的世界變成一場脫序的惡夢。他察覺到寒冷十二月的兩個星期天，喬治・湯普金斯帶葛蕾琴去騎馬，還有一次她坐上他的汽車出門，到鄉村俱樂部山坡上消磨整個下午在滑雪。一天早上，一幅湯普金斯的照片，裱了昂貴的相框，出現在他們臥室牆上。接著有個晚上，葛蕾琴打算跟湯普金斯去鎮上的電影院，他震驚得馬上反對。

不過他的工作幾乎已經完成。現在他的設計圖逐日從印刷廠送來，直到七張一疊標上註記放進辦公室的保險箱。他知道它們都是傑出的設計。只用錢買不到這樣的作品；超乎他自己所能理解的是，它們都是為愛辛苦工作的成果。

十二月如同撕下最後那張月曆般乍然結束。他度過一週必須停止喝咖啡的日子，因為它讓心跳太過劇烈。現在他只要再堅持四天——三天——

星期四的下午，H・G・加羅德要來紐約。羅傑在星期三晚上七點鐘回到家，發現葛蕾琴專心在看十二月帳單，眼中帶著怪異神色。

「怎麼回事？」

她對帳單點點頭。

他瀏覽一遍，額頭蹙起皺紋。「天啊！」

「我沒辦法，」她突然喊道，「這太糟糕了。」

「哎，我娶你不是因爲你是多棒的管家。以後由我來管理帳單。你的小腦袋別擔心。」

她冷漠地看著他。「你講得好像我是一個小孩。」

「我不得不這麼認爲。」他忽然生氣說。

「喲，至少我不是一件你可以任意棄置遺忘的裝飾品。」

他立刻在她面前跪下，抓住她的手臂。「葛蕾琴，聽著！」他氣喘吁吁地說，「看在老天份上，這時候別崩潰！我們倆都累積了許多敵意和怨氣，如果爭執起來會一發不可收拾。我愛你，葛蕾琴。說你愛我——快點！」

「你知道我愛你。」

爭執避免了，但晚餐時有股彆扭的緊張氣氛。後來在他開始把工作材料攤開在桌上時，緊張關係達到頂點。

「噢，羅傑，」她抗議，「我想你今晚不必再工作。」

「我不認爲非要不可，但機會就要來了。」

「我邀了喬治．湯普金斯過來。」

「噢，老天！」他驚呼，「噢，我很抱歉，寶貝，但你得打電話告訴他別來。」

「他出門了，」她說，「他要從鎮上直接過來。現在隨時會到。」

羅傑哼了一聲。他想打發他們去看電影，但不知怎地，話卡在喉嚨裡。他不想讓她去電影院，他要她待在這兒，抬頭看得到她，而且知道她就在身邊。

喬治．湯普金斯在八點鐘愉快到達。「哈！」他進到屋裡時，責備地喊道，「還在工作。」

羅傑冷淡地承認自己在忙。

「最好停止——最好在你不得不放手前就停止。」他長聲嘆口氣，舒服地坐了下來，點起一根菸，「聽我的話，我這傢伙是合乎科學地研究這問題。我們可以堅持這麼久，然後——砰的一聲！」

「如果你能諒解，」羅傑盡可能讓聲音表現得有禮貌，「我要上樓去把工作完成。」

「請便，羅傑。」喬治漫不經心揮著手，「我不介意。我是這個家的朋友，見到做太太或做丈夫的都一樣。」他一派嘻鬧地笑著，「但如果我是你，老兄，我會拋開工作好好睡一晚。」

羅傑到樓上把東西攤在床上，他發現仍舊聽得到他們忽大忽小的話語聲從薄樓板傳來。他開始好奇他們找到什麼話題可聊。當他埋首工作時，心思一直很想重提他的疑問，有幾次他起身，焦慮地在房間裡到處走動。

床上不太適合工作。放在紙板上的紙張滑下去好多次，而且鉛筆會戳穿紙張。今晚凡事都不對勁。眼前的文字和數字變得模糊，伴隨著那些持續傳來的低語聲更令他頭痛。

到了十點鐘，他發現自己一個多小時來沒任何進展，於是突然感嘆一聲，把紙張收集起來放回公事包，然後走下樓。當他進到客廳，他們一起坐在沙發上。

「噢，你好呀！」葛蕾琴喊道，他認爲這很多餘。「我們才談到你。」

「謝謝喔。」他諷刺地回答，「你們在剖析我哪個部份？」

「你的健康。」湯普金斯愉快地說。

「我的健康沒問題。」羅傑立刻回答。

「但老兄，你太自我中心地看這件事了。」湯普金斯喊道，「你只考慮自己。你不認爲葛蕾琴該有任何權利？如果你在忙的是一首精彩的十四行詩，或者是一幅某位女士之類的畫像，」他瞥了一眼葛蕾琴紅橙的頭髮，「當然，我會說繼續吧。然而你不是在忙這些。那只是某個愚蠢的廣告，關於如何銷售諾伯牌生髮油，如果所有製造出來的生髮油明天都被倒進海裡，這世界也不會因此變得更糟。」

「等一下，」羅傑生氣地說，「這麼說並不公平。我從不高估自己工作的重要性——它就跟你做的事一樣沒用。但對葛蕾琴和我來說幾乎是全世界最重要的東西。」

「你是暗指我的工作沒用？」湯普金斯難以置信地質問。

「對。除非它對某個不知如何花錢、可憐又容易受騙的成衣製造商而言能帶來幸福。」

湯普金斯和葛蕾琴對看一眼。

「噢！」湯普金斯反諷驚呼，「我竟然不了解這些年來自己只是在浪費時間。」

「你是個遊手好閒的人。」羅傑說得很直接。

「我嗎？」湯普金斯生氣喊道，「你說我遊手好閒，只因爲我稍微調配自己的生活，找到時間去做有趣的事？因爲我努力工作又盡情玩樂，好讓自己不要變成一個遲鈍、無趣的勞碌命傢伙？」

現在兩個男人都怒氣沖沖，聲調提高，然而湯普金斯臉上還是掛著僵硬笑容。

「我反對的是，」羅傑說得很清楚明白，「過去六週，你似乎都圍繞在這裡玩樂。」

「羅傑！」葛蕾琴大喊，「你這麼說是什麼意思？」

「正如我所說。」

「你只是在發脾氣。」湯普金斯賣弄沉著地點起一根菸，「你過度工作到心神不寧，不知自己在說什麼。你瀕臨精神失常——」

「你滾出去！」羅傑凶猛地大喊，「你現在立刻滾出去——趁我還沒動手把你扔出去前！」

湯普金斯憤怒站了起來。

「憑你——把我扔出去？」他不相信地喊道。

他們眞的朝對方湊近，葛蕾琴走到兩人之間，抓著湯普金斯的手臂催他往門口方向去。

「他的舉止像個傻瓜，喬治，但你最好離開。」她喊，同時在走廊摸索他的帽子。

「他羞辱我！」湯普金斯大吼，「他威脅要把我扔出去！」

「別在意，喬治，」葛蕾琴懇求，「他不知道自己在說什麼。快走！我明天十點鐘跟你碰面。」

她打開大門。

「你明天十點鐘不會見到他，」羅傑硬生生地說，「他不會再來這棟房子。」

湯普金斯轉向葛蕾琴。「這是他的房子，」他提議，「也許我們最好到我家碰面。」然後便離開。葛蕾琴在他背後關上門，眼眶充滿憤怒的淚水。

「看你做的好事！」她啜泣地說，「我唯一的朋友，這世上唯一喜歡並親切待我的人，在我家被我丈夫羞辱。」

她倒在沙發上，埋在抱枕裡痛哭。

「他自找的，」羅傑頑強地說，「我已忍耐到自尊所能容許的極限。我不想看到你再跟他出去。」

「我會跟他出去！」葛蕾琴失控大喊，「只要我高興就跟他出去！你認為跟你在這兒生活有任何樂趣嗎？」

「葛蕾琴，」他冷冷地說，「站起來，穿上你的帽子和外套，然後走出那扇門，永遠別回來！」

她嘴巴半開著，茫然地說：「但是我不想離開。」

「嗯，那麼，你自己要檢點。」他溫和地補上一句，「我認爲你應該好好睡這四十天。」

「噢，是啊，」她痛苦喊道，「講得容易！但我睡到煩了。」她站起來，傲慢地面對他，「此外，我明天要跟喬治．湯普金斯去騎馬。」

「你不會跟他出去，我要帶你去紐約，坐在我的辦公室等我下班。」

她眼中帶著狂怒瞪他。「我恨你，」她緩緩說出，「我想把你所有作品撕碎丟進火裡。就讓你爲明天的事傷透腦筋，也許你回家時我就不在這裡了。」

她從沙發上起來，非常謹愼地看著鏡中自己激動、淚流滿面的臉孔。然後跑上樓，砰的一聲把自己關在臥室裡。

羅傑無意識地在客廳桌上攤開自己的作品。活潑的色彩設計，亮麗的女人圖像——葛蕾琴曾爲其中一個擺姿勢——手拿橘色薑汁汽水，穿著閃亮亮的絲襪，他的意識昏眩到有些麻木。他焦躁的粉彩筆在紙張上到處移動，將一塊字組向右移一公分半，試了十幾種靛藍色，擦掉那個讓標語變得薄弱失色的字眼。半小時過去——他現在注在工作上；房間裡一片寂靜，只有粉彩筆在光滑紙板上輕柔的塗畫聲。

好久之後，他看看手錶——過了三點鐘。外面起了大風，吹過屋角發出響亮驚人的呼嘯聲，就像一個巨大的軀體從天而降。他放下手邊工作聆聽。現在不覺得疲累，但他的腦袋感覺猶如醫生診間掛的那些照片，切開正常的皮膚下佈滿腫脹的血管。他把手放在頭上到處摸。太陽穴舊傷疤四周的血管似乎腫脹脆弱。

他突然始覺得害怕。他聽過的無數警告閃過腦海。人會過勞致死，他的身體和腦袋同樣也是會受損壞死的東西。這是第一次他發現自己羨慕喬治．湯普金斯泰然自若的精力和健康的規律生活。他驚恐地起身在房裡踱步。

「我得去睡覺，」他緊張得對自己低語，「否則我會瘋掉。」

他揉著雙眼，回到桌邊重拾工作，但手指抖個不停，幾乎無法抓住紙板。搖擺的枯枝打在窗上嚇得他叫出聲來。他坐到沙發上試著思考。

「停止！停止！停止！」時鐘說，「停止！停止！停止！」

「我不能停下來，」他出聲回答，「我經不起停止工作。」

仔細聽！哦，現在門外有一隻狼！他能聽見爪子刮過平滑的木板。他跳起來，跑到前門猛然打開；接著他嚇得倒退，恐怖地叫了一聲。一隻碩大的狼站在前廊，血紅睛睛惡狠狠盯著他。讓人毛骨悚然；狼發出一聲低吼，消失在黑夜中。後來羅傑心裡默默了解，鬱悶地笑了出來，原來那是從路對面走過來的一隻警犬。

他拖著疲憊身軀走進廚房，把鬧鐘拿到客廳調在七點鐘響。然後他用外套裹住自己，躺到沙發上立刻陷入沉睡。

他醒的時候電燈仍舊發著微光，但房裡淨是冬天早晨的灰色調。他起身，擔心看著自己的手，發現不再顫抖讓他鬆一口氣。他感覺好多了。然後他開始想起昨晚發生的點點滴滴，額頭又蹙起三道淺淺的皺紋。眼前還有工作，二十四小時的工作；而葛蕾琴，不管她願不願意，必須再多睡一天。

羅傑的思緒突然洋溢起來，彷彿才剛想到一個廣告好點子。幾分鐘後，他匆匆走過冷冽的早晨空氣，來到金斯利的藥房。

「金斯利先生下樓了嗎？」

藥劑師在配藥室附近探出頭來。

「不曉得能不能跟你私下談一談。」

七點三十分，又回到家裡，羅傑走進自家廚房。女傭才剛抵達，正脫下她的帽子。

「貝貝——」他跟她沒什麼交情，這只是她的名字，「我希望你現在馬上幫太太做早餐，我會親自拿上去。」

貝貝很驚訝，對一個如此忙碌的男人來說，鮮少會這樣周到對待妻子；但如果她看見了他端著托盤、走出廚房後的行爲，那麼會更吃驚——他把托盤放到餐桌上，在咖啡裡加半茶匙粉末（但那不是砂糖），接著他上樓打開臥室門。

葛蕾琴驚醒過來，瞄到旁邊床上沒人睡過的痕跡，驚愕的眼神投向羅傑，看到他手裡拿著早餐又轉爲不屑一顧。她認爲他拿早餐做爲停戰協議。

「我一點都不想吃早餐，」她冷淡地說，而他的心情沉了下去，「只要喝些咖啡。」

「不吃早餐？」羅傑的聲音表達出失望。

「我說我要喝些咖啡。」

羅傑愼重其事地把托盤放到床邊桌，然後趕回廚房。

「我們打算出去，明天下午才回來，」他告訴貝貝，「我現在要鎖門了。所以你戴上帽子回家吧。」

他看一看自己手錶。還有十分鐘就八點了，他想趕上八點十分的火車。他等了五分鐘，然後踮腳輕聲上樓，進去葛蕾琴的房間。她聽起來睡著了。咖啡杯是空的，只剩黑色殘渣和一層棕色薄膜在杯底。他有些擔心看著她，但呼吸規律而明顯。

他從衣櫥拿出一只行李箱，外出的休閒鞋、晚上的便鞋、膠底的牛津鞋，行李箱迅速裝滿，他從不知道她有那麼多雙鞋。行李箱關上時，整個鼓脹起來。

他遲疑一分鐘，從一個盒子裡拿出裁縫剪刀，沿著電話線找到化妝臺後看不見的地方，一刀把它剪斷。輕輕的叩門聲嚇得他跳了起來。那是保母。他忘了她的存在。

「霍西太太和我要進城，明天才回來，」他說得煞有其事，「帶小麥克去海邊，在那兒吃午餐。待上一整天吧。」

回到房間，一陣憐憫之情油然而生。葛蕾琴睡在床上，突然看來既漂亮又無助。這樣奪走她年輕生命的一天有點差勁。他用手指觸摸她的頭髮，當她在夢中低訴某件事的時候，他俯身親吻那亮麗的臉頰。然後他提起裝滿鞋子的行李箱，鎖上門，迅速跑下樓。

## 3

那天下午五點鐘，最後一箱爲加羅德鞋業製作的看板已經由快遞員送出，前往H・G・加羅德投宿的巴爾的摩飯店。他將在明天早上知道結果。五點三十分，羅傑的祕書拍了拍他的肩膀。

「大樓管理員高登先生說要見你。」

羅傑茫然轉過身。

「喔，您好？」

高登先生直接說重點。如果霍西先生還想保住辦公室，可能一時失察欠繳的租金最好是立刻償還。

「高登先生，」羅傑不耐煩地說，「明天一切就能搞定。如果你現在來打擾我，可能永遠拿不到你的錢。明天過後都沒問題。」

高登先生擔憂地看著這位房客。有時年輕人在生意失敗時會自殺。接著他的眼神不悅地落在辦公桌旁標記了姓名的行李箱。

「要去旅行？」他刻意問。

「什麼？噢，不是。那只是一些衣服。」

「衣服，是嗎？好吧，霍西先生，爲了證明你說的話算數，我想你該讓我保管那只行李箱到明天中午。」

「自己拿吧。」

高登先生做了個抱歉的手勢提起箱子。

「只是形式。」他說道。

「我明白，」羅傑說，轉向他的辦公桌。「午安。」

高登先生似乎覺得該用輕鬆語調結束這場對話。「還有，別工作得太辛苦，霍西先生。你不會想要精神失——」

「不會，」羅傑大吼，「我不會。但如果你再煩我我就會。」

門在高登先生出去後關上，羅傑的祕書同情地轉過身來。

「你不該讓他帶走那行李箱，」她說，「裡面有什麼？衣服嗎？」

「不是，」羅傑心不在焉地回答，「只有我妻子的所有鞋子。」

他那天晚上睡辦公室，躺在辦公桌旁的一張沙發上。破曉時，緊張得驚醒過來，衝到外面街上喝杯咖啡，十分鐘內便慌張趕回來，深怕錯過加羅德先生打來的電話。當時才六點三十分。

到了八點鐘，他全身像著火似的。公司的兩位美術人員到達時，他幾乎痛苦難耐地在長沙發上伸展身子。電話無可避免地在九點三十分響起，他用顫抖的手拿起話筒。

「你好。」

「這是霍西廣告公司嗎？」

「是的，我是霍西。」

「我是H・G・加羅德。」

羅傑心臟幾乎停止跳動。

「我打電話來，年輕人，要說的是你送來這邊的作品精彩極了。我們照單全收，還要你們辦公室做出更多作品。」

「噢，天啊！」羅傑對著話筒喊。

「什麼？」加羅德嚇一大跳。「喂，你等一下！」

但他講話沒人聽。話筒已經噹啷一聲掉在地上，羅傑在沙發上伸直身體，好像心碎似的哭了起來。

## 4

三小時後，他的臉有些蒼白，但眼睛像孩子般沉靜，羅傑打開妻子臥室的門，早報夾在腋下。她在腳步聲中突然醒了。

「現在幾點鐘？」她問。

他看自己的手錶。

「十二點鐘。」

她突然開始哭了。

「羅傑，」她斷斷續續地說，「我很抱歉，昨晚表現得太差勁。」

他冷冷點頭。「現在一切都沒問題了，」他回答，然後停頓一陣，「我拿到客戶了——最大的那個。」

她迅速轉向他。「你做到了？」接著，沉默一會兒後，「我能買件新衣服嗎？」

「衣服？」他馬上笑了，「你可以買一打。光這客戶一年就可以帶給我們四萬元收入。它是西部最大的客戶。」

她看著他，吃了一驚。「一年四萬元！」

「對呀。」

「天啊——」然後有氣無力地說，「我沒想到那種事會成眞。」她又想了一會兒，「我們可以擁有像喬治・湯普金斯那樣的一棟房子。」

「我不要一個室內設計展示間。」

「一年四萬元！」她又重複一次，然後溫柔地說：「噢，羅傑——」

「什麼事？」

「我不會再跟喬治・湯普金斯出去。」

「就算你想去，我也不會答應。」他立刻說。

她顯得憤憤不平。

「噢，我在幾週前就跟他約好這個星期四碰面。」

「今天不是星期四。」

「今天是。」

「今天是星期五。」

「哎，羅傑，你一定瘋了！難道你認爲我不知道今天是星期幾？」

「今天不是星期四，」他堅持，「看！」他遞出早報。

「星期五！」她驚呼。「噢，搞錯了吧！這一定是上週的報紙。今天是星期四。」

她閉上眼睛想了一會兒。

「昨天是星期三，」她果斷地說，「洗衣女傭昨天有來。我想我很清楚。」

「喲，」他沾沾自喜說，「看看報紙。它可沒任何爭議。」

她一臉困惑起床，開始找衣服。羅傑進浴室刮鬍子。一會兒之後，他聽到彈簧床墊又咯吱響起。葛蕾琴正鑽回床上。

「怎麼回事？」他詢問，同時把頭伸到臥室附近。

「我很害怕，」她顫抖地說，「我想我精神失常了，我找不到任何鞋子。」

「你的鞋子？唔，衣櫥裡全都是。」

「我知道，但我什麼都看不到。」她嚇得臉發白，「噢，羅傑！」

羅傑來到床邊，用手臂環抱著她。

「噢，羅傑，」她哭了，「我是怎麼了？先是那份報紙，現在是我的鞋。照顧我，羅傑。」

「我會請醫生來。」他說。

他不露聲色地走向電話拿起話筒。

「電話好像故障了，」過了一會兒他說，「我請貝貝過去。」

「我想我瀕臨崩潰。」葛蕾琴緊張地告知。

醫生十分鐘後到達。

貴格里醫生坐在床邊，將她手腕握在手裡。「今天早上似乎到處都這樣。」

「我起床，」葛蕾琴嚇壞了地說，「然後發現自己遺忘了一整天。我約好要跟喬治・湯普金斯去騎馬——」

「什麼？」醫生驚訝喊道，然後笑了起來。

「喬治・湯普金斯在未來的許多天，都不會跟任何人去騎馬。」

「他離開了嗎？」葛蕾琴好奇地問。

「他去西部。」

「爲什麼？」羅傑問，「他帶某人的老婆跑了嗎？」

「不是，」貴格里醫生說，「他精神失常。」

「什麼？」他們一起驚呼。

「他沖冷水澡時，像頂大禮帽般倒了下來。」

「但他總是談到他的——他的均衡生活，」葛蕾琴喘著氣說，「他一直謹記在心。」

「我知道，」醫生說，「他不清不楚說了一早上。我認爲他有點著魔。他非常辛苦地在幹這件事，你知道的。」

「幹什麼事？」羅傑困惑地問。

「保持他生活的均衡。」他轉向葛蕾琴，「現在我開給這位女士的藥方就是好好休息。如果她這幾天待在家附近，白天小睡片刻，就會像以前一樣健康。她現在處於某種壓力之下。」

「醫生，」羅傑嘶啞地喊道，「你不認爲我最好要休息或什麼的？我最近一直拚命在工作。」

「你！」貴格里醫生笑了，用力拍他的背，「孩子呀，我從沒看過你像現在這麼好。」

羅傑迅速轉身，藏起笑容，面朝喬治・湯普金斯親筆簽名的照片（稍稍歪斜地掛在臥室牆壁上），眼睛眨他個四十次，或將近四十次。

——〈葛蕾琴一覺醒來〉（Gretchen's Forty Winks），原刊於一九二四年三月十五日《星期六晚郵》（The Saturday Evening Post）週刊

# 戴勒林普做錯了

I

在黃金年代，愛說教的賢達人士會寫一本書送給所有夢想破滅的年輕人。這個作品將有蒙田《隨筆集》和塞謬爾．巴特勒《筆記》的風格[1]——再加一點托爾斯泰和馬可．奧理略的味道[2]。它的內容既不歡樂也不有趣，但包含許多引人入勝的幽默橋段。因爲腦袋靈光的人除非親身經歷過，否則不會輕易相信任何事，所以它的價值將是純粹相對性的……超過三十歲的人都會說它是「令人沮喪」的東西。

2

這段開場白是要講一位年輕人的故事，他就像你我一樣，生活中寧可不需要這樣的書。

布萊恩・戴勒林普這一代的年輕人，脫離青澀歲月後就追隨戰爭號角，成爲剛毅昂揚的一支遠征勁旅。布萊恩在任務中表現突出，扛著一挺路易士機槍，九天下來窮追猛打不斷撤退的德軍陣線，幸運的是最後戰勝了，或者是那義無反顧的情操，讓他獲頒一整排勳章，剛回到美國就被告知他的勳章數量僅次於潘興將軍和約克中士[3]。這眞是開心。在霍博根[4]碼頭上，擔任眾議員的家鄉州

---

1 米歇爾・德・蒙田（Michel de Montaigne, 1533～1592）：法國文藝復興時期代表性思想家，留下的主要著作是多達三卷的《隨筆集》（Essais）。

塞謬爾・巴特勒（Samuel Butler, 1835～1902）：英國維多利亞時代反傳統作家，主要作品是諷刺小說《埃勒皇》（Erewhon）、半自傳體小說《眾生之路》（The Way of All Flesh），以及《筆記》（The Note-Books）一書。

2 列夫・尼古拉耶維奇・托爾斯泰（Lev Nikolayevich Tolstoy, 1828～1910）：俄國作家兼思想家，著有《戰爭與和平》、《復活》等知名長篇小說。

馬可・奧理略（Marcus Aureliusm, 121～180）：古羅馬皇帝兼哲學家，後人將其思維、看法彙整成《沉思錄》一書。

3 約翰・潘興（John J. Pershing, 1860～1948）：美國陸軍上將，第一次世界大戰期間擔任美國遠征軍總司令。

艾文・科倫・約克（Alvin Cullum York, 1887～1964）：美國陸軍下士，第一次世界大戰的傳奇英雄，戰後升任中士。

4 霍博根（Hoboken）：紐澤西州東北邊，一座位於哈德遜河畔的城市。

長和一位公民委員會的委員對他堆滿笑容說「天啊，先生」；到處有報紙記者和攝影師說「容我發問」和「轉個身來」；回到自家鎮上，許多老婦人眼眶泛紅找他說話，女孩們圍繞在身邊，她們自從一九一二年他父親生意垮臺後就已經不太記得他了！

但是當喧鬧平靜後，他發現自己得在鎮長家借宿一個月，因爲他只剩十四元財產，所謂「英名永存於本州傳奇歷史」的說詞，已靜悄悄地藏匿起來。

有一天他很晚起床，聽到打掃女僕就在房間門外跟廚師講話。女僕說霍金斯太太，也就是鎮長夫人，一星期來不斷暗示戴勒林普得離開這個家。他在十一點鐘帶著難以忍受的困惑離去，吩咐將他行李送去碧比夫人的膳宿公寓。

戴勒林普二十三歲，沒有工作經驗。父親送他到州立大學讀了兩年，在兒子九天追擊作戰的那段期間去世，身後留下幾件維多利亞中期的傢俱，以及薄薄一捆摺疊的紙張，打開一看是雜貨店帳單。年輕的戴勒林普有雙敏銳的灰色眼睛，在陸軍心理測驗時表現令人滿意，那是作弊，他知道題目——不管內容是什麼——早就已經看過，還有臨危不亂的個性。但這些都無法避免他最後發出一聲不甘願的嘆息，這下子明白自己必須要去工作——馬上得去。

剛過中午，他走進賽隆．梅西的辦公室，他擁有鎮上規模最大的雜貨批發賣場。身材豐盈，容光煥發，臉上掛著和藹但相當沒人情味的笑容，賽隆．梅西熱情迎接他：「喲——你好嗎，布萊恩？有何打算？」

對戴勒林普而言，繃緊神經求他聘用，由自己親口說出，聽起來就像一個阿拉伯乞丐在要飯：「噢——是關於工作問題（講「工作問題」似乎比直接要求「一份工作」來得婉轉）。」

「一份工作？」梅西先生臉上閃過一絲驚愕。

「您知道的，梅西先生，」戴勒林普繼續說，「我覺得自己在浪費時間。我想開始工作。一個月前曾有幾個機會，但現在已經——告吹——」

「讓我們看看，」梅西先生打斷，「那些是怎樣的工作？」

「噢，當初州長提過他的幕僚裡有一個職缺。有一陣子我就指望那份工作，但聽說他給了艾倫．葛列格，也就是葛列格先生的兒子。似乎忘記對我講過的話——我猜只是說說而已。」

「這種事你應該積極爭取。」

「然後是工程考察隊，但他們確定需要的是一個懂水力學的人，所以不能聘用我，除非我自費同行。」

「你只上了一年大學？」

「兩年。但我還沒修完任何一門學科或數學。嗯，軍隊返鄉遊行的那天，彼得．喬丹先生提過他店裡有職缺。我今天去打聽，發現他指的是巡店員的工作——然後有一天您曾說過，」他停頓下來等眼前這位老先生開口雇用他，但對方只是持續皺了一會兒眉頭，「有個職缺，所以我想到要來見您。」

「的確有職缺，」梅西先生勉強承認，「但我們後來找到人了。」他清一清喉嚨，「你耽擱了很長一段時間。」

「是的，我想也是。每個人都告訴我不要急，況且我有這些個不同的選擇。」

梅西先生講了一串當今的工作機會，戴勒林普完全沒興趣。

「你有任何工作經驗嗎？」

「我在一處牧場當過兩個夏天的馴馬師。」

「噢，很好，」梅西先生完全不放在眼裡，然後繼續說，「你覺得自己能勝任什麼工作？」

「我不知道。」

「好吧，布萊恩，跟你說，我很願意破例給你一個機會。」

戴勒林普點點頭。

「你的薪水不多。你會從庫存開始學習。接著到辦公室見習一段時間。然後出去跑業務。你什麼時候可以開始上班？」

「明天如何？」

「可以。到倉庫跟漢森先生報到。他會帶你上手。」他一直盯著戴勒林普，直到戴勒林普明白面試結束了，這才尷尬起身。

「啊，梅西先生，我實在非常感激。」

「不客氣，布萊恩，很高興幫得上忙。」

經過一陣猶豫不決，戴勒林普發現自己在走廊上。他的前額滿是汗水，屋子裡卻不是很熱。

「眞搞不懂爲什麼要感謝這混蛋？」他嘀咕。

## 3

隔天早晨，漢森先生冷漠地交代，說每天早上必須在七點鐘準時打卡上班，然後把他派給一位同事接受指導，那是查理・摩爾。

查理二十六歲，身體四周散發著微弱的刺鼻味，常被誤認爲不祥氣息。無法經由心理測驗來確認他是否沉溺於放縱與懶散，就像沉溺在生活中那樣隨便，然後隨波逐流。他很蒼白，衣服沾染菸味；他喜歡脫衣舞秀，撞球，還有羅伯特・塞維斯[5]，總在回顧自己上次玩過的把戲，或是預期下次要玩的把戲。他早期的嗜好是買一大堆花俏領帶，不過現在興趣似乎如同他的活力般漸漸消退，只要從那淡紫色的活結領帶和晦暗的灰色衣領就看得出來。查理百無聊賴地奮力討生活，漸漸抵擋

5羅伯特・塞維斯（Robert W. Service, 1874~1958）：英裔加拿大詩人兼作家，作品內容一般被視為粗俗滑稽。

不了精神、道德與肉體上的退化，這是中產階級下層不斷發生的現象。

第一個早上，他在一排穀物紙箱前伸懶腰，悄悄違反賽隆・梅西公司的規定。

「小氣的公司。眞不敢置信！看看他們給我多少薪水。這幾個月來我都很想辭職。見鬼了！我還跟這堆東西混在一起！」

這世上有多少查理・摩爾每個月都想換工作──他們在職場上做過幾份工作，然後圍坐在一起比較前一個工作和現在的工作，永遠對現在的工作不滿意。

「你拿多少薪水？」戴勒林普好奇問。

「我嗎？六十元。」說得頗爲目中無人。

「你的起薪是六十元？」

「我嗎？不是，我的起薪三十五元。他告訴我學完庫存後就讓我去跑業務。他都是這樣說的。」

「你待在這兒多久了？」戴勒林普心情沉重地問。

「我嗎？四年。這也是我待的最後一年，跟你打賭。」

就像討厭打卡鐘一樣，戴勒林普相當怨恨賣場保全人員，只要違反禁菸規定就幾乎立刻遇上他。這規定猶如芒刺在背。他習慣早上抽三、四根菸，歷經三天沒辦法抽菸後，他就跟著查理・摩爾迂迴繞到後面樓梯，爬到一處小露臺上，他們在那兒盡情享受悠閒。但這情形沒維持多久。在他上班第二週的一天，保全人員在樓梯轉角撞見他走下來，嚴厲警告說下一次就要向梅西先生報告。戴勒林普覺得自己就像犯錯的學生。

他得知一些令人不舒服的事。地下室有一群「穴居者」工作了十到十五年，月薪六十元，在潮濕的水泥通道滾木桶和搬箱子，身陷回音盪漾的陰暗中，跟他一樣從早上七點鐘做到下午五點半，每個月還有幾次被迫加班到晚上九點鐘。

到了月底，他排隊領到四十元。典當掉一個菸盒和一副雙筒望眼鏡，他勉強生活下去——吃飯，睡覺，還要抽菸。然而，這日子過得很窘迫；他對節省開銷毫無概念，第二個月的收入也沒增加，於是說出他的憂慮。

「如果你拉著老梅西提出要求，也許他會給你加薪，」這是查理令人沮喪的回覆，「但他從來不給我加薪，直到我在這兒待了快兩年。」

「我必須生活，」戴勒林普坦白說，「我到鐵路公司當工人可以領更多錢，但是，老天，我希望覺得自己眼前有大好機會可以爭取。」

查理不抱希望搖搖頭，隔天，梅西先生的答覆同樣令人不滿。

戴勒林普趕在下班前來到辦公室。

「梅西先生，我想跟您談談。」

「咦——好的。」沒人情味的笑容出現了。聲音有點不高興。

「我想跟您談關於加薪的事。」

梅西先生點一下頭。「嗯，」他含糊地說，「我並不完全知道你在做什麼。我會跟漢森先生談談。」他完全知道戴勒林普在做什麼，而且戴勒林普知道他清楚得很。

「我在倉庫工作——還有，先生，既然我來了，想請問我還要在那邊待多久？」

「噢——我不太確定。當然需要花點時間去學庫存。」

「您曾經告訴我是兩個月，從我開始上班計算。」

「好吧。那麼，我會跟漢森先生談談。」

戴勒林普遲疑地停下話來。「謝謝您，先生。」

兩天後，他又出現在辦公室，帶來記帳員漢斯先生要的庫存表。漢斯先生專心忙著，一旁等待的戴勒林普開始無所事事用手指撥弄速記員桌上的一份帳冊。

他無意間翻了一頁，看到自己的名字——那是薪資單：

**戴勒林普**

**戴明**

**唐納霍**

**埃弗雷**

**他目光停住——**

**埃弗雷……………………六十元**

所以，湯姆・埃弗雷，梅西的那個懦弱外甥，起薪六十元——而且三週內就離開包裝室進入辦公室。

原來如此！不管能力如何，他得坐觀某人的兒子、堂兄弟、兒子的朋友一個個踏過自己，而他只能扮演走卒的角色，用「出去跑業務」的幌子擺在眼前——那一成不變的說法只是推諉之辭：「我知道，我會研究看看。」或許到了四十歲，他會成爲像老漢斯一樣的記帳員，疲憊、無精打采的漢斯，做著被指派的單調例行公事，過著下班後在膳宿公寓閒聊的乏味生活。

這時就該有賢達人士送一本書到他手上，爲夢想破滅的年輕人所寫的書。但這本書還沒寫完。強烈不滿轉化成反感情緒，在他心中翻騰起來。腦海裡充斥一些想法，近乎任性，沒有條理，而且立刻拿定主意。去做吧——這是生存法則——僅此而已。他怎麼做都沒關係——就是不要變成漢斯或查理・摩爾那樣。

「我不要！」他大喊。

記帳員和速記員驚訝地抬頭看他。「什麼事？」

戴勒林普凝視了一會兒，然後走向桌前。

「資料都在這裡，」他說得很唐突，「我不能再等下去。」

漢斯先生一臉詫異的表情。

怎麼做都沒關係——正是如此，他要擺脫這常軌。他像做夢般步出電梯進入倉庫，走向一處沒在使用的通道，坐在一個箱子上，雙手遮住自己的臉。

他腦袋裡激盪著刺耳聲響，要爲自己找一個老掉牙的藉口。

「我必須擺脫這常軌，」他不斷大聲說，「我必須擺脫。」他的意思不是只要擺脫梅西批發賣場。

當五點半離開的時候，天空下著大雨，他卻朝自己住處反方向走去，隨著冰冷雨水開始滲進那老舊的外套，他感覺到一種怪異的狂喜和生氣勃勃。他想去一個如同走在雨中的世界，即使看不清前方遠景，但命運卻安排他到梅西先生那悶臭的倉庫與通道。起初只是一心想要改變現況，然後他開始盤算起片片段段的計畫。

「我要去東部——一座大城市——拜訪一些人——一些大人物——可以協助我的人。大概會有感興趣的工作。老天，一定要有。」

想到一個事實就讓他心煩，那就是他的交際手腕不怎麼好。畢竟這裡是自己家鄉，他應該有，應該有——知名度——趁自己被人完全遺忘之前。

你得走捷徑，就是這樣。拉一些——人際關係——富裕的姻親——。

走了好幾里路，他一直專心在此反覆思考，然後發現雨變小了，昏暗暮光更加朦朧，房子在眼前逐漸消失。走過擁擠的街區，接著是豪華的大宅，然後是分散的小屋，最後兩旁是滿佈霧氣的開闊鄉野。這裡很難走，人行道變成泥土路，上面淨是一道道宣洩的褐色泥水，鞋子踩下去都潑濺浸濕了。

走捷徑——這幾個字開始拆解開來，形成一些奇怪的措辭——個個都是發出微光的小組件。它們漸漸組成句子，每句都有不可思議的熟悉語調。

走捷徑意味著要推翻多年的兒時信條，所謂成功來自堅守本份，爲惡必殃，爲善必昌——甘守清貧要比不義之財更讓人幸福。

那就意味要過苦日子。

這段警語在呼籲他，一遍又一遍地重複。它似乎跟梅西先生與查理·摩爾有什麼關聯——他們做事的態度和方法。

他停下來摸一摸衣服。完全濕透了。他看看自己，找了一處有樹遮蔽的籬笆坐在上面。

在我懵懂無知的年紀——他心裡想——人們告訴我說罪惡是某種污穢的顏色，就像弄髒的領子那麼明顯，但是對我來說，罪惡在某種意義上只是走霉運，若非遺傳與環境使然，就是「被發現了」。它藏在像是查理·摩爾這種庸才的優柔寡斷裡，同樣也藏在梅西的固執己見中，如果它變得更加具體，也不過是被武斷貼上標籤，代表他人看不順眼。

其實——他斷言——並不值得去煩惱什麼是罪惡，而什麼又不是。善與惡對我來說根本不是標準——當我需要某件東西時，它們會成爲討厭的絆腳石。假若我很想要某件東西，常識告訴我就動手去拿——而且不要被逮著。

此時，戴勒林普突然了解自己最需要的是什麼。他要十五元去付遲繳的伙食費。

帶著一股狂暴的幹勁，他從籬笆上跳了起來，迅速脫下外套，用折刀割下一小塊後襯裡。他在靠近旁邊戳兩個洞，然後蒙在臉上，拉低帽子壓住固定。它詭異飄動著，沾濕後緊緊黏在額頭和臉頰上。

現在……暮光已經落在低垂的幽暗天色之後……伸手不見五指。他開始快步走回鎮上，不等掀開面具，反倒透過眼孔吃力看著路。他完全不緊張……唯一的焦慮是想盡快得手。

他抵達第一個人行道，繼續走下去，直到看見一處遠離燈火的樹籬，於是轉到後面。不到一分鐘，他聽見幾次沿路走來的腳步聲——他等待機會——這是一個女人，他屏住呼吸等她通過……然後是一個男人，他是工人。他覺得下一個路人將是他的目標……工人的腳步聲在潮濕的街道遠方消失……另一個腳步聲逐漸接近，聲音突然提高。

戴勒林普鼓起勇氣。「手舉起來！」

男人停住，發出一聲滑稽的低聲咕噥，然後將粗短的手臂用力往上伸。

戴勒林普搜遍他背心。

「現在，你這矮子，」他說，同時暗示地把手伸進自己褲子後面口袋，「開始跑，用力踩——要大聲！如果聽到你腳步停下，我會從後面給你一槍！」

然後他站在那兒，突然控制不住大笑起來，那驚恐萬分的跑步聲匆匆消失在夜裡。

一會兒之後，他把那捲鈔票塞進口袋，扯下面具，迅速跑到對街，衝進一條暗巷。

## 4

然而，無論戴勒林普證明自己有多聰明，做此決定後的幾個星期經常感覺很糟糕。他的情操和傳承的抱負頂著巨大壓力，自己心態不斷掀起騷動。他覺得在道德上孤苦無依。

首次冒險的隔天中午，他和查理・摩爾在一間小快餐店吃飯，看到對方攤開報紙，等待他對昨天的搶劫發表意見。若不是報紙上沒提到搶劫，就是查理對此不感興趣。他無精打采翻到體育版，讀著克蘭博士講的一堆加油添醋的老生常談，又興致勃勃、嘴巴微張地看了一篇社論，然後跳到《默特與傑夫》連載漫畫。

可憐的查理，帶著微弱的不祥氣息，無法專注的腦袋，用過時的把戲玩著枯燥的單人紙牌。

然而查理屬於樹籬那道界線的另一邊。他心中應該會燃起正義的火焰加以遣責；他願意爲舞臺上女主角失去貞操的戲碼流下眼淚，他可能變得傲骨錚錚，對有損名譽的念頭予以藐視。

在我這邊，戴勒林普心想，沒有任何休息的空間；一個厲害的罪犯懂得每次小幹一票，所以這裡就像在打游擊戰。

這對我有何影響？他一直傷腦筋想這件事。它會讓我丟掉聲望嗎？它會讓我失去勇氣，頭腦變遲鈍嗎？——完全變得俗不可耐——它是否意味著最後會徒勞無功，悔恨自責，一敗塗地？

心中怒氣洶湧，他想衝向那道樹籬——用自己如刺刀般的閃耀自尊朝它猛刺。其他違反正義與慈悲守則的人是在欺騙全世界。他無論如何都無法欺騙自己。現在他不再只是拜倫式英雄[6]：既不是唐璜[7]，高尚精神的叛徒；也不是浮士德[8]，知識哲理的叛徒；卻是這時代新的一種心理叛徒——公然背叛心靈與生俱來的情操。

他希望得到幸福，那是從正常慾望慢慢得到滿足累積而來；同時，他有一個強烈信念，認爲即便物質無法帶來眞正的幸福，至少物質享受可以用錢買到。

## 5

夜色降臨，誘使他出去做第二次冒險，當他走在黑暗的街上，覺得自己像極了一隻貓——具有某種敏捷活躍的輕盈。在他清瘦結實的體魄下，肌肉平滑流暢在動作——他有個荒謬的慾望，想沿著街道一路跳躍前進，進樹林裡左閃右拐地奔跑，到軟草地上翻幾個跟斗。

空氣不是很清新，倒是彌漫一股淡淡的苦酸味，能夠刺激靈感而非令人沮喪。

「月亮下去了——我的時間還多呢！」

他對那道樹籬愉快笑了起來，早先記憶賦予它一個不能說的絕妙用處。

他超過一個男人，走了四百公尺後又超過另一個。

他現在走到費爾摩街上，這裡非常暗。缺乏新路燈要拜市議會所賜，最近的預算沒有編列進去。這是史特納的紅磚宅邸，標示著大街起點；接著是喬丹家的房子，艾森豪的家，丹特的家，馬克漢的家，費瑟的家；霍金斯的家，他是這棟大宅的房客；威洛比的家，艾弗瑞的家，一棟接著一棟的豪華房舍；瓦特一家老女人住的獨棟小屋，穿插在氣派的梅西家和克魯柏斯坦家之間；克雷格的家——

啊……那邊！他停下腳步，激烈顫抖著——街道遠方有個突兀的黑點，有人在走動，也許是警

---

6引用自英國浪漫主義詩人倫（George Gordon Byron, 1788～1824）筆下描繪的英雄人物特徵——驕傲自大、憤世嫉俗、內心衝突、喜怒無常，既會無情復仇，又會多愁善感。

7唐璜（Don Juan）：西班牙傳說中人物，以瀟灑風流著稱，被用作淫亂、放蕩的代名詞。

8浮士德（Faust）：歐洲中世紀傳說中人物，為追求知識權力與魔鬼交易，出賣自己靈魂。

察。歷經永恆的剎那之後，他發現自己走向一處朦朧昏暗的隱蔽路燈，穿過一片往下傾斜的草坪。然後屏住呼吸，或者說不需要呼吸，如同僵住的獵物緊張站在陰影中。

漫長無盡的傾聽——遠方傳來一隻貓的哭號，幾百碼外的另一隻貓跟著低吼起來，他驟然覺得安心多了，舒緩精神上的衝擊。周圍還有其他聲音：遠方傳來極為模糊的片段歌聲；斜對巷的一處後廊發出刺耳的閒聊笑聲；還有蟋蟀，牠們在月色下這片一塊塊草皮拼湊成的庭院中唧唧鳴叫。這棟房子裡面靜得嚇人。他很慶幸並不知道誰住這裡。

他的輕微顫抖轉為僵硬麻木；麻痺消退後，他的神經變得像皮革般柔軟；握緊雙手，還好發覺它們仍舊靈活，於是拿出折刀和鉗子動手撬開紗窗。

一分鐘後他發現自己身處餐廳，十分篤定沒有被人看見，他傾身把紗窗拉到一定高度，保持平衡不會意外落下，又不會在急忙撤退時造成阻礙。

然後把打開的折刀放進外套口袋，他拿出手電筒，在屋裡躡手躡腳四處走動。

這裡沒有他用得上的東西——餐廳本來就不在計畫之內，因為這個鎮太小了，不容許他脫手銀器。

事實上，他的計畫極不明確。他靠自己頭腦去判斷，搜集有利情報，直覺觀察，火速決定，這難得的本領竟是戰爭中的基本技能。扛著機槍的那場戰役讓他學到這身功夫。同時他也害怕，事先擬定的方案會在危機中讓自己左右為難——左右為難就表示猶豫不定。

被一張椅子稍微絆到，他屏住呼吸，聆聽，然後繼續，找到走廊，看見樓梯，走了上去；踩到第七階時發出咯吱一聲，第九階又一聲，十四階再一聲。心裡不自主數著階梯。他在第三聲響起時又停下超過一分鐘──這段時間感覺到從未有過的孤單。他在兩軍陣地間偵察時，即使獨自一人，仍舊感覺背後有五億人給他精神支持；現在獨自一人，對抗的是同樣多人的道德壓力──他是一個盜賊。他從沒感覺過這種恐懼，卻也從沒感覺過這種興奮。

樓梯到了盡頭，往一扇門走過去；他進房間留心聽著規律的呼吸聲。他盡量減少腳步，偶爾轉動延展身體去摸索五斗櫃上面，將所有可能值錢的東西放進口袋──十秒鐘後就已經數不清有幾件。他摸椅子上是否有長褲，發現是柔軟的衣物，女人內衣。他的嘴角不自覺露出笑容。

另一個房間……同樣規律的呼吸，響亮的鼾聲活躍生動，讓他心臟又快跳到喉嚨。圓的東西──懷錶；項鍊；成捲鈔票；領針；兩個戒指──他記得從另一間的五斗櫃上有拿過戒指。他突然退縮，一個微弱光線在他面前閃爍，正對著他。老天！──那是他自己腕錶發出的微光，戴在伸出去的那隻手臂上。

走下樓去。他跨過兩個會出聲的階梯，但踩響了另一個。現在沒問題，他幾乎安全了；接近底下時，他覺得有一點無趣。人來到餐廳──考慮銀器──決定還是不要。

回到膳宿公寓自己的房間，他檢查個人增加的財產。

六十五元鈔票

一只鑲了三顆中等尺寸鑽石的白金戒指，價值大約七百元（或許吧，鑽石價格在上漲）

一只廉價的鍍金戒指，內側刻了O．S．的縮寫和一九〇三的年份（也許是學校戒指，價值幾塊錢。賣不掉的）

一個紅色絨布盒，裡面裝了一副假牙

一只銀懷錶

一條金項鍊（比懷錶值錢）

一個空的戒指盒

一尊象牙雕的小型中國神像（也許是書桌擺飾）

一塊錢和六十二分的零錢

他把錢放在枕頭下，其他東西藏在一隻軍靴的鞋頭裡，上面塞一隻襪子。接下來的兩小時，他的心智就像一具大馬力引擎，在自己生命中到處奔馳，從過去到未來，有恐懼也有歡笑。他希望自己娶了老婆，在這迷迷濛濛、時機不當的願望中，他沉睡過去，直到將近五點半。

## 6

雖然報紙上關於竊盜案的報導沒提到那副假牙，卻讓他感到很不安。想像一個人在寒冷的早晨醒來，使勁摸索卻找不到假牙，吃了一頓不用嚼的軟糊早餐，用奇怪、空洞、口齒不清的嗓音打電話報警，帶著疲倦、沮喪的神情去找牙醫師，這喚起他強烈的憐憫之心。

想弄明白這副假牙的主人是個男人或女人，他小心翼翼從盒子裡取出來，拿著貼近自己的嘴。他試著開闔自己兩顎；用手指測量；但無法確定：它們可能屬於一位嘴巴大的女人，或者一位嘴巴小的男人。

基於善意的一股衝動，他從軍用皮箱底層取下褐色紙張包裹它們，用鉛筆在包裝外面寫上字跡笨拙的「假牙」兩個字。然後，隔天晚上，他走去費爾摩街，將包裹扔到草坪上，這樣就會掉在門口附近。第二天的報紙宣稱警察掌握了線索——他們知道那個盜賊在鎮上。然而，他們沒提到線索是什麼。

## 7

到了月底，「豪宅區的夜襲大盜」成了保母嚇唬小孩無往不利的工具。五件竊盜案全怪罪到他身上，然而戴勒林普只幹了三件，他認爲樹大招風，這個名號當之無愧。有一次，他被看到了——「臉孔浮腫猙獰的傢伙，你絕不敢正眼瞧他。」亨利．科曼太太在凌晨兩點醒來，手電筒的光線照在她眼睛上，當然不指望她能認出那是布萊恩・戴勒林普，去年七月四日她還向他揮舞旗幟，描述他是「完全不像膽大妄為的人，你不覺得嗎？」

當戴勒林普的妄想持續發光發熱，他也設法讚美自己的心態，擺脫些許的良心不安與後悔自責——不過一旦讓自己的思維卸下盔甲，意想不到的強烈驚嚇和沮喪會向他侵襲而來。然後為了確保心安，他得回頭把整件事好好再想一遍。總之，他覺得別把自己看成是違法之徒。把大家當做傻瓜還比較安心。

他對梅西先生的態度有所改變。在他面前不再隱約感到憎恨和自卑。來到賣場滿四個月後，他發現自己視這位雇主如同親兄弟般。他有一種說不出的確信，認為梅西先生內心深處是鼓勵並且認同他的。他不再擔心自己的未來。他想攢個幾千元後洗手不幹——去東部，回法國，或者到南美洲。過去兩個月，他曾好幾次想放棄工作，但就怕財源不斷會引來注意而沒那麼做。他繼續留在工作崗位上，不再無精打采，卻是不屑一顧地當成消遣。

# 8

接著突然發生一件令人吃驚的事，改變了他的計畫，也終結了他的竊盜行為。

有一個下午，梅西先生派人找他過來，帶著非常愉快神祕的表情問他晚上是否有空。如果有空，就麻煩他在八點鐘去拜訪阿弗雷德・費瑟先生。戴勒林普的納悶混雜著不確定性。他跟自己爭辯這是否暗示他得立刻搭上火車離開鎮上。但是經過一小時考慮，他確認自己的擔憂沒有根據，於是在晚上八點鐘，他來到費爾摩街上費瑟家的大宅。

費瑟先生被公認爲本鎮最具政治影響力的人。他的弟弟是費瑟參議員，女婿是戴明眾議員，他動用的影響力雖然不至於讓自己成爲令人反感的權貴，然而卻十分有效。

他有一張漂亮的大臉，深邃的眼窩，豐厚的上嘴唇，如果再加上相稱的長下巴，這組合簡直就是傑出人士的極致模樣。

他跟戴勒林普談話時，臉上表情始終傾向露出笑容，傳遞出令人愉快的樂觀態度，著又沉著地收斂起來。

「你好嗎，先生？」他就定位，伸出一隻手，「請坐。我猜你正想知道爲什麼我要找你。請坐。」

戴勒林普坐下。

「戴勒林普先生，你多大年紀？」

「我二十三歲。」

「你很年輕。但不表示你不聰明。戴勒林普先生，我要講的話不會花太長時間。我打算給你一個提議。首先要說，自從去年七月四日，你領取紀念杯時講了那段致詞後，我就一直在注意你。」

戴勒林普咕噥說那沒什麼，但費瑟揮手要他別作聲。

「那段致詞我沒忘記。那是有頭腦的致詞，直截了當，觸動了群眾裡每個人的心。我很清楚。我觀察群眾好多年了。」他清一清喉嚨，似乎要岔開他對群眾認知的話題，然後繼續，「但是，戴勒林普先生，我看過太多前途大好的年輕人功虧一簣，他們失敗不外乎渴望穩定，太多權高位重的念頭，缺乏辛勤工作的意願。所以我耐心等待。我想看看你會怎麼做。我想看看你是否願意工作，是否堅持自己的初衷。」

戴勒林普覺得他頭上發出光芒。

「所以，」費瑟接著說，「當賽隆·梅西告訴我說你從他的賣場開始幹起，我就一直觀察你，透過他來追蹤你的記錄。第一個月讓我有一點害怕。他告訴我說你變得煩躁，覺得自己大材小用，不斷提示要加薪——」

戴勒林普嚇了一跳。

「——但他說從此之後，你顯然下定決心閉上嘴巴，堅守崗位。我就是喜歡年輕人有這種特質！這種特質才能獲得最後的成功。別認爲我不了解。我知道經歷那麼多老女人給你的愚蠢諂媚之後，對你來說能這麼做是更加困難。我知道一定經過一番掙扎——」

戴勒林普紅光滿面。臉看起來有朝氣，且出奇地耿直。

「戴勒林普，你有頭腦，有自己的特質——這就是我想要的。我打算把你送進參議院。」

「送進什麼？」

「參議院。我們希望找一個有頭腦的年輕人，值得信賴而且不會遊手好閒。當我講參議院時，不會就此止步。我們面臨到這個問題，戴勒林普。我們得讓一些年輕人進入政壇——你知道政黨的競選搭檔年復一年都是老面孔。」

戴勒林普舔一舔嘴唇。

「你要幫我競選進入參議院？」

「我要把你送進參議院。」

現在費瑟先生的表情幾乎露出笑容，戴勒林普興奮得把持不住，覺得自己內心充滿幹勁——但它停了下來，煞住，然後從身上溜走。他麻木的上唇和下巴之間露出一道狹小的縫。戴勒林普使勁想起那是嘴巴，然後開口說話。

「但我早被忘了，」他說，「我的聲望發揮不了作用。人們對我早已厭膩。」

「那種事，」費瑟先生回答，「是有技巧的。報紙寫法可以喚醒聲望。你等著看《先鋒報》，從下星期開始——也就是說，如果你站在我們這邊——也就是說，」他的嗓音變得稍微強硬，「對於事情該如何進行，你不會有太多自己的意見。」

「不會，」戴勒林普說，誠懇地看著他的眼睛，「首先你得給我許多忠告。」

「很好。然後我會處理你的聲望問題。只要你站在對的一邊。」

戴勒林普對這一再重複的警語感到吃驚，他最近想了很多。門鈴突然響起。

「那是梅西先生，」費瑟起身說道，「我去開門讓他進來。僕人已經睡了。」

他留下戴勒林普在那兒做夢。世界忽然開闊起來——參議院，美國國會的參議院——生活終究還是要如此——走捷徑——這是常識，不變的道理。現在別再傻到去冒險，除非有必要——但重要的是那樣過得很辛苦——別再讓自己失落在悔恨自責當中而一夜難眠——讓生活成為一把充滿勇氣的利刃——不會有報應——那都是蠢話——蠢話。

他迅速站了起來，就像獲得勝利般緊握拳頭。

「喲，布萊恩。」梅西先生穿過門簾時說。

兩位老先生對他面帶微笑。

「喲，布萊恩。」梅西先生又說一次。

戴勒林普也露出笑容。

「你好嗎，梅西先生？」

他想知道，兩人之間是否因為某種心靈感應，促成這前所未有的賞識——某種不言而喻的領會……。

梅西先生把手伸出。

「很高興我們在這計畫中成為夥伴，我始終很支持你，尤其是最近。很高興我們要站在同一陣線了。」

「我應該要謝謝你，先生。」戴勒林普只說了這一句。他覺得眼眶泛起百感交集的淚水。

——〈戴勒林普做錯了〉（Dalyrimple Goes Wrong），

原刊於一九二〇年二月《智者》（The Smart Set）月刊

# 柏妮絲剪頭髮

## I

星期六晚上天黑之後，你可以站在高爾夫球場第一個發球區，看到鄉村俱樂部的玻璃窗透出大片黃色燈光，灑在黑壓壓的滾滾人潮上。這些所謂的人潮，是許多愛看熱鬧的桿弟，一些比較機靈的私人司機，以及高爾夫球友不想搭理的婆娘們——通常還有幾個落單、羞怯的人，他們多渴望自己能參與其中。這裡是大眾席。

進到裡面是特等席。它是沿牆壁擺的一圈柳條椅，圍著中央的交誼廳和舞池。這些週末夜舞會裡的賓客大多是女性；中年婦女喋喋不休，她們的長柄眼鏡和豐滿胸脯後面藏著銳利眼神和冰冷的心。特等席上的主要活動是指指點點。其中偶爾發出嫉妒的讚美，但絕非認同，因為年過三十五歲的女士們都明白，年輕男女若在夏日出來跳舞必然意圖不軌，如果她們不用冷酷眼神緊盯著看，離群的一對對舞伴會躲到角落演出狂野舞蹈，更常發生而且更危險的情況，就是女孩有時會毫無戒心被帶進老貴婦的大驕車裡遭人親吻。

但這刻薄的社交圈畢竟離舞臺不夠近，無法看清那些紅男綠女的臉孔，捕捉不到細微的旁枝末節。她們只能皺眉蹙額，交頭接耳，提出質疑，用自己的一套假設去推論出滿意的答案，比如這個說法吧，收入豐碩的年輕男士必定過著四處獵豔的生活。她們沒有眞正領會年輕人在他們世界上演著有些殘酷的多變戲碼。她們當然無法領會；靠近舞臺的包廂和頭等席，還有舞臺上的主角們與歌舞群，這裡人們展現多樣的臉孔和嗓音，隨著戴爾舞蹈樂團的憂鬱非洲旋律一起搖擺。

這些人包括還有兩年才從希爾高中畢業的十六歲歐提斯・奧蒙德，家裡五斗櫃上掛著哈佛法律系畢業證書的里斯・史達德；還有仍覺得自己頭頂髮型怪異、渾身不自在的小瑪德琳・霍格，以及在派對生活中打滾稍微太久的貝希・麥克蕾——已經超過十年——這種多樣性不僅存在舞臺中央，也包含那些能夠擋住後排視線的頭排觀眾。

音樂在華麗響亮的尾聲中結束。一對對舞伴矯揉地互擠笑容，不斷發出滑稽的「啦——滴——嗒——嗒——噹——噹，」然後爆出掌聲的同時揚起一片年輕女子的喧譁聲。

幾個沒帶女伴的男士失望地呆立場中，他們早就無精打采準備換手退到牆邊，因爲這不像狂歡的耶誕舞會——這些夏日社交舞蹈對他們來說沒多大熱情與刺激，甚至年輕一點的已婚夫妻都會起來表演過時的華爾滋或嚇人的狐步舞，只有自家弟妹才能忍受的餘興節目。

華倫．麥克英泰，輕輕鬆鬆進了耶魯大學的傢伙，就是這些不幸的單身男士之一，他在禮服口袋裡掏著香菸，溜達到外面有些昏暗的大陽臺，成對男女散佈在各個桌邊，明月高掛的夜晚充滿模糊的低語和笑聲。他四處走動跟沒在自顧聊天的人點頭致意，經過每對情侶時，依稀記得的片段故事就浮現在腦海裡，因爲這不是大城市，每個人在其他人的回憶裡都是個名人。比如說吉姆．史翠恩與艾瑟．黛摩芮，他們三年前就已經私下訂了婚約。大家都知道，只要吉姆能設法保住一份工作超過兩個月，她就會嫁給他。然而他們倆看起來是多麼無趣，艾瑟有時看待吉姆是那麼厭倦，彷彿她在懷疑，爲何自己愛情的葡萄藤會攀爬在這棵弱不禁風的白楊樹上。

華倫十九歲，相當同情那些沒去東部上大學的朋友們。但就像多數男孩一樣，他在外地總是大力吹捧自己家鄉的女孩。例如珍娜芙．奧蒙德，她經常出現在各個舞會和家庭派對中，以及普林斯頓、耶魯、威廉斯和康乃爾等大學的橄欖球賽場上；黑眼睛的蘿勃塔．狄倫，她跟同輩的海勒姆．詹森或泰．柯布一樣有名；當然還有瑪喬莉．哈維，她除了擁有仙女般的美貌和伶牙俐齒的口才，還在上次紐哈芬的便鞋舞會中連翻五個跟斗，早已博得應有的美譽。

華倫從小就是瑪喬莉的對街鄰居，長久以來對她「如癡如狂」。她有幾次似乎動了些許回報念頭而要接受他的感情，但又用她萬無一失的考驗去折磨他，鄭重聲明自己並不愛他。她的考驗就是當自己不在他身邊時便把他拋諸腦後，去跟別的男孩傳出風流韻事。華倫發覺這令人沮喪的情況，尤其是瑪喬莉在整個夏天經常短暫出遊，然後每次回來的頭兩、三天，他就會看到哈維家寫字桌堆滿寄給她的信件，上面都是不同男生的字跡。讓事情變得更糟的是，整個八月期間，她的表妹柏妮絲從歐克萊爾[2]前來探訪，似乎根本沒機會與她獨處。總得有人跟在旁邊照顧柏妮絲。到了八月下旬，情況變得更難應付。

雖然華倫愛慕瑪喬莉，他必須承認表妹柏妮絲也不是什麼土包子。她很漂亮，一頭烏黑秀髮，而且容光煥發，但在派對上很無趣。每個週六夜晚，他煞費苦心一直陪她跳舞來取悅瑪喬莉，但他對這舞伴只感到厭煩透了。

「華倫——」手肘旁傳來輕柔的嗓音打斷思緒，他照例洋溢著幸福喜悅的臉色轉頭看瑪喬莉。她把手擱在他肩膀上，一股灼熱幾乎朝他全身蔓延開來。

「華倫，」她低聲說，「幫幫我的忙——陪柏妮絲跳舞。她已經糾纏小歐提斯．奧蒙德快一個小時。」

華倫的灼熱消退。

「噢——當然。」他回答得心不在焉。

---

1 海勒姆．詹森（Hiram Johnson, 1866～1945）：美國政治家，曾任加州州長和國會參議員。泰．柯布（Ty Cobb, 1886～1961）：美國職棒球員，獲選進入美國棒球名人堂。

2 歐克萊爾（Eau Claire）：威斯康辛州中西部的一座城鎮。

「你不介意，是吧？我認爲你不會被耽誤太久。」

「好吧。」

瑪喬莉報以微笑——那笑容足以表達謝意。

「你是救星，我感激不盡。」

這救星嘆了口氣，到陽臺掃視一圈，但沒看見柏妮絲和歐提斯。他繞回屋內，就在女更衣室前發現歐提斯，他站在一群捧腹大笑的年輕人中間。歐提斯揮舞一根撿來的木條，喋喋不休正講得起勁。

「她進去整理自己頭髮，」他激動地說，「我還得再陪她跳一小時的舞。」

他們又笑了起來。

「爲什麼你們沒人過來接手？」歐提斯忿忿喊著，「她不想只有一個男伴。」

「哎呀，歐提斯，」有個人暗示，「你才剛開始習慣她。」

「歐提斯，你爲什麼拿著木條？」華倫笑著詢問。

「木條？噢，這根？這要當棍子。等她出來時，我要敲她的頭，把她打回更衣室去。」

華倫一屁股坐在長椅上，揚揚得意大聲說。「沒關係，歐提斯，」他說得字字清晰肯定，「這次我幫你接手。」

歐提斯假裝暈倒，然後把棍子遞給華倫。「以備你用得著它，老兄。」他沙啞地說。

不論一個女孩有多麼漂亮耀眼，如果舞會上沒什麼人搶著跟她跳舞，這名聲會讓她陷於尷尬的處境。或許男孩比較喜歡有她爲伴，而不是跟花蝴蝶整晚跳上十幾回，但這爵士年代孕育出的年輕人有著求變的性格，想到要跟同一位女孩跳一首以上的狐步舞就覺得倒胃口，即便不到討厭的程度。經過幾輪舞曲和穿插休息之後，女孩可以相當確定的是眼前年輕人一旦換手，就不會再回頭來跟她共舞。

華倫和柏妮絲跳完接下來的整首舞曲，終於來到休息時間，他領著她到陽臺桌邊。她微微搧動自己的扇子，兩人維持一陣沉默。

「這裡比歐克萊爾還要熱。」她說。

華倫點頭輕嘆口氣。也許他只知道或只願意這樣回應。他漫不經心地想，她是因爲不受青睞而木訥寡言，還是因爲木訥寡言而不受青睞。

「你還要在這兒待多久？」他問，然後有一點臉紅。她可能會懷疑他詢問的動機。

「再一星期。」她回答，然後盯著他看，似乎等他下句話一出口就搶答。

華倫坐立難安。他突然善心大發，決定對她試試自己常用的一些臺詞。他轉頭過去看她眼睛。

「你的嘴唇美得讓人想親吻。」他悄悄地開始說。

有時在大學舞會，就像目前這樣昏暗的情境下，他和女孩聊天時會對她們說這種話。柏妮絲顯然大吃一驚。她滿臉通紅，笨拙搖著扇子。從來沒人對她說這種話。

「放肆！」她沒多想便脫口而出，然後緊咬嘴唇。她決定欣然接受，示以不知所措的笑容，但是太遲了。

華倫感到惱怒。雖然不常把這話當眞，但它每每引來一陣訕笑，或是幾句傷人的戲謔之語。他痛恨被人說放肆，除非是在開玩笑。他的善心消退，於是轉變話題。

「吉姆・史翠恩和艾瑟・黛摩芮照例坐在外面。」他說。

這是柏妮絲比較感興趣的話題，隨著話題轉變讓她鬆一口氣，但也混雜著淡淡的遺憾。男生不會對她提到嘴唇美得想讓人親吻，但她知道他們有對別的女孩說這種話。

「噢，是啊，」她說，然後笑了。「我聽說他們幾年來都遊手好閒，身無分文。這不是很傻嗎？」

華倫的反感有增無減。吉姆・史翠恩是他哥哥的好友，而且不管怎樣，他認爲嘲笑別人沒錢是差勁的行爲。但柏妮絲並沒有嘲笑的意思，她只是緊張罷了。

## 2

午夜十二點半，瑪喬莉和柏妮絲回到家後上樓互道晚安。雖然是表姊妹，她們倆的關係並不親密。事實上，瑪喬莉沒有親近的女性朋友——她認爲女孩們都是傻瓜。柏妮絲正好相反，在這次父母安排的探訪中，一直很想跟對方交換那些女生私房話，聊著聊著可以咯咯笑到流眼淚，因爲她認爲這是女孩往來不可缺少的元素。但從這觀點來看，她發現瑪喬莉相當冷淡；覺得要找她聊天怎麼跟自己找男孩聊天一樣困難。瑪喬莉從不咯咯傻笑，也從不驚嚇害怕，很少侷促不安，實際上柏妮絲視爲女性該有的特質很少出現在她身上。

柏妮絲忙著拿牙刷擠牙膏，今晚已經是數不清的第幾次在心中納悶，爲什麼她出門在外吸引不了別人注意。她家是歐克萊爾首富，母親款待賓客毫不吝惜，爲女兒舉辦的舞會都先提供小型餐宴，還買一輛車給她開著到處逛，她在家鄉一帆風順的社交環境中從沒想過這問題。就像大部份女孩一樣，她在安妮・費洛・瓊斯頓[3]溫馨故事的孕育下成長，小說裡的女生都因爲某些不可思議的女性特質而倍受疼愛。這些特質總被提及，但從不誇示。

柏妮絲有一點感到苦惱，她目前看來不屬於受歡迎那種人。她不明白的是並非因爲有瑪喬莉的競爭，才使她整晚只有同一個男孩做舞伴；但她知道即使在歐克萊爾，身份容貌都不如她的女孩也比自己獲得更多人爭相共舞。她把這情形歸咎於那些女孩耍了某種不道德手段。她從沒爲此擔心，如果感到煩惱，母親也都向她保證那些女孩只是在貶低自己人格，男孩眞正尊重的是像柏妮絲這樣的女孩。

3安妮・費洛・瓊斯頓（Annie Fellows Johnston, 1863～1931）：美國著名兒童文學作家。

她關掉浴室裡的燈，心血來潮要去找約瑟芬阿姨聊一會兒，對方房間的燈還亮著。她穿著便鞋悄悄踩在走廊地毯上，但聽到裡面傳來話語聲，於是停下來靠近半開的房門。然後她聽到自己名字，也沒存心逗留偷聽——接著屋裡的一串對話銳利地穿透她的意識，就像被針刺到一樣。

「她實在沒救了！」那是瑪喬莉的聲音，「噢，我知道你接下來要說什麼！許多人都跟你說她有多漂亮，多甜美，還有她多會做菜！那又怎樣？她整晚都坐冷板凳。男生不喜歡她。」

「人緣這麼差嗎？」哈維太太聽起來很煩惱。

「當你十八歲的時候，這就代表了一切。」瑪喬莉強調，「我已經盡力了。我保持風度，還請男孩跟她跳舞，但他們就是受不了無聊。想到那漂亮的容貌浪費在這樣一個笨蛋身上，再想想瑪莎．凱莉會怎麼做——噢！」

「現在的人都不講禮節了。」哈維太太的嗓音暗示這年頭的情況實在令她受不了。當她還是少女時，有教養的年輕女孩都曾擁有亮麗的日子。

「哎，」瑪喬莉說，「沒人能夠一直爲這不中用的訪客出手相助，現在女孩都得爲自己著想。我甚至嘗試對她的服裝飾品提供建議，而她卻火冒三丈——回敬我最無禮的表情。她應該夠敏銳，知道自己免不了遭人嫌棄，但我敢說，她會自我安慰地認爲自己很有美德，而我太放蕩輕浮，不會有好下場。所有不受歡迎的女孩都那麼想。酸葡萄！莎拉．霍普金斯把珍娜芙、蘿勃塔和我稱做交際花！我敢說，她願意用十年壽命和歐洲學歷換取成爲一個交際花，然後交三、四個男朋友，在舞會上沒跳幾步就有人搶著與她共舞。」

「在我看來，」哈維太太疲倦地打斷她，「你應該能為柏妮絲做些什麼。我知道她不是很活潑。」

瑪喬莉哼了一聲。「活潑！天哪！除了天氣好熱，或者會場好擠，或者明年她要去紐約上學，我從沒聽過她對一個男孩講別的話。有時她問他們開哪種車，還告訴他們自己開什麼車。眞讓人打寒顫！」

短暫沉默了一會兒，哈維太太開始了她的老調重彈：「我所知道的是，其他不那麼甜美動人的女孩也都找得到伴侶。比如說瑪莎．凱莉，她矮胖又聒噪，而她母親是相當平凡的女人。蘿勃塔．狄倫，今年消瘦那麼多，看來亞利桑那的沙漠是最適合她的地方。她要跳舞跳到死。」

「但是，媽媽，」瑪喬莉急著反駁，「瑪莎是一個既爽朗又風趣，而且非常機靈的女孩，然後蘿勃塔是令人讚嘆的舞蹈家。她在各年齡層都廣受歡迎！」

哈維太太打了個呵欠。

「我想那是柏妮絲的印第安血統在做怪，」瑪喬莉繼續說。「也許她繼承了隔代遺傳。印第安女人都只是坐在旁邊從不開口。」

「去睡覺，你這傻孩子，」哈維太太笑了，「如果早知你對這事會念念不忘，我就不告訴你。而且我認為你大部份想法根本就很傻。」她睏倦地結束談話。

又是一陣沉默，瑪喬莉在考慮是否要費功夫去說服她母親。超過四十歲的人很難被完全說服。十八歲時我們站在山頭，舉目所及虛心領教；到了四十五歲，我們就把自己藏進洞穴裡。

經過一番判斷，瑪喬莉道了晚安。當她走出房間，走廊上空無一人。

## 3

瑪喬莉隔天早餐吃得晚，柏妮絲這時走進來，相當拘謹地道了早安，然後坐到對面，專注盯著她，稍微舔濕自己嘴唇。

「你有什麼心事？」瑪喬莉問，覺得有些困惑。

柏妮絲頓了一會兒，然後拋出震撼彈。「昨晚我聽見你跟你母親提到我。」

瑪喬莉心頭一驚，但只稍微變了臉色，說話語氣相當平靜。「當時你在哪兒？」

「在走廊。我沒有刻意去聽，至少起先是如此。」

不由自主露出嫌惡目光後，瑪喬莉低下頭去，把注意力放在用手指立起一個掉出來的玉米片。

「我想我最好回歐克萊爾，如果我是一個這麼麻煩的人的話。」柏妮絲的下唇抖得厲害，她用顫抖的聲音繼續說，「我已經試著表現隨和，然而——我先受到輕忽怠慢，接著又被羞辱。從沒有人來拜訪我會遭受這種待遇。」

瑪喬莉沒出聲。

「我明白自己很礙事。我是你的累贅。你的朋友不喜歡我。」停頓之後，柏妮絲又想到另一個抱怨，「沒錯，你上星期想暗示我說打扮不夠好看，我很生氣。難道你不認爲我知道如何打扮自己？」

「不是。」瑪喬莉嘀咕，幾乎快聽不見。

「什麼？」

「我不是在暗示，」瑪喬莉說得很簡潔，「如果我沒記錯，我是說與其換兩套醜衣服，不如漂亮衣服連穿三次。」

「你認爲這話聽起來很友善嗎？」

「我沒打算表達善意。」瑪喬莉答。又過了一會，問道，「你什麼時候要走？」

柏妮絲猛然倒抽一口氣，「哦！」有點快哭出來了。

瑪喬莉驚訝抬頭。「你不是說你要走了？」

「是啊，不過——」

「噢，你只是在裝模作樣！」

她們隔著早餐桌互相凝視一會兒。柏妮絲的雙眼變得淚水迷濛，然而瑪喬莉臉上掛著冷酷的表情，就是那種微醉大學生對她求愛時會露出的神色。

「所以你在裝模作樣。」瑪喬莉又再說了一次，彷彿已醞釀許久。

柏妮絲不打自招，突然放聲大哭。瑪喬莉露出厭倦的眼神。

「你是我表姊，」柏妮絲嗚咽地說，「我來拜訪你，原本要待一個月，如果現在回家，母親就會知道而且懷疑——」

瑪喬莉等著這一連串斷續的話語消退成細瑣的抽噎。「我把母親給我的零用錢給你，」她冷淡地說，「最後這一星期隨你想到哪裡度過。有一間很好的飯店——」

柏妮絲的嗚咽升高爲尖聲哭泣，驟然起身跑了出去。

一小時後，瑪喬莉在書房專心寫一封信，那種不帶承諾、極難捉摸的內容只有年輕女孩才寫得出來，這時柏妮絲又出現，雙眼紅腫，刻意保持鎮定。她沒看瑪喬莉，倒是從書架上隨便拿了本書坐下假裝閱讀。瑪喬莉似乎全神貫注在她的信上，並且繼續寫下去。當正午報時的鐘聲響起，柏妮絲啪的一聲闔上書本。「我想我該去買我的火車票了。」

這不是她在樓上演練的開場白，但瑪喬莉不在意她的一舉一動——沒要求她要講道理；情勢完全不如預期——她原本想好最適當的開頭。

「等我寫完這封信，」瑪喬莉頭也沒抬地說，「我要在下次寄信的時候送出去。」手中的筆忙著揮舞，又過一會兒之後，她轉過身來鬆了口氣，一副「聽候吩咐」的神態。

再次輪到柏妮絲開口：「你希望我回去嗎？」

「這個嘛，」瑪喬莉說得若有所思，「我認爲你如果玩得不開心就最好回去。發脾氣也沒用。」

「你不認爲看在彼此情份上——」

「噢，拜託別引用《小婦人》[4]裡的話！」瑪喬莉不耐煩地喊道，「已經過時了。」

「你眞這麼想？」

「天啊，當然！現代女孩哪能像那些蠢女人過日子？」

「她們是我們母親心中的典範。」

瑪喬莉笑了。「是啊，她們——不一樣！此外，我們母親很有她們的作風，卻非常不了解女兒們的難題。」

柏妮絲挺直身子。「請不要議論我母親。」

瑪喬莉笑著。「我不認爲我有提到她。」

柏妮絲覺得被帶離了自己想說的話題。「你認爲自己有好好待我嗎？」

「我已經盡力了。你是個難以造就的朽木。」

4《小婦人》（Little Women）：美國女權小說家露易莎·奧爾柯特（Louisa M. Alcott, 1832～1888）於一八六八年出版的作品。

柏妮絲的眼睛漲紅起來。「我認爲你無情又自私，沒有任何女性特質。」

「噢，我的老天！」瑪喬莉絕望地喊著，「你這死腦筋的小孩！所有單調乏味的婚姻就是因爲有你這種女孩；那些糟透的無能表現竟被傳頌爲女性特質。一個滿懷期待的男人結了婚，他的夢想圍繞那美麗的外衣建立起來，結果發現她只是一個優柔寡斷、滿腹牢騷、唯唯諾諾的矯情女子，這是多大的一個打擊！」

柏妮絲聽見後半張著嘴。

「所謂有女人味的女人啊，」瑪喬莉繼續說，「整個童年都在哭訴抱怨像我這樣的女孩，而我們才眞正玩得痛快。」

隨著瑪喬莉的嗓音愈加激昂，柏妮絲的嘴巴張得愈大。

「醜女孩的哭訴還算情有可原。如果我醜到不行，就絕不原諒父母把我生到世上。但你出生沒帶任何缺陷——」瑪喬莉握緊拳頭，「如果你期待我聽你哭訴，那你會失望。離開或留下，隨你喜歡。」她拿起信走出房間。

柏妮絲聲稱自己頭痛而缺席午宴。她們跟人約了下午去看戲，不過她還是頭痛，瑪喬莉對一位沒太失望的男孩如此解釋。但當她傍晚回來時，發現柏妮絲擺著一副怪異的表情在她房間等著。

「我認爲，」柏妮絲省略開場白直接說，「有些事你說得有道理——也許未必如此。但如果你告訴我，爲什麼你的朋友對我——對我沒興趣，我想或許能照你的話去做。」

瑪喬莉在鏡子前甩甩頭髮。「你當眞？」

「是的。」

「毫無保留？完全照我的話去做？」

「這個嘛，我——」

「別再這個那個！你會完全照我的話去做？」

「只要看得到效果。」

「當然不！你決不能只顧眼前。」

「那你準備——建議我——」

「對，舉凡一切。如果叫你去上拳擊課，你也得照做。寫信回家告訴母親，你還要再待兩個星期。」

「如果你告訴我——」

「好吧——我就先告訴你幾個例子。首先，你的舉止很不自在。爲什麼？因爲對自己的外表沒把握。如果一個女孩覺得自己服飾打扮很完美，在這方面就能表現忘我。那是魅力。你能在自己身上愈多方面表現忘我，你就愈有魅力。」

「我看起來有問題嗎？」

「對。比如說，你從不整理你的眉毛。它們黑得發亮，但任其雜亂就像一道污斑。當你有空時，花個十分之一的時間去整理就會變漂亮。你得刷一刷眉毛，它們才會直順。」

柏妮絲抬起額頭提出疑問：「你是說男生會注意眉毛？」

「對，下意識會。還有，當你回去時應該把牙齒稍微整型。這幾乎察覺不出來，但仍——」

「但我以為，」柏妮絲困惑地打岔，「你鄙視那些瑣碎細緻的女性特點。」

「我痛恨細緻的心態，」瑪喬莉回道，「但一個女孩的外表必須細緻。如果她看來神采奕奕，又能侃侃談論俄羅斯、乒乓球和國際聯盟的話題，就沒什麼值得挑剔。」

「還有呢？」

「噢，這才剛開始呢！來說說你跳舞這部份。」

「我跳得不好嗎？」

「不，你做得不對——你靠在男士身上；沒錯，你要貼近——是非常輕微的接觸。我們昨天一起跳舞時，我有注意到。你是挺直腰桿在跳舞，而不是稍微往前傾身。也許場邊某個老太太曾告訴你說這樣看起來多麼高雅。但除非舞伴是個小矮個兒，否則男士會跳得很辛苦，而他的眼光才算數。」

「說下去。」柏妮絲聽得暈頭轉向。

「嗯，你得學著對二流角色的男士和善一點。只要困住你的不是那些最受歡迎的男孩，你看起來都好像受到侮辱。哎唷，柏妮絲，我每跳幾步就有人插隊進來——大多數是誰？當然就是那些配角。沒有女孩能夠忽視他們。他們在人群中佔了絕大部份。年輕男孩羞於開口，正好是練習交談的最佳對象。笨手笨腳的男孩就是練習跳舞的最佳舞伴。如果你能跟著他們卻還保持優雅神情，就能跟在一票娃娃兵後面輾過高聳的帶刺拒馬。」

柏妮絲深深嘆一口氣，但瑪喬莉還沒說完。

「如果你參加舞會，而且讓跟你跳舞的配角，比如說有三個，眞正感到開心；倘若你跟他們聊得愉快，讓他們忘了被你纏住，你就成功了一半。他們下次還會回過頭來，漸漸就有許多配角要找你跳舞，那些迷人的男孩知道自己沒有被纏住的危險——於是他們就會與你共舞。」

「是啊，」柏妮絲虛弱附和，「我想我開始懂了。」

「最後，」瑪喬莉作出結論，「自信與魅力就自然形成。你在某天早上醒來會發現已經如願已償，男士們也察覺得到。」

柏妮絲起身。「眞是非常感激——以前都沒人對我講這些話，我覺得有一點受寵若驚。」

瑪喬莉沒回應，只盯著鏡子裡的自己沉思。

「你是解救我的大好人。」柏妮絲繼續說。

瑪喬莉仍沒回應，柏妮絲以爲她是不是太感動了，怯生生地說：「我知道你不喜歡多愁善感。」

瑪喬莉迅速轉向她。「噢，我不在想那回事。我在考慮是否該要你把頭髮剪短。」

柏妮絲跌坐回床上。

# 4

接下來的星期三晚上，鄉村俱樂部有一場舞會晚宴。當賓客陸續進場，柏妮絲找到自己座位牌時感到有一點生氣。雖然右手邊是里斯・史達德，還算令人嚮往而且傑出的年輕單身漢，最重要的左手邊卻是查理・保爾森。查理個子矮，不英俊，缺乏社交手腕，在接受過全新開導下，柏妮絲斷定他做爲自己拍檔的理由是他從沒被自己纏住過。但這股惱怒在上最後一道菜時消退了，她想起瑪喬莉對自己特別的叮嚀。她藏起自尊心，轉向查理・保爾森投入交談。

「你認爲我該把頭髮剪短嗎，查理・保爾森先生？」

查理驚訝望著她。「爲什麼？」

「因爲我正考慮這麼做。這樣一定能輕易吸引目光。」

查理笑得愉快。他不可能知道這經過演練。他答稱自己對短髮了解不多。但讓柏妮絲來告訴他。

「我想成爲社交界注目的焦點，你懂的。」她泰然自若地宣稱，接著告訴他說短髮是必要的開端。她補充說希望徵詢他的建議，因爲曾聽說過他對女孩相當挑剔。

查理對女性心理的了解，就像對佛教徒冥思的心理狀態一樣毫無概念，他隱約感到被恭維。

「所以我已經決定，」她繼續說，音調稍微提高，「下週一開始就到塞維爾飯店的理髮廳，坐上第一張椅子，然後把頭髮剪短。」她猶豫了，注意到附近人們中斷他們的談話都在聽；但徬惶片刻之後，瑪喬莉的指導產生效果，她讓附近的人都聽到她如何結束這段話。「當然，我要酌收門票，但如果你們全都來鼓勵我，我會開放裡面的座位。」

周遭響起一片笑聲欣賞她的風趣，在這掩護下，里斯・史達德很快靠過來在她耳邊說：「我現在就訂一個包廂座。」

她與他四目相交，報以微笑，猶如他說了很耐人尋味的話。

「你相信把頭髮剪短有效嗎？」里斯依舊小聲問。

「我認爲不一定，」柏妮絲嚴肅聲明，「但是，無庸置疑，你得取悅大眾，或者投其所好，或者嚇嚇他們。」瑪喬莉從奧斯卡・王爾德[5]那兒挑出這段話。這引發男士們一陣笑聲，女士們也紛紛投以機靈、熱切的眼神。接著就好像沒說過什麼引起風波的話，柏妮絲轉向查理在他耳邊悄悄說：「我想問你關於幾個人的看法。我猜你對人有很好的判斷力。」

查理有點嚇到——想稍稍獻點殷勤，卻不意打翻了她水杯。

---

5奧斯卡・王爾德（Oscar Wilde, 1854～1900）：愛爾蘭作家、詩人兼劇作家。

兩小時後，華倫・麥克英泰遊蕩在沒舞伴的人群中，心不在焉看人們跳舞，想知道不見蹤影的瑪喬莉人在哪裡，又與誰共舞，此時他開始慢慢產生一個不相干的察覺——他看到柏妮絲，瑪喬莉的表妹，在過去五分鐘已經好幾次被人搶著共舞。他閉上眼睛，然後睜開再看。幾分鐘前，她和一位外地男孩在跳舞，這情況不難解釋；外地男孩對她了解不多。但目前她跟另一個人在跳舞，接著是查理・保爾森，眼中帶著堅定的熱情迎向她去。這有趣了——查理難得一晚跟三個以上的女孩跳舞。

舞伴交換之後，華倫看到被換下來的人確實感到訝異——那正是里斯・史達德本人。而且里斯看來並不高興自己被換掉。下次柏妮絲跳近時，華倫仔細觀察她。沒錯，她是漂亮，的確漂亮；而且今晚她臉上似乎眞的充滿活力。瞧那神色，無論多擅於矯柔造作的女人也無法僞裝成功——她看起來就像玩得正開心。他喜歡她梳的髮型，心想是否因爲用了髮油讓它如此閃耀。還有那身洋裝好看極了——暗紅色能襯托出她深邃的雙眼和出眾的容貌。他記得她剛到鎮上時，自己認爲她很漂亮，直到發現她很無趣。可惜的就是她很無趣——無趣的女孩令人難以忍受——就算人長得漂亮也沒用。

他的思緒又折回到瑪喬莉身上。她這會兒就像以前一樣消失無蹤。當她再次現身，他會詢問上哪兒去了——得到的斷然回答就是不干他的事。眞遺憾，她吃定他了！她認爲鎮上其他女孩對都他沒興趣而有恃無恐；量他也不可能愛上珍娜芙或蘿勃塔。

華倫嘆了一聲。對於瑪喬莉的感情的確錯綜複雜。他望眼過去。柏妮絲又跟外地男孩在跳舞。

他有意無意踏出落單的行列，朝她邁進一步，但猶豫不決。然後他對自己說這只是出於善意。他走向她——冷不防跟里斯·史達德撞在一起。

「很抱歉。」華倫說。

但里斯沒停下腳步賠不是。他又搶著過去跟柏妮絲跳舞。

那天深夜一點鐘，瑪喬莉一手放在走廊電燈開關上，轉頭對柏妮絲燦爛的雙眼做最後一瞥。

「所以奏效了？」

「噢，瑪喬莉，對啊！」柏妮絲喊道。

「我看你度過快樂的一晚。」

「男人不會，」瑪喬莉說，同時打著呵欠，「就算會也沒關係——他們會認為你對每個人都很公平。」

她把燈關掉，柏妮絲在她們走上樓時心懷感激地抓緊樓梯扶手。這是她有生以來第一次跳舞跳到累。

「你瞧，」瑪喬莉上樓後說，「男士看到另一個人搶著插隊，就覺得一定有什麼好事。嗯，我們明天再安排一些新臺詞。晚安。」

「晚安。」

柏妮絲解開頭髮，回顧這晚的經歷。她完全按照指示進行。甚至當查理·保爾森第八次插隊進來，她也假裝滿懷喜悅，表現一副受寵若驚的模樣。她沒談到天氣、歐克萊爾、汽車或要上的學校，把話題控制在你、我和我們身上。

但就在她睡著的幾分鐘前，腦海迷迷糊糊冒出一個叛逆想法——終究，是她自己做到的。瑪喬莉的確教了她談話技巧，但瑪喬莉是從讀到的東西裡擷取內容。柏妮絲買了那件紅色洋裝，雖然瑪喬莉從她皮箱翻出來前，自己並不怎麼重視它——是她自己的聲音說出那些話，自己的嘴唇露出笑容，自己雙腳踩著舞步。瑪喬莉眞好心——雖然愛慕虛榮——美好的夜晚——可愛的男孩——例如華倫——華倫——華倫——他姓什麼——華倫——

她睡著了。

## 5

對柏妮絲而言，接下來的一星期是料想不到的美好。感覺大家眞的喜歡看著她、聽她說話，建立起她的自信。一開始當然出了不少差錯。比如說，她不知道垂卡特・迪歐在讀神學院，沒察覺他找她跳舞是以爲她屬於文靜保守的女孩。早知如此，她的方式不會劈頭就說「你好，膽小鬼[6]」，接著講起泡澡的故事——「夏天時要費好大功夫才能纏好我的髮髻——頭髮實在太長——所以我總是先弄好頭髮，撲好粉，再戴浴帽；然後走進浴缸泡澡，之後再著裝。」

儘管垂卡特・迪歐想到接受聖洗禮得浸水三次就傷透腦筋，或許能看出兩者之間的關連，但必須承認的是他沒有這番體會。他把女生泡澡視爲傷風敗俗的話題，對她說了些自己的見解，認爲現代社會實在墮落。

但柏妮絲有幾個亮眼的成就可以維持聲譽，抵消這次失手的影響。小歐提斯・奧蒙德央求不要隨行去一趟東部，反倒選擇像小跟班一樣陪著她，招來同伴的消遣，惹得里斯・史達德滿腹怒火，他落在柏妮絲身上令人作嘔的親切眼神把一些人的午後計畫都給毀了。他甚至告訴她在更衣室外拿著木條那回事，向她表明自己和所有人在當初對她做出多可怕的錯誤判斷。柏妮絲一笑置之，帶著稍許低落的感覺。

柏妮絲的談話中，最爲人知也最受大家讚賞的，大概就是關於她要剪頭髮的那一段。

「噢，柏妮絲，你什麼時候要剪頭髮？」

「也許後天，」她笑著回答，「你們會來看嗎？我就指望你們了，你知道的。」

「我們嗎？你知道一定會！但你最好趕快行動。」

---

6 這個詞的原文是「Shell Shock」，指「槍彈震驚症」。第一次世界大戰時，人們對此症狀還未普遍了解，只知士兵懼怕槍彈聲而不敢（再度）上戰場，很多人視之為「懦弱」、「裝病」。由此而論，這裡譯作「膽小鬼」，較符合神學院學生在舞會上矜持放不開的形象。

柏妮絲又笑了，其實她根本沒打算剪頭髮。

「就快了。你會大吃一驚。」

但她最富象徵意義的成就，大概就是挑三揀四的華倫・麥克英泰每天把他那輛灰色轎車停在哈維家前。當他要找的是柏妮絲而非瑪喬莉時，女侍剛開始還很驚訝；一星期後，她告訴廚子說柏妮絲小姐搶走瑪喬莉小姐最好的男伴。

柏妮絲的確做到了。或許一開始是華倫想要喚起瑪喬莉的嫉妒心；或許瑪喬莉那熟悉的口吻隱藏在柏妮絲的言談中，只是他沒察覺；或許兩種情形都有，再加上她眞有一點兒吸引力。但不知什麼原因，一週內年輕人心裡都明白，瑪喬莉最篤定的男友竟然改變心意，毫無疑問投向了瑪喬莉訪客的懷抱。此時的難題是瑪喬莉會如何接受這事實。華倫每天打兩次電話給柏妮絲，留紙條給她，還經常被人看到兩人一起坐在他的敞篷轎車裡，顯然兩人專注於嚴肅、重要的談話，關於他是不是眞心誠意。

瑪喬莉被人揶揄時只是淡然一笑。她說非常高興華倫終究找到欣賞他的人。於是一夥年輕人們也跟著露出笑容，他們猜測瑪喬莉並不在乎，這話題也就戛然而止。

一個下午，柏妮絲的探訪行程只剩三天，她在走廊等華倫，兩人準備一起參加橋牌聚會。她的心情頗爲興奮，當瑪喬莉出現在身旁（她也要去相同聚會），開始對著鏡子調整自己帽子時，柏妮絲完全沒料到會有任何爭執。瑪喬莉冷冷說了簡短三句話，使出她的手段。

「你還不如忘掉華倫。」她說得冷淡。

「什麼？」柏妮絲大感震驚。

「別繼續在華倫・麥克英泰身上鬧笑話。他一點也不在乎你。」

她們緊緊注視對方片刻——瑪喬莉輕蔑地撇開頭；柏妮絲一臉驚愕，又生氣又害怕。接著兩輛車開到屋子前，傳來一陣喧鬧的喇叭聲。兩人微微倒抽一口氣，打扮妥當，然後並肩匆匆趕出門。

整場橋牌聚會上，柏妮絲努力控制愈加不安的心情，但是沒用。她得罪了瑪喬莉，最不可捉摸的女人。她基於世上最健康清白的意圖偷走了瑪喬莉擁有的東西。她突然感到罪大惡極。橋牌結束後，他們輕鬆圍坐在一起，開始談著日常話題，暴風雨逐漸形成。小歐提斯不愼掀起了開端。

「你什麼時候回學校，歐提斯？」有人問。

「我嗎？等到柏妮絲剪頭髮那天。」

「那就等到你的學期都結束吧，」瑪喬莉立刻說，「那只是她唬人的把戲之一。我還以爲你已經知道。」

「是眞的嗎？」歐提斯質問，給了柏妮絲責備的眼神。

柏妮絲的耳根紅透，同時努力想出有效的反駁。面對這直接而來的責難，她的想像力癱瘓了。

「世上有許多唬人的把戲，」瑪喬莉很愉快地繼續說，「我認爲你至少要開始認清這回事，歐提斯。」

「啊，」歐提斯說，「或許是這樣。但，哎呀！要說柏妮絲講的那席話——」

「是嗎？」瑪喬莉打著呵欠說，「她最近講了什麼雋言妙語？」

似乎沒人知道。實際上，柏妮絲只顧著跟她靈感來源的男友調情，最近沒發表任何令人難忘的談話。

「真的只是一席話？」蘿勃塔好奇地問。

柏妮絲猶豫著。她覺得自己需要某種方式來表現機智，但在表姊出乎意料的冷峻眼神下，她完全使不上力。

「我不知道。」她進退不得。

「裝腔作勢！」瑪喬莉說。「承認吧！」

柏妮絲看到華倫的目光移開他一直在撥弄的烏克麗麗，疑惑地盯住她。

「噢，我不知道！」她不斷重複。腮幫子開始紅了起來。

「裝腔作勢！」瑪喬莉又說。

「就去做啊，柏妮絲，」歐提斯催促，「讓她知道自己錯得離譜。」

柏妮絲又環視一番——她似乎擺脫不掉華倫的眼神。

「我喜歡短髮，」她匆匆說，彷彿他正詢問她似的，「也打算剪掉我的頭髮。」

「什麼時候？」瑪喬莉盤問。

「什麼時候都可以。」

「不如就趁現在。」蘿勃塔建議。

歐提斯馬上站起來。「說得好！」他喊，「我們就能辦個夏日剪髮派對。塞維爾飯店的理髮廳，我記得你講過。」

就在此刻，大家都站了起來。柏妮絲的心跳得猛烈。

「什麼？」她喘著氣說。

人群中冒出瑪喬莉的聲音，非常清晰而且鄙夷。

「別擔心——她會打退堂鼓！」

「來啊，柏妮絲！」歐提斯喊著，開始往門口走。

華倫加上瑪喬莉的四隻眼睛盯著她看，質疑她，認爲她不敢。又過一會兒，她激動地揮揮手。

「好吧，」她立刻說，「我豁出去了。」

隨後的幾分鐘猶如永恆，傍晚時分，柏妮絲坐在華倫身旁驅車前往市中心，其他人坐蘿勃塔的車緊跟在後，柏妮絲感覺完全就像瑪麗·安東尼[7]坐上囚車被送往斷頭臺。她有點納悶，爲什麼自

7 瑪麗·安東尼（Marie Antoinette, 1755~1793）：法國國王路易十六之妻，王室在法國大革命中被推翻，國王與王后先後被送上斷頭臺處死。

己沒大喊道全是誤會一場。除了用雙手抓住頭髮加以保護，這是她面對突如其來的威脅唯一能做的事。但這兩樣選擇她都沒做。現在就算想到母親也無法制止她。這是對她運動家精神的最大考驗；她是否有權正大光明走在受歡迎女孩的眾星之列。

華倫悶悶不樂保持沉默，當他們到達飯店，他把車停在路邊，朝柏妮絲點點頭要她先下車。笑鬧的一夥人下了蘿勃塔的車進去理髮廳，兩片醒目的玻璃窗正朝向街道。

柏妮絲站在路邊看著招牌，塞維爾理髮廳。它眞是一個斷頭臺，劊子手就是最前面的那位理髮師，一身白色外套抽著香菸，無所事事靠在第一張椅子上。他一定對她有所耳聞；他必然等了整個星期，一直抽著香菸，站在那煞有其事、經常被提到的第一張椅子旁。他們會遮住她眼睛嗎？不會，然而會繫上一條白布圍住脖子，免得她的鮮血——胡說——是頭髮——落進衣服裡。

「可以了，柏妮絲。」華倫很快說。

她抬起下巴，越過人行道，推開彈簧紗門，瞧也不瞧那些佔據在等候長椅上放聲鼓譟的一行人，走向第一張椅子。

「我想請你把我頭髮剪短。」

那位最前面的理髮師嘴巴微微張開。他的香菸掉到地上。

「什麼？」

「我的頭髮——剪短！」

拒絕多說什麼，柏妮絲直挺挺坐上椅子。隔壁椅子上的男士側過身來瞄她一眼，臉上一半塗滿泡沫，另一半表情驚訝。一位理髮師嚇了一跳，把小威利．舒曼每月一次的理髮給搞砸了。歐萊禮先生在最裡面的座位上被剃刀劃傷了臉頰，用古老蓋爾語抑揚頓挫地低聲咒罵。兩位擦鞋匠瞪大眼睛直奔她腳前。不用了，柏妮絲不在乎鞋子夠不夠光亮。

外面一個路人停下來直盯著看；兩個人加入他的行列；冒出幾個小男孩，鼻子緊貼在玻璃上；交談聲隨著夏日和風一陣一陣飄進紗門內。

「看那小伙子有一頭長髮！」

「你在胡說什麼？那是一位有鬍鬚的女士，他是在幫忙刮乾淨。」

但柏妮絲看不到什麼，聽不見什麼。僅存的知覺告訴她，穿白外套的男人拿掉她頭髮上的一個玳瑁髮篦，然後是另一個；他的手指笨拙摸索著不熟悉的髮簪；這一頭秀髮，她美麗的秀髮，正要離她而去——她將不再感覺到引以爲傲的深棕色長髮掛在背後搖曳生姿。有一會兒，她幾乎快崩潰了，接著一幅景象在她面前硬生生映入眼簾——瑪喬莉帶著些許挖苦的笑容嘟起嘴巴，似乎在說：「舉手認輸吧！你企圖對抗我，而我拆穿你的假面具。你看，自己一點勝算都沒有。」

柏妮絲心中緊接著興起某種幹勁，因爲她在白布底下握起了拳頭，好一陣子後，她瞇起眼睛好奇看著瑪喬莉在和一個人說話。

二十分鐘後，理髮師將她轉過去面對鏡子，她不敢正視已經造成的損害。她不再有波浪捲髮，現在只像清湯掛麵般披在驟然蒼白的臉頰兩側。實在是醜到不行——她早就知道會醜到不行。以前她容貌的主要魅力是像聖母瑪利亞那般純眞。現在魅力不再，她變得（啊，極爲平庸，一點也不誇張）——只能說滑稽，活像個把眼鏡忘在家裡的格林威治村[8]居民。

她從椅子爬下來時努力擠出那少得可憐的笑容。她看到兩個女孩交換眼神；注意到瑪喬莉略帶嘲弄地揚起嘴角——還有華倫的眼神突然變得非常冷漠。

「你看，」她尷尬地停頓一下，「我已經做到了。」

「是啊，你已經——做到了。」華倫承認。

「你們喜歡嗎？」

兩、三個人隨口說了聲「當然」，又是一陣尷尬，接著瑪喬莉很狡猾地迅速轉向華倫。

「你願意載我去乾洗店嗎？」她問，「我只是得在晚餐前去拿一件衣服。蘿勃塔要直接開車回家，她可以載其他人。」

華倫心不在焉看著窗外遠方的某處。此時，他的目光冷冷地在柏妮絲身上停留片刻，然後轉向瑪喬莉。

「我很樂意。」他緩緩說出。

## 6

柏妮絲直到晚餐前看到阿姨驚呆的眼神，才完全了解這是爲她設下的惡毒陷阱。

「哎呀，柏妮絲！」

「我剪了頭髮，約瑟芬阿姨。」

「哎呀，孩子！」

「你喜歡嗎？」

「哎呀，柏——妮絲！」

「我猜是嚇到你了。」

「不，但迪歐太太明晚會怎麼想？柏妮絲，你應該等到迪歐太太的舞會過後——如果你想剪的話，應該等到那之後。」

「事出突然，約瑟芬阿姨。不管怎樣，爲什麼特別跟迪歐太太有關係？」

「哎呀，孩子，」哈維太太喊著，「最近一次週四社團的集會上，她在朗讀自己的〈年輕世代缺點〉報告時，花了十五分鐘在談短頭髮。那是她深惡痛絕的事。而明天舞會是爲了你和瑪喬莉舉辦的。」

---

8 格林威治村（Greenwich Village）：紐約市下曼哈頓西區的一塊住宅區，二十世紀初在此聚集的，多是過著非傳統生活的藝術家。

「我很抱歉。」

「噢，柏妮絲，你母親會怎麼講？她會認爲是我允許你這麼做。」

「我很抱歉。」

晚餐眞是痛苦極了。她試圖急就章用燙髮鉗補救，結果燙傷手指和許多頭髮。她看得出阿姨既擔心又苦惱，她的姨丈不斷講，「啊，我會被罵慘了！」一遍又一遍，用受傷又帶些責備的口吻說。瑪喬莉靜靜坐著，躲藏在微笑後面，那微笑透露出嘲弄。

她設法度過那一晚。三個男孩登門造訪；瑪喬莉和其中一位離開了，柏妮絲無精打采應付另兩個人——當她十點半爬上樓梯回到房間，欣慰地嘆口氣。多糟糕的一天！

她卸完妝準備睡覺時，瑪喬莉推開房門進來。

「柏妮絲，」她說，「關於迪歐太太的舞會，我感到很抱歉。對你發誓，我完全忘了這回事。」

「沒關係。」柏妮絲簡短地說。她站在鏡子前，用髮篦緩緩梳過自己的短髮。

「我明天帶你進城，」瑪喬莉繼續說，「美髮師能修整它，你會看起來順眼。我沒想到你眞的這麼做了，我實在非常抱歉。」

「噢，別在意！」

「何況這是你的最後一晚，所以我想影響不大。」

然後柏妮絲皺起眉頭，因爲瑪喬莉將頭髮甩到肩頭，開始慢慢編成兩條金黃色長辮子，直到垂在那乳白色的家居服上，看起來活像某位撒克遜公主的精美畫作。柏妮絲深受吸引，看著那逐漸成形的辮子。它們是那麼濃密華麗，就像盤據在靈活手指間難以駕馭的蛇——柏妮絲面對的是自己這頭殘髮和燙髮鉗，還有明天眾人的眼光。她將看到喜歡她的里斯・史達德用哈佛人的傲慢跟晚宴搭檔說，眞不該讓柏妮絲看那麼多電影；她將看到垂卡特・迪歐跟他母親交換眼色，然後盡地主之誼對她表現寬容。但也許到了明天，迪歐太太對此事已有所聞；她會輾轉捎來冷漠的短訊要她不要出席——他們全都在背後嘲笑，而且知道瑪喬莉捉弄了她；她躋身美麗焦點的機會成爲一個自私女孩嫉妒心的祭品。她在鏡子前突然坐下，歪著嘴，咬著牙。

「我喜歡這樣，」她克制地說，「我認爲它會變好看。」

瑪喬莉笑了。「它看起來還好。看在老天份上，別爲它煩惱！」

「我不會。」

「晚安，柏妮絲。」

不過當門關上時，柏妮絲心中冒出一個念頭。她快活地立刻站起來，兩手交握，然後不出聲音馬上來到床邊，從床底拖出她的旅行箱。她把盥洗用品和替換的衣服扔進去。接著轉往大行李箱，迅速倒進一大堆的內衣和夏裝。她輕聲搬動，但很有效率，三刻鐘內就綑綁鎖好皮箱，還換上瑪喬莉幫忙挑選出來的一件漂亮的全新旅行便裝。

她坐在書桌前寫一張短箋給哈維太太，簡單描述她離開的原因。她封好短箋，寫上受文者，然後放在枕頭上。她瞄了一眼手錶。火車在一點鐘離開，她知道走去兩條街外的馬勃勒飯店就能立刻招到計程車。

頓時間，她猛然吸一口氣，眼神閃過一個表情，熟悉人物描寫的讀者也許已經隱約聯想到，她坐在理髮廳椅子上時臉上的那副神情——似乎某件事正在醞釀。這是柏妮絲的一個新表情，而且會產生實質結果。

她悄悄走近五斗櫃，拿出放在裡面的一件東西，再關掉所有的燈靜靜站著，直到眼睛適應黑暗。她輕輕推開房門進了瑪喬莉房間。房裡一片寧靜，平穩的呼吸聲來自那無憂無慮、毫不內疚的熟睡之人。

她現在來到床邊，非常從容沉著。她下手敏捷。彎下身去摸到瑪喬莉的一根辮子，沿著它往上移到接近腦袋的地方，然後稍微鬆弛地抓住它，免得睡著的人感到拉扯，再伸出大剪刀將它一刀剪斷。她手上拿著辮子屏住呼吸。瑪喬莉嘀咕幾句夢話。柏妮絲熟練地剪斷另一根辮子，停頓一會兒，然後輕快地默默回到自己房間。

她到樓下推開碩大的前門，在背後小心關上，心裡覺得異常開心，生氣勃勃步出門廊來到月光下，就像上街購物般搖晃著手中沉重的行李。快活地走了幾分鐘，她發現左手仍抓著那兩根金黃色辮子。她出其不意笑了起來——還得盡力合攏嘴巴免得笑太大聲。經過華倫家時，一念之間放下行李，像繩索一樣揮動辮子拋向門廊，落地時發出輕微碰的一聲。她又放聲大笑，再也無法克制自己。

「哈！」她咯咯笑個不停，「自私的傢伙被剝了頭皮！」

然後她拿起皮箱，在月光下沿著街道開始小跑步起來。

——〈柏妮絲剪頭髮〉（Bernice Bobs Her Hair），

原刊於一九二〇年五月一日《星期六晚郵》（The Saturday Evening Post）週刊

# 初生之犢——貝索

## I

夜闌人靜的百老匯大道，位置隱密的一間餐廳，裡面坐了一群光鮮亮麗、身份難辨的人，他們是上流社會、外交人士和黑道份子。幾分鐘前，大家還喝著汽泡酒，一個女孩興高采烈跳到桌上手舞足蹈，不過現在全部人都屏氣凝神。他們緊盯那遮住臉孔但衣著整齊的傢伙，他身穿禮服頭戴高帽，若無其事站在門裡面。

「麻煩，不要動，」他說，嗓音文雅而有教養，但語氣冷酷。「我手中的這東西也許會——擊發。」

他沿桌掃視過去——目光落在不懷好意的人身上就昂起他蒼白陰沉的臉，例如海瑟力，一個老練的外國密探，然後稍微停留在一張桌子上，眼神或許比較柔和些，一位黑髮女孩獨自坐在那兒，雙眼黝黑悲傷。

「現在我的目的達到了，你們可能有興趣知道我是誰。」每雙眼睛都顯露出期待。黑眼女孩胸口微微起伏，一絲隱約的法國香水味飄散在空氣中。「我正是那難以捉摸的紳士，貝索．李，眾所皆知的幻影。」

他摘下那合身的高帽，諷刺地彎腰鞠躬。然後就像一道閃光，轉身消失在黑夜裡。

「你每個月只能到紐約一次，」路易斯．克朗姆正說著，「而且必須有一位老師隨行。」貝索．李慢慢將凝視的目光，從印第安那鄉間的穀倉與廣告招牌，轉回到百老匯特快列車裡面。電線桿快速移動的催眠效果逐漸消退，路易斯．克朗姆冷淡的臉龐呈現在對面長椅的白椅套上。

「我一到紐約就躲開老師。」貝索說。

「是啊，你一定會！」

「我確信做得到。」

「你試試看就知道。」

「你說就知道是什麼意思，路易斯？知道什麼？」

他非常明亮的深藍眼睛此時盯著同伴，帶著厭煩和難以忍受的神情。這兩人毫無相同之處，除了都是十五歲年紀，還有他父親輩有一輩子的交情——但也只是泛泛之交。此外，他們都從中西部同一個城市來到伊斯頓中學，這是貝索入學的第一年，路易斯的第二年。

但跟大部份慣例相反的是，老鳥路易斯過得難受，菜鳥貝索卻活得開心。路易斯痛恨學校。他的成長完全依賴母親緊跟身旁親切鼓勵，當他覺得她離自己愈來愈遠時，就在痛苦與鄉愁中愈陷愈深。另一方面，貝索早已經歷太多寄宿學校的緊張生活，一點都不會想家，認出這份熟悉倒讓他快活不已。實際上，他似乎覺得應該做些什麼，就像以往那樣胡鬧一番，於是昨晚當列車在密爾瓦基時，他毫無緣由就把路易斯的梳子丟出車外。

對路易斯而言，貝索無法無天的那股蠻勁眞是討厭——他直覺想去制止的企圖導致彼此間的磨擦。

「我告訴你吧，」他說得挺嚇人，「他們會抓到你在抽菸，然後罰你禁足。」

「不，他們不會，因爲我不抽菸。我在練習打橄欖球。」

「橄欖球！是喔，橄欖球！」

「坦白講，路易斯，你不喜歡任何事，對吧？」

「我不喜歡橄欖球。我不喜歡出去被砸中眼睛。」路易斯說得挑釁，因爲母親將他的膽怯都視爲理所當然。貝索的回答自認是出於善意，但這番言辭多少造成兩人終生反目。

「如果你打橄欖球，在學校或許會更受歡迎。」他驕傲地建議著。

路易斯不認爲自己不受歡迎。他壓根兒沒想過有這方面問題。他大吃一驚。

「等著瞧！」他怒喊，「他們不會再讓你爲所欲爲。」

「閉嘴，」貝索說，冷靜撥著自己那第一件長褲上的摺痕。「閉上你的嘴巴。」

「我猜每個人都知道你是學校裡最放肆的學生！」

「閉嘴，」貝索重申，但已經沒那麼自信了，「麻煩閉上你的嘴巴。」

「我想我知道學校老師對你的評語——」

貝索無法再保持冷靜。

「如果你不閉上嘴巴，」他惡狠狠地說，「我會把你的刷子也丟出車外。」

這威脅的嚴重性產生效果。路易斯靠回自己座位上，哼著鼻子喃喃自語，但毫無疑問地安靜下來了。他提到的是同伴生命中最不光彩的經歷之一。貝索以前就讀學校的一份報刊上，第一則分類廣告寫著——**「如果有人願意對年輕的貝索下毒，或用其他手段使他閉嘴，基本上校方和我本人會感激不已。」**

兩個男孩坐在那兒，氣呼呼無言以對。然後，貝索毅然決然要再次忘掉不堪的往事。那些事現在完全被拋諸腦後。他以前或許有一點放肆，但現在正要重新出發。過了一會兒，回憶流逝，列車和路易斯無趣的存在也隨之消失——東部氣息帶來一股濃烈鄉愁席捲全身。一個聲音在想像的世界呼喚他；那人站在旁邊，一手放在他身穿運動衫的肩膀上。

「李！」

「是的，教練。」

「現在全靠你了。懂吧？」

「是的，教練。」

「好了，」教練說，「上場去贏球。」

貝索扯下運動衫，露出小夥子的強健體魄衝上球場。還剩最後兩分鐘，分數是三比零，對手領先，年輕的李坐了整年冷板凳，他被學校惡霸丹．哈斯金與跟班維梭．威姆斯惡意排擠，但看到他上場，聖雷吉斯球場的觀眾席掀起一片歡聲雷動的期待。

「三三——十二——十六——二二！」身材矮小的四分衛米傑、布朗吼著。

這是給他的暗號——

「噢，天啊！」貝索發出聲來，忘了剛才的不愉快，「真希望不用等到明天就可以到那裡。」

## 2

親愛的母親：

今天沒什麼事要說，但我想寫信給你談談我的零用錢。所有人的零用錢都剩得比我多，因爲我必須買不少小東西，比如說鞋帶之類的。學校生活依舊非常愉快，日子過得很好，但橄欖球賽結束了，現在沒什麼事可做。這星期我要去紐約看一齣戲。我還不知道會演什麼，也許有《教友會女孩》或《藍衣小孩》[1]，都是不錯的內容。培根老師爲人和善，村子裡有好醫生。不多說了，我得去研究代數。

愛你的兒子 貝索・李敬上
一九××年十一月十八日
寫於東徹斯特，聖雷吉斯中學

當他把信塞進信封，一個消瘦的小男孩走進他坐的空蕩蕩自修室，站在那裡盯著他瞧。

「你好。」貝索皺眉頭說。

「我一直在找你，」小男孩說得緩慢而愼重，「我找遍所有地方──從樓上你的房間到外面操場，他們說你可能會躲在這裡。」

1《教友會女孩》（The Quaker Girl）：一齣音樂喜劇，講述嚴謹的教會品德與花俏的巴黎時尚之間的對比，出自英國劇作家詹姆士・坦能（James T. Tanner, 1858～1915）之手。《藍衣小孩》（Little Boy Blue）：一首廣為流傳的古老童謠。

「你要幹什麼？」貝索質問。

「耐心一點兒，討厭鬼。」

貝索跳到他面前。

小男孩退後一步。「來啊，打我！」他緊張地高聲說。「來啊，打我，因爲我的個頭兒只有你的一半大——討厭鬼。」

貝索退後。「再這樣叫我就打你巴掌。」

「不，你不會打我巴掌。布里克・威爾斯說，只要你敢碰我們任何一個人——」

「但我從來沒碰你們任何人。」

「難道你有一天沒追趕我們一群人，然後布里克・威爾斯——」

「哎，你想怎樣？」貝索無奈喊道。

「培根老師要見你。他們派我來找你，有人說你可能躲在這裡。」

貝索把信放進口袋走出去——小男孩罵聲連連跟在後面閃出門外。他穿過長廊，那股悶熱臭氣好似發酸的牛奶糖，眞是男校特有的氣味，然後爬上樓梯，敲了敲一向令人畏懼的那扇門。

培根老師坐在桌前。五十歲一頭紅髮的他是個帥氣的聖公會神職人員，原本對學生懷有眞心的關愛，現在被激動不已的憤世嫉俗給澆熄熱誠，這是所有校長的命運，就像青苔附著在他們身上。讓貝索坐下前有一些前置動作——不知從何處拉起一副繫黑繩的金邊眼鏡，盯住貝索確認他沒找人冒充頂替；隨意翻整桌上成堆文件，並非要找什麼，只是像在焦躁地洗撲克牌。

「我今天早上收到你母親來信——啊——貝索。」他稱呼自己的名字讓貝索嚇了一跳。學校裡其他人都只叫他討厭鬼或李。「她覺得你的成績一直不好。我相信你被送到這裡是付出相當多的——啊——代價，她期望——」

貝索內心纏繞著羞愧，不因爲成績差，而是拮据的經濟狀況竟被如此直接說穿了。他知道自己是貴族學校裡最窮的孩子之一。

或許培根老師某種蟄伏的敏感察覺到對方的不安；他又把文件翻整一次，然後換個語氣開口。

「然而，我今天下午找你過來不爲這件事。你上星期提出申請，希望准你星期六去紐約看午場戲劇。戴維斯先生告訴我說你明天會被禁足，這幾乎是創校以來的首例。」

「是的，老師。」

「這不是好記錄。不過，如果能夠安排，我會准你去紐約。遺憾的是，這星期六老師們都沒空。」

貝索下巴快掉下來。「噢，我——爲什麼，培根老師，我知道有兩組人要去紐約。我不能跟他們其中一組同行？」

培根老師迅速翻整他所有的文件。「很不巧，其中一組是稍微年長的學生，另一組在幾個星期前就安排好了。」

「那麼跟杜恩先生去看《教友會女孩》的那一組呢？」

「我說的就是那一組。他們認爲已經做好準備，而且門票都一起買好了。」

貝索忽然懂了。培根老師看到他的眼神，匆匆說下去。

「也許我可以做一件事。當然得多幾個學生湊人數，老師的車馬費才能分攤開來。如果你能再找兩個人湊成一組，五點鐘前告訴我名字，我就派魯尼先生跟你們去。」

「謝謝您。」貝索說。

培根老師猶豫著。在披著多年憤世嫉俗的外衣底下，激起一種本能要研究這男孩非比尋常的案例，想知道是什麼原因讓他成爲全校最被嫌惡的人物。學生和老師似乎特別對他存有敵意，雖然培根老師曾處理過各種學生違紀的事件，現在無論是靠自己，或者在六位值得信賴的前任校長協助下，都沒辦法找到背後眞正的原因。或許不是單一緣由，而是許多交織的因素；最有可能是無形的人格問題所造成。不過他記得第一次見到貝索時，還認爲他非常討人喜歡。

他嘆了口氣。有時這些事自有解決之道。他不會笨到倉促行事。「下個月讓我們有比較好的報告可以送回家裡，貝索。」

「是的，老師。」

貝索快跑下樓到娛樂室。今天星期三，大部份學生都去東徹斯特村子裡了，貝索因爲仍在禁足而不准跟去。當他看到那些零零落落還待在撞球桌與鋼琴旁的人，就知道要找同行伙伴根本很難。貝索相當明白自己是學校裡最不受歡迎的學生。

幾乎從一開始就是這樣。有一天，他來學校還不到兩星期，一群年紀較小的男孩也許是被人慫恿，突然圍過來開始叫他討厭鬼。接下來的一星期內他吵了兩次架，每次一夥人都激烈數落他。不久之後，當他像任何人那樣只是無心推擠進入餐廳，橄欖球隊長卡弗就回頭抓住他後頸，凶狠訓斥一頓。他天眞地想要加入鋼琴旁的那群人，得到的回應是：「走開。我們不要你在附近。」

一個月後，他逐漸了解自己不受歡迎的程度。那實在令他震驚。有一天經歷特別難堪的羞辱之後，他回到房間哭了起來。有一段時間，他試著忘掉這回事，但沒有用。他被指控到處鬼鬼祟祟，彷彿決心要幹一連串窮凶惡極的壞事。在迷惘和痛苦之下，他看著自己映在玻璃上的臉孔，想要發現人們為什麼討厭他的祕密——從那眼神，那笑容裡尋找。

他現在知道自己最初在某些方面犯了錯——他自負，他被認為打橄欖球太膽怯，他當面指出別人的錯誤，他在班上賣弄自己頗為出眾的廣博知識。他已經設法改善，但不了解為何無法彌補過來。一定是太遲了。他永遠陷於不利。

實際上，他成了代罪羔羊，有壞事立刻想到他，無非是承受所有外來惡意與怒火的沙包——就像在一群人中最驚恐的那個人，似乎承擔了所有人的畏懼，害怕其他所有的人。大家都明白，他九月到聖雷吉斯中學時帶來的高傲自信已經徹底破滅，但這事實對他處境並沒幫助。同學毫無顧忌奚落他，幾個月前他們可沒膽對他大聲說話。

這趟紐約之行對他意義重大——可以暫時脫離痛苦不堪的日常生活，還有看一眼那期待已久的浪漫天堂。它被延了一週又一週，因爲他犯錯——比如說經常被抓到熄燈後偷偷看書，因爲煩惱驅使他逃離現實而以此解悶——他的憧憬不斷加深，直到變成強烈的渴求。無法成行實在難以忍受，他數了數那沒幾個可以陪他去的人。可能的選擇有菲特・蓋斯帕，特雷德韋，以及霸格斯・布朗。很快走遍這些房間，發現他們都已經被准許在星期三下午去東徹斯特村子裡了。

貝索沒停下來。他在五點鐘以前的僅存機會就是出去找他們。這不是他第一次違反禁足令，儘管上次的嘗試以悲劇收場，禁足又被延長。他在房間穿上一件厚運動衫——穿大衣會洩露意圖——換成夾克套在外面，後口袋裡藏一頂帽子。接著他下樓，故意漫不經心吹著口哨，闖過草坪來到體育館。到這兒，他站了一會兒假裝往窗子裡看，第一扇窗接近步道，下一扇窗就在屋子轉角附近。他從這邊迅速移動，但不會太快，走進一處丁香花叢。然後他衝過轉角，朝一大片所有窗子都看不見的草坪跑去，撥起一道鐵絲籬笆，從下面爬過去後起身站在隔壁土地上。他目前自由了。戴上帽子，頂著十一月的冷風，開始沿路走去八百公尺外的村莊。

東徹斯特是位處郊區的農業聚落，還有一間小製鞋廠。學生都會去光顧那些要做鞋廠員工生意的地方——一間電影院，一輛叫做賽狗的活動快餐車，還有波士頓甜點屋。貝索先到賽狗找人，馬上遇見一位人選。

那是霸格斯・布朗，一個歇斯底里的男孩，容易突然緊張，也努力避免發作。幾年之後，他成爲一位出色的律師，但在當時被聖雷吉斯學生認爲是標準的神經病，因爲他一整天都發出連串奇怪聲音，以便舒緩自己的緊張情緒。

他都跟年紀比自己小的同學爲伍，就是那些對學長沒什麼偏見的男孩，貝索過來時，他與幾個人結伴在一起。

「看！」他喊。「是誰——誰——誰！」他把手放在嘴巴上快速振動，發出哇——哇——哇的聲音。「是討厭鬼李！是討厭鬼李！討——討——討——討——厭鬼李！」

「等一下，霸格斯，」貝索焦急地說，一方面也怕自己還沒脫服他進城以前，對方就一發不可收拾。「哎，霸格斯，聽我說。別這樣，霸格斯——等一下。你星期六下午能不能去紐約？」

「嘻——嘻——嘻！」霸格斯喊得讓貝索苦惱不已，「喂——喂——喂！」

「老實講，霸格斯，告訴我，你能去嗎？如果你能的話，我們就一起去。」

「我得去看醫生，」霸格斯回答，突然鎮定了下來，「醫生要觀察我到底有多古怪。」

「你能不能要他改天再觀察？」貝索的語氣可沒在開玩笑。

「嘻——嘻——嘻！」霸格斯喊著。

「好吧，那麼，」貝索匆匆說，「你有沒有在村裡看到菲特・蓋斯帕？」

霸格斯迷失在刺耳叫喊中，但有人說他看到菲特：貝索轉往波士頓甜點屋。

這是廉價甜點的俗麗天堂。它濃到噁心的香味打算要家長手心冒汗，令人窒息地瀰漫在整個鄰近地區，讓人一聞就像受到強烈道德規勸般迎上門去。屋子裡，黑點緞帶做成的飛蠅圖案下方，一排男孩坐著在吃大份量的香蕉船、楓糖堅果聖代和巧克力棉花糖聖代。貝索發現菲特・蓋斯帕在旁邊一桌。

菲特・蓋斯帕立刻成爲貝索最沒把握也最渴望的目標。他被認爲是個好同伴——實際上他人好到整個秋天都對貝索很客氣，說話也有禮貌。貝索知道他對每個人都是如此，然而很有可能是菲特喜歡他，如同以往人們對他那樣，所以不顧一切想碰碰運氣。但這無疑是一個假設，當他靠近桌子，看到另外兩個男孩轉過僵硬的表情面對他，貝索的希望降低了。

「哎，菲特——」他說得吞吞吐吐，然後突然迸出話來，「我在禁足，但偷溜了出來，因爲我得找你。培根老師說我星期六可以去紐約，只要能另外找到兩個人同行。我問過霸格斯・布朗，但他不能去，於是想問你。」

他突然住口，感到非常困窘，然後等待。跟菲特在一起的兩個男孩突然放聲大笑。

「霸格斯還沒完全瘋！」

菲特・蓋斯帕遲疑了。他星期六沒辦法去紐約，而且通常會委婉拒絕。他對貝索沒有成見；實際上，他對任何人都沒有成見；但男孩們對輿論只有一定程度的抵抗力，他受到另外兩人輕蔑笑聲的影響。

「我不想去，」他冷漠地說，「你為什麼想問我？」

然後，帶了一點羞愧，他微笑表示歉意，又低頭吃他的冰淇淋。

「我只是想到可以問你。」貝索說。

他馬上轉身離開，走到櫃檯用空洞奇怪的嗓音叫了一份草莓聖代。他無意識吃著，聽到後面桌子偶爾傳來低語和竊笑。腦筋一片茫然，他沒有付帳就起身走出去，但店員叫他回來，他察覺到更多嘲笑聲。

在那片刻，他猶豫要不要回到那張桌子，朝其中一個男孩臉上揍下去，不過他看不出有什麼好處。他們會說出實情——他之所以這麼做是因為找不到人去紐約。他緊握拳頭生悶氣，走出了店面。

他立刻遇到第三個人選，特雷德韋。他在年末進入聖雷吉斯中學，上星期才被分配與貝索同房。特雷德韋沒見過他在秋天受到的屈辱，促使貝索用自然的態度面對他，他們的關係就算稱不上親密，至少還算風平浪靜。

「嗨，特雷德韋，」他呼喊，心裡依舊為甜點屋的事感到激動，「你星期六下午能不能去紐約看一齣戲？」

他停下腳步，意識到跟特雷德韋在一起的是布里克．威爾斯，他曾和那男孩吵過架，也是最痛恨的敵人之一。貝索看了看兩人，特雷德韋臉上露出不耐煩的神色，布里克．威爾斯則是望向遠方，他明白一定發生了什麼事。盡力融入學校生活的特雷德韋才被告知室友的處境。就像菲特．蓋斯帕一樣，他不承認自己是這私下邀請的適合人選，寧可出其不意切斷他們的友好關係。

「當然不行，」他簡單地說，「再見。」兩個人走過他身邊進了甜點屋。

這些不帶情緒的蔑視更令人難堪，若是九月發生在貝索身上鐵定讓他無法忍受。不過從那時候以來，他已經披上冷漠的外衣，儘管不能爲自己增添魅力，卻能抵擋一些刻意的折磨。在極度痛苦、絕望和自憐自哀下，他沿街反向走一小段路，直到能夠控制激烈扭曲的臉孔。然後繞了一圈，他開始走回學校。

他到隔壁那塊地，打算從原路回去。鑽過籬笆一半時，他聽見腳步聲在步道上逐漸接近後停住不動，就怕是老師過來了。他們說話聲音愈來愈近，也愈來愈清楚；在認出聲音前，他恐懼地仔細聆聽：「——於是，找過霸格斯．布朗之後，那可憐蟲要求菲特．蓋斯帕跟他一起去，菲特說：『你找我做什麼？』他找不到任何人也是罪有應得。」

那得意洋洋的低沉話語來自路易斯．克朗姆。

## 3

回到樓上房間，貝索發現床上放了一個包裹。他知道裡面裝的是長久以來殷殷期盼的東西，但現在心情如此低落，他無精打采拆開包裹。那是哈里森．費雪[2]畫的女人像，八張一套彩色複製畫印在蠟光紙上，畫面沒有印字或廣告內容，很適合裱框。

這些畫分別命名爲朵拉、瑪格麗特、芭貝特、露西兒、格麗沁、蘿絲、凱瑟琳和米娜。其中兩張——瑪格麗特和蘿絲——貝索仔細瞧，慢慢撕掉，丟進垃圾桶，就像從一窩小狗中排除不健康的幼犬。另外六張分別被釘在房間四周。然後他躺到床上盯著它們看。

朵拉、露西兒和凱瑟琳是金髮；格麗沁則是棕髮；芭貝特和米娜是黑髮。幾分鐘後，他發現自己目光最常落在朵拉和芭貝特上面，格麗沁次之，然而後者的尖頂女帽似乎平淡無奇，缺乏神祕元素。深膚色的芭貝特最吸引他，是個紫色眼睛、戴合身帽的漂亮小女孩；最後他的目光停留在它上面。

「芭貝特，」他喃喃自語，「美麗的芭貝特。」

那聲音多麼憂愁和意味深長，就像留聲機裡播放的〈薇莉雅〉或〈馬克沁家的快樂時光〉，軟化了他的心，讓他臉色大變，於是埋進枕頭啜泣起來。他的手抓住頭頂上方的床鋪欄杆，一邊哭泣一邊使勁，開始傷心地對自己說——他痛恨他們，他痛恨那些人——他列出十幾個人——還有當他發跡後有權有勢要如何對付他們。以前像這種時候，他總會感激菲特・蓋斯帕的友善，但現在他跟其他人沒兩樣。貝索腦袋裡想著他，用拳頭狠狠揍他，或者經過街上看他瞎了眼在乞討時，對他發出輕蔑的訕笑。

---

2 哈里森・費雪（Harrison Fisher, 1875?～1934）：美國著名插畫家，最具代表性的作品是女人畫像。

他聽見特雷德韋進來，克制住自己，但身體沒動也不說話。他聽那人在房裡走來走去，一會之後察覺到衣櫥和抽屜有異常的開啓聲。貝索轉身，手臂遮住沾滿淚痕的臉。特雷德韋手裡抱著一堆襯衫。

「你在幹嘛？」貝索問。

他的室友冷冷看著他。「我要搬去威爾斯的房間。」他說。

「噢！」

特雷德韋繼續打包。他裝滿一只手提箱，又把另一只裝滿，拆下幾面三角旗，然後將行李拖到走廊。貝索看他用一條毛巾裹起盥洗用品，最後掃視清空的房間檢查是否遺漏東西。

「再見。」他對貝索說，臉上毫無表情。

「再見。」

特雷德韋出去。貝索又轉過身，把臉深深埋進枕頭。

「噢，可憐的芭貝特！」他哽咽地喊著，「可憐的小芭貝特！可憐的小芭貝特！」牆上的芭貝特苗條火辣，風情萬種地朝下看他。

## 4

培根老師察覺貝索的困境大概已到窮途末路，畢竟該設法安排他去紐約。陪他同行的是魯尼先生，橄欖球教練兼歷史老師。二十歲的魯尼先生曾拿不定主意是否要去當警察，或者到新英格蘭一所小規模的學院輕鬆領一輩子薪水；他實際上是個難相處的傢伙，培根老師正打算聖誕節時解聘他。魯尼先生瞧不起貝索，因爲上個賽季他在球場上的表現猶豫不決而且靠不住——他同意帶貝索去紐約是出於個人動機。

貝索上了火車乖乖坐在他旁邊，視線掠過魯尼先生龐大的身軀，瞧著西徹斯特郡的海灣與貧瘠田野。魯尼先生摺起看完的報紙，陷入悶悶不樂的沉默中。他吃了一大份早餐，時間倉促讓他沒辦法運動加以消化。他沒忘記貝索是個放肆的孩子，這正是他會胡鬧討罵的時候。但現在無可非議的平靜卻使他厭煩。

「李，」他突然說，用稍微裝腔作勢的關心口吻，「你爲什麼不開竅？」

「什麼，老師？」貝索從早上出神的興奮中驚醒過來。

「我說你爲什麼不開竅？」魯尼先生的語氣帶了幾分強硬，「你想一直都成爲學校裡的箭靶？」

「不，我不想。」貝索覺得掃興。難道這話不能晚一天再講嗎？

「你不應該一直都這麼放肆。有幾次在歷史課上，我差一點就想掐斷你脖子。」

貝索想不出該怎麼回答。

「然後在球場上，」魯尼先生繼續說，「你完全沒膽量。只要你願意，可以打得比他們許多人都出色，就像那天跟龐弗里特中學二級隊的比賽，但你失去勇氣。」

「我不該爭取打二級隊，」貝索說，「我體重太輕。我應該待在三級隊。」

「你膽子小，這就是問題所在。你應該要開竅。在課堂上，你都在想別的事。如果你不好好學習，就別想去上大學。」

「我是五年級學生中年紀最小的。」貝索脫口而出。

「你認為自己很聰明可不是？」他惡狠狠看著貝索。然而心中似乎有某件事讓他改變態度，兩人維持了一段時間的沉默。火車開始通過紐約附近的密集社區，他用比較溫和的嗓音再度開口，神態看樣子是考慮此事已久：「李，我打算相信你。」

「是的，老師。」

「你去找東西吃，然後去看你的戲劇。我得辦一些私事，做完後會盡快趕去。如果來不及，無論如何我會在外頭跟你碰面。」

貝索心跳得厲害。「是的，老師。」

「我不希望你在學校提到這件事——我是指，關於我去辦私事。」

「不會的，老師。」

「我們就看你嘴巴能不能閉上一次，」他打趣說。然後用嚴厲訓誡的口氣加了一句，「不許喝酒，你明白嗎？」

「噢，不會的，老師！」這想法令貝索驚訝。他從沒嘗過一滴酒，甚至連想都沒想過，除了在咖啡館做白日夢時喝淡而無味的無酒精香檳。

在魯尼先生建議下，他到車站附近曼哈頓飯店吃午餐，點了總匯三明治、法式烤馬鈴薯和巧克力凍。他的眼睛餘光看到臨桌都是冷靜、無慮、世故的紐約客，他們披著傳奇色彩，像他這種來自中西部還算過得去的人，相形之下變得一無是處。學校如同已經被卸下的重擔；它只是一個可以忽略的雜音，模糊而遙遠。他甚至不急著打開口袋中那封早上收到的信，因爲那是寫給在學校裡的他。

他還想點一份巧克力凍，但不願再打擾忙碌的侍者，於是把信拆開攤在面前。那是他母親寫來的——

親愛的貝索：

這封信寫得十分倉促，因爲我不想發電報嚇到你。祖父要到國外做礦泉療養，他希望你和我一起去。計畫是今年剩餘日子送你到格勒諾布爾或蒙特勒的學校學語言[3]，我們會住在附

3格勒諾布爾（Grenoble）：法國東南部阿爾卑斯山區的一座大城市。蒙特勒（Montreux）：瑞士日內瓦湖東岸，一座位於阿爾卑斯山麓的小鎮。

近。也就是說，如果你願意的話。我知道你有多喜歡聖雷吉斯中學，可以打橄欖球和棒球，當然那邊就沒這些比賽；但換個角度看，那將是不錯的改變，雖然會讓你延遲一年進耶魯大學。所以一如往常，我希望你照自己喜歡的想法去做。你收到信的時候，我們大概就離開家了，然後會到紐約的華德福飯店，如果你決定留下，也可以來探望我們並且住幾天。考慮一下，親愛的。

母示

貝索從椅子上站起來，依稀有個想法要走去華德福飯店，把自己穩穩當當鎖在房間等母親到來。然後，他不由自主做個手勢，提高了音量，用第一男低音的澎湃聲調要求結帳，侍者小費也給得絕不小氣。不再有聖雷吉斯中學了！不再有聖雷吉斯中學了！他幾乎被滿腔的喜悅給窒息。

「噢，天啊！」他對自己喊道，「噢，上帝！噢，天啊！噢，天啊！不再有培根老師、魯尼先生、布里克・威爾斯和菲特・蓋斯帕。不再有霸格斯・布朗、禁足、以及被叫討厭鬼。他不再需要痛恨他們，因爲他們只是固守原地的虛渺身影，而他將揮一揮手，悄悄離開這裡，離開過去。「再見！」他同情他們，「再見！」

現在需要四十二街的喧鬧來喚醒他潸然淚下的喜悅。手按在皮包上以防無所不在的扒手，他小心翼翼走向百老匯大道。多美好的一天！他會告訴魯尼先生——爲什麼呢，他根本不需要回去！

或許最好回去讓他們知道自己打算要做什麼，在此同時他們只能枯燥乏味地繼續待在校園裡打轉。

他找到劇院，進入午場充滿胭脂味的大廳。當他拿出戲票，目光被幾公尺外一個如雕像般的側影給吸引。那是一位體格健美的金髮年輕男子，大約二十歲，下巴堅挺，灰色雙眼直視前方。貝索的腦子拚命轉了片刻，接著想到一個名字——不僅僅是名字而已——來自一個傳奇，出於上帝的神蹟。多令人驚訝的一天！他以前沒見過這年輕人，但從看過的幾千張照片裡毫無疑問認出那是泰德・菲，耶魯大學橄欖球隊長，去年秋天幾乎就靠他一人打敗了哈佛大學和普林斯頓大學。貝索感到一種切中要害的痛楚。那側影轉身離開；周圍人群環繞；英雄失去蹤跡。不過貝索知道接下來的幾小時，泰德・菲也在這裡。

在窸窸窣窣、交頭接耳、飄著香味的漆黑劇院裡，他讀起節目單。這是所有演出中他不忘欣賞的一部份，布幕還沒拉起前，節目單本身有一種奇妙的神聖性——它是事物的原型。但是當布幕升起，它就成為被丟在地上的廢紙。

## 第一幕：紐約近郊一座小鎮的開放綠地

臺上表演生動到眼花撩亂，一時難以領會，貝索認為演太快了，他從開頭就錯失某些內容；等母親來的時候請她再帶他來看一遍——下個星期吧——也許就是明天。

一小時過去。劇情發展到此很悲傷——一種歡樂的憂愁，但就是令人難過。那女孩，那男孩——是什麼原因拆散他們？噢，那些不幸的差錯，還有誤解。眞是傷心。難道他們不能凝視彼此眼睛心領神會？

在強烈燈光和樂聲中，將見分曉，充滿期待，紛擾將至，第一幕結束。

他離開觀眾席，尋找泰德・菲的身影，認爲自己看到他頗爲悶悶不樂地靠在劇院後方絨布牆上，但不是很確定。他買了香菸點燃一根，不過才抽第一口就聽到響亮的音樂聲，於是趕回座位上。

## 第二幕：阿斯特飯店的門廳

是的，她簡直像一首歌——那優美的〈夜晚的玫瑰〉[4]。她漂浮在華爾滋旋律中，被推升到極至淒美的境地，接著在最後幾小節墜回塵世凡間，就像一片葉子從天上飄落地面。紐約的奢華生活！如果她在五光十色中隨波逐流，投身豪門宅第迎接耀眼早晨，或趁舞廳大門敞開之際隱沒在屋子深處令人陶醉的音樂中，誰能責怪她呢？這是燦爛城市的頌歌。

半小時過去。他的眞愛帶來和她一樣美麗的玫瑰，而她卻輕蔑地棄置在他跟前。她嘲笑著轉向另一個人跳起舞來——狂野地跳著舞。等等！稀疏的管樂聲，龐大的弦樂下滑音，從中冒出纖細的高音歌喉。又一陣強烈的渴望，急風暴雨的情感橫掃舞臺，再次攫住她像落葉般在風中無助飄蕩：「玫瑰——玫瑰—夜晚的玫瑰／當春天明月高照，妳將恍然大悟——」

幾分鐘後，心裡有一種奇特的震撼與激動，貝索跟著人群走到外面。他的目光立刻落在那幾乎被遺忘，而且現在變得怪裡怪氣的魯尼先生身上。

魯尼先生事實上已經有一點神智不清。首先，他戴的帽子跟中午離開貝索時的不同，尺寸小了許多。其次，他的臉孔失去原本略有幾分粗魯的表情，變得蒼白碎弱，而且他的領帶以及一部份襯衫露出在不知何故被淋濕的大衣外面。魯尼先生爲何在短短四個小時就變成這副德性，唯一能解釋的就是他熱愛戶外的靈魂受盡壓力，被拘限在一所男校裡面。魯尼先生注定要在天國的明光下賣力工作，或許稍有自覺，他一頭栽進無法逃避的命運。

「李，」他迷迷糊糊說，「你應該要開竅。我會讓你搞懂。」

爲了避免他可能在大廳開始說教，貝索不安地轉變話題。

「你看到演出了嗎？」他問。討好魯尼先生的方法就是別管他情況怎樣，都認定他有來看

---

4〈夜晚的玫瑰〉（The Rose of the Night）：二十世紀初美國印象主義作曲家查爾斯・湯姆林森・葛里費斯（Charles Tomlinson Griffes, 1884～1920）的歌曲作品，《三首費歐納・馬克里歐德的詩》（Three Poems of Fiona MacLeod, op. 11）中的第三首。

戲。「演得眞是精彩。」

魯尼先生摘下帽子，露出濕透糾纏的頭髮。頃刻間，現實情景在他腦海奮力顯影出來。

「我們得回學校去了。」他用陰沉的嗓音勉強說。

「但是還有一幕，」貝索極力反對，「我要留下看最後一幕。」

魯尼先生搖搖晃晃看著貝索，朦朧意識到自己落到了這男孩的手掌心中。

「好吧，」他准許，「我去找東西吃，會在隔壁等你。」

他突然回頭，蹣跚走了幾步，頭昏眼花地轉進劇院旁的一間酒吧。貝索頗感訝異，他回到觀眾席。

## 第三幕：范．阿斯特先生家的屋頂花園——夜幕低垂

半小時過去。最終，一切進展順利。現在是丑角發揮的最佳時刻，歷經無數淚水後正好帶來歡悅笑聲，幸福的誓言在晴朗炎熱的夜空下被娓娓道出。令人動容的優美二重唱，絕妙歌聲持續了一會兒，然後戛然而止。

貝索進入大廳，在走動的人群中站定沉思。母親的信和這齣戲劇讓他心靈看透怨恨和報復——他依舊是原本的自己，想要做對的事。他想知道帶魯尼先生回學校是否做對了。他走向酒

吧，來到門口時放慢腳步，小心推開一點彈簧門，往裡面迅速看一眼。不過他在那些酒客裡沒見到魯尼先生。他沿街走了小段路，又回去再試一次。似乎認為那道門就像牙齒會咬他，因爲他有著守舊中西部男孩對酒吧的恐懼感。第三次有了結果。魯尼先生在屋子後方的一張桌子上發出鼾聲。

貝索又到外面走來走去，心裡思索著。他給魯尼先生半個小時。如果到時他沒出來，自己就回學校。畢竟，魯尼先生從球季以來就在暗中找他麻煩——貝索只是對整件事冷眼旁觀，就像一、兩天後他對學校也將置身事外。

他前前後後走了幾趟，接著瞥見劇院後方一條小巷，目光被「舞臺入口」的標誌吸引。他看到演員出現在眼前。

他停下來。成群女人魚貫通過，但那些是頌歌橋段之前的劇中演員，他把這些衣著樸素的人當成服裝管理之類的工作人員。接著一位女孩跟她的男伴突然出現，貝索回頭在街上跑了幾步，彷彿怕被他們認出來——然後又跑回來，就像心臟病發作那般喘息著——因爲那女孩，光芒四射的十九歲小美人，就是女主角，在她身旁的年輕男子則是泰德·菲。

兩人挽著手臂走過他身旁，貝索難以抗拒跟隨在後。他們走在街上，她傾向泰德·菲的身軀，展現令人神往的親密關係。他們穿越百老匯大道，轉進尼克博克飯店，人在背後六百公尺遠的貝索密切注意，正好看見他們進入提供午茶的長廳。他們坐到一張兩人桌，聽不清楚對侍者說了什麼，然後，兩人終於獨處，熱切俯身靠向對方。貝索看到泰德·菲握著她戴了手套的手。

午茶區和主迴廊間只有一排冷杉盆栽做分隔。貝索沿著迴廊，來到幾乎面對他們桌子的休息廳坐下。

她的語聲低沉遲疑，不像演出時那樣清晰確鑿，而且顯得非常悲傷：「我當然願意，泰德。」有好長一段時間，在他們談話持續之中，她不斷重複，「我當然願意。」或者「不過我願意，泰德。」泰德・菲的聲音太過低沉，貝索聽不見。

「——他說就在下個月，而且不會延期……某種程度上我願意，泰德。這難以解釋，但他爲母親和我付出一切……我欺騙自己也沒用。這是極爲簡單的道理，任可女孩都會當場接受他的求婚……他一向非常體貼。他爲我付出一切。」

貝索聽到他激動的情緒豎起了耳朵，現在也能聽見泰德・菲的聲音：「你說你愛我。」

「但一年多前，你不就知道我答應要嫁給他。」

「告訴他眞相——說你愛的是我。要他放手。」

「這不是音樂喜劇，泰德。」

「這是傷人的一齣戲。」他說得苦澀。

「我很抱歉，親愛的泰德，但你在這方面讓我難以忍受。你把事情弄得太複雜。」

「不管怎樣，我會離開紐哈芬[5]。」

「不，你不會。你會留下打春季橄欖球賽。哎呦，你是那些男孩的典範！噢，如果你——」

他不耐煩笑了一聲。「你還不夠資格談典範。」

「爲什麼不？我遵守對貝茲曼的諾言；你必須像我一樣乾脆——我們不能在一起。」

「潔莉！想想你幹的好事！在我生命中，只要聽到那首華爾滋——」

貝索起身匆匆走過迴廊，穿過大廳來到飯店外面。他陷於非常混亂的情緒。他無法理解自己聽到的這些話，但從他對兩人私下的暗中觀察，藉由在他們面前短暫經歷所能想像的世界，他猜想生活對每個人來說都不容易，有時從遠處看似風光，但總有難熬之處，而且單純得出人意外，還帶有一些遺憾。

他們日子總會過下去。泰德．菲將回到耶魯大學，把她照片收進書桌抽屜，在春季比賽贏個大滿貫——八點四十分，布幕將拉起，她會惦記著某個年輕熱情的身影離開了她生活，某個今天下午她曾擁有的身影。

外面天色已暗，百老匯大道就像燃起森林大火，貝索正慢慢走向火光最亮的地點。他抬頭看那交錯的高樓牆面熠熠生輝，隱約感到認同與著迷。他現在要看個過癮，將自己騷動的心寄託在一個更加紛擾的國度——每當他能離開學校時都要來這裡。

但那將徹底改變——他就要去歐洲了。貝索頓時意識到自己不打算去歐洲。他不能拋開自己

5紐哈芬（New Haven）：美國康乃狄克州第二大城，耶魯大學坐落於此。

注定的命運，只為換得幾個月舒緩痛苦的喘息。他得接連征服中學、大學和紐約——當然，那是他眞正的夢想，從孩提時代抱持到青少年時期，因為受到一些同學的嘲弄讓他幾乎放棄，進而丟臉地躲進暗巷！他猛然打個顫，就像一隻從水裡跑出來的狗，此時他想到魯尼先生。

幾分鐘後，他走進酒吧，通過酒保懷疑的視線，來到魯尼先生還在坐著打盹的那張桌子。貝索輕輕搖他，然後一直搖。魯尼先生醒來，發覺是貝索。

「你要開竅，」他昏昏欲睡嘀咕著，「你要開竅，還有別管我。」

「我開竅了，」貝索答，「講眞的，我開竅了，魯尼先生。你得跟我到洗手間梳洗乾淨，然後你可以到火車上再睡，魯尼先生。來吧，魯尼先生，請——」

# 5

這是一段漫長艱苦的經歷。貝索在十二月又被禁足，直到三月才重獲自由。母親的溺愛沒養成他工作的習慣，除了生活本身，幾乎沒有任何力量能夠矯正，不過他重新出發無數次，失敗了就再試一次。

耶誕節之後，他跟一位叫做梅普伍德的新同學交上朋友，但兩人發生愚蠢的爭執；整個冬天，男校學生都被關在屋裡，只能藉由室內活動抒發部份天生野性，貝索經常被斥責和冷落，為了自己眞正犯下與被羅織的過錯，他幾乎都是孤零零的。但另一方面，泰德・菲也是如此，聽著留聲機裡播放〈夜晚的玫瑰〉——「在我生命中，只要聽到那首華爾滋」——他憶起紐約的燈火，想到下個秋天即將參加的橄欖球賽，耶魯大學迷人的憧憬，以及盼望新春到來。

現在菲特・蓋斯帕和其他幾個人對他不錯。有一次，他與菲特從村子裡回來時碰巧走在一起，他們聊了很久關於女演員的話題——貝索知道最好別期待日後還有這樣的談話。年紀較小的學生突然決定接受他，有一天，一位至今都討厭他的老師在走去課堂上時把手放在他肩上。他們最終都不再提起往事——也許在整個夏天。九月將有放肆的新生入學；明年他將有一個全新的開始。

二月的一個下午，打籃球的時候，一件超乎尋常的事發生了。他和布里克・威爾斯站在第二隊的前鋒位置，激烈混戰之中，體育館充滿響亮掌聲和刺耳吶喊。

「這裡！」

「貝爾！貝爾！」

貝索運球來到前場，沒人防守的布里克・威爾斯呼喊傳球給他。

「這裡！李！嘿！李！」

李！

貝索喜形於色，蹩腳地把球傳過去。他被人家用暱稱呼喊。雖然只是短到不行的別名，但總比硬生生直呼他的姓或嘲弄的綽號來得好。布里克・威爾斯繼續打球，沒發覺自己做了什麼特別的事，甚至促成另一個男孩從滿心的怨恨、自我、耗弱和抑鬱寡歡中解脫出來這等大事。當人面臨進退維谷的處境時，最細微的影響都能令他懷憂喪志或重拾信心，我們對那種關鍵時刻卻一無所知。時機已晚，我們此生此世就不能再與他產生聯繫。他既不會被我們的特效靈藥治癒，也不會被我們的鋒利言語擊垮。

李！它很少被喊出來。但貝索那晚帶著它上床，心中一想到就快樂地緊緊抓住，最後安穩睡著了。

——〈初生之犢——貝索〉（Basil The Freshest Boy），原刊於一九二八年七月廿八日《星期六晚郵》（The Saturday Evening Post）週刊

# 四拳教訓

## I

據我所知，現在已經沒人會想揍山繆．梅勒迪斯了；也許是因爲一個超過五十歲的男人被狠揍一拳極有可能嚴重骨折，但就我來看，比較傾向於認爲他身上欠揍的特質已完全消失。但毫無疑問，在人生不同時期，他臉上確實帶著欠揍的特質，就像女孩嘴唇潛藏著誘人親吻的特質一樣。

我確信每個人都遇過這樣的人物——在因緣際會下認識，甚至成爲朋友，然而就覺得他是那種討人厭的傢伙，有些人會情不自禁一拳揍下去，其他人則在心裡嘀咕「揍死你」和「賞你個熊貓眼」。山繆．梅勒迪斯五官的擺放讓這特質十分顯眼，也影響他的一生。

這特質是什麼？當然不是面貌，畢竟他那寬額頭、深眼窩、灰眼珠，一副老實親切的長相，從年少時期就討人喜歡。我曾聽他對滿滿一屋子記者說起過去不堪回首的事，但記者想聽的是「功成名就」的故事，對他所言難以置信，而且還不只一個故事，是四個，人們哪有可能想讀一個人如何因為被痛毆而成了傑出人物的故事。

一切得從十四歲的他來到菲利普斯安多弗中學開始說起。此人在吃著魚子醬、有門僮服侍的環境下成長，跑遍了歐洲過半的大城市。純粹命運使然，母親變得神經衰弱，教育他的責任交到了比較沒那麼溫柔、沒那麼溺愛的人手裡。

入學時被分配到的室友叫基利．霍德。基利十三歲，小個頭，可說是學校裡的寵兒。九月某天，當梅勒迪斯先生的侍從將山繆的衣服塞滿他那最高檔的衣櫃、準備離開之際，問道：「還有任何吩咐嗎，山繆少爺？」基利喊著，學校這玩笑開大了。他像隻氣嘟嘟的青蛙，說自己的水池被放進一隻格格不入的金魚。

「糟糕透頂！」基利對站在自己這一邊的同學抱怨，「這人是個高傲的大塊頭，還問：『這裡的人都有教養嗎？』我說：『不，他們都是小夥子。』然後他說，這跟年紀無關。我就回他：『誰說有關係了？』他儘管對我無禮吧，這欠揍的大餅臉！」

三個星期以來，基利默默忍受山繆批評自己朋友的衣著與嗜好，忍受對話中穿插著法語，忍受無數矯揉造作得可以的惡言惡語，在在顯示小孩如果跟一個神經質的母親關係很親，受到的影響會有多深——後來，他在這水池裡掀起了一場風暴。

山繆出去了。一夥人聚在一塊兒聽基利痛罵室友的最新罪過。

「他說：『噢，我不喜歡夜裡窗戶開著。』又說，『但只留一條小縫還可以。』」基利抱怨。

「別被他踩到頭上。」

「踩我頭上？怎麼可能。但我敢說，若窗子全都打開，即便隔天一早輪到那該死的笨蛋值日，他也不會把它們都關上。」

「教訓他，基利，爲什麼不教訓他？」

「我會的。」基利猛然點頭同意，「你們別擔心。他別想當我是個好欺負的僕人。」

「讓我們瞧瞧你教訓他。」

就在此時，那該死的笨蛋進來了，帶著令人不悅的笑容加入這夥人。兩個男孩說：「瞧，是梅勒迪斯。」其他人冷冷看他一眼，繼續跟基利講話。但山繆似乎並不滿意。

「你們若不介意，別坐我的床吧？」基利的兩位聽眾毫不拘束的窩在那兒，他客氣地暗示他們。

「嗄？」

「我的床。你們聽不懂英文嗎？」

這眞是火上加油。他說了些有關床鋪清潔衛生及有人躺過痕跡之類的見解。

「你的破床有什麼問題？」基利挑釁質問。

「床沒問題，不過——」

基利打斷這話，起身朝他走去，停在不到十公分前處惡狠狠瞪著對方。

「你和你荒唐的破床，」他開口了，「你和你荒唐的——」

「加油，基利。」有人小聲說。

「給那該死的笨蛋瞧瞧——」

山繆沉著瞪了回去。

「不過，」他最後說，「它是我的床——」

他沒能說下去，因爲基利一個鉤拳乾淨俐落打在他鼻子上。

「耶！基利！」

「展現霸氣！」

「讓他出手——他就會知道厲害！」

一夥人朝他們靠攏過來，山繆在人生中第一次了解到，被人痛恨是很難全身而退的麻煩事。他無助環視著周圍虎視眈眈的敵意臉孔。他的身材比室友還高一個頭，如果反擊就會被視爲欺負弱小，五分鐘內得對付更多人；然而他並不是膽小鬼。在基利憤怒的眼神前站了好一會兒，然後突然哽咽一聲，擠過圍著他們的那圈人衝出房間。

接下來那個月是他人生中最痛苦的三十天。無論走到哪兒都被同學奚落；他的嗜好和一舉一動都被當成無法容忍的笑話，不可避免的是青春期的敏感更加深心中的刺痛。他認為自己天生就是不受歡迎的人物；在學校的這種不得人心將伴隨他一生。耶誕假期回家時他非常沮喪，父親還帶他去看一位神經專科醫生。他回安多弗時刻意晚到，就樣就能獨自坐在從車站開往學校的巴士上。

當然，他學會閉上嘴巴之後，大家立刻忘了他。隔年秋天，他明白要為別人著想才是考慮周全的態度，於是擺脫童年記憶重新出發。到了四年級，山繆・梅勒迪斯已經成為班上最受人喜愛的男孩之一——而表現最強烈的莫過於他的第一個、也是始終如一的同伴，基利・霍德。

## 2

山繆上大學了，就像一八九〇年代早期的學生們，騎著雙人自行車，也搭火車或馬車奔馳在普林斯頓、耶魯和紐約市之間，展現他們重視橄欖球比賽的社交重要性。他堅信人要有良好的禮儀——他選的手套，打的領帶，轠繩的握法，都成為沒主見的新鮮人競相模仿的對象。除他自己這夥人之外，大家認為他比較像個勢利鬼，但這夥人自成一格，從沒讓他擔憂過。他在秋天打橄欖球，冬天喝威士忌蘇打，春天就划船。山繆瞧不起那些只會運動卻沒教養的人，或者只有教養卻不愛運動的人。

他住在紐約，經常帶幾個朋友回家度週末。在用馬匹拉街車那個年代，碰到乘客擁擠的時候，山繆那夥人必然會做的高尚舉止就是起身鞠躬致意，讓位給站著的女士。山繆大三那年的一天晚上，他跟兩位好友搭上車。車上有三個空位。山繆坐下時注意到旁邊是一個眼皮沉重的工人，散發著令人討厭的大蒜味，身體稍微歪斜靠著山繆，就像疲累的人都會那樣癱軟著，佔了太大的位子。

街車走過幾個街區後停下，四名年輕女孩上車，無庸置疑，三個深諳世道的男生基於禮貌，立刻起來讓出他們的座位。不幸的是，工人不熟悉打領帶坐馬車那套禮節，並沒有追隨他們的榜樣，徒留一位年輕女士尷尬站著。十四隻眼責備瞪那沒教養的人；七張嘴巴嘟了起來；但那被唾棄的傢伙遲鈍盯著面前，完全沒意識到自己糟糕的行為。山繆受到的影響最劇。竟有男人會這麼做令他感到蒙羞。他大聲開口。

「有一位女士站著。」他厲聲說。

這應該夠明白了，但那被唾棄的傢伙只是茫然抬頭看。站著的女孩竊笑著，跟她同伴交換了不安的眼神。但山繆被激怒了。

「有一位女士站著。」他重複說，聲音更刺耳。那人似乎理解了。

「我有付車票錢。」他平靜說。

山繆滿臉漲紅，緊握雙拳，但車掌正看他們這邊，他在朋友點頭示警後，繃著臉生悶氣。

他們抵達目的地下車，而那工人也跟著下來，搖晃著他的小提桶。看到機會來了，山繆再也按捺不住愛挑剔的個性。他轉過身，口中爆出的淨是低俗的譏諷，大聲評論低等動物披著人類的外衣。

就在瞬間，工人丟出手中桶子朝他飛去。山繆毫無防備被砸中下巴，手腳一癱跌落在卵石水溝裡。

「別嘲笑我！」襲擊的那個人大喊，「我已經工作一整天。我累得半死！」

他說完之後，眼中的暴怒消失，臉上重新掛起疲憊的神情。他轉身撿起桶子。山繆的朋友迅速朝他走過去。

「等等！」山繆慢慢起身，示意他們回來。某個時候，某個地方，他曾被這樣攻擊過。然後他想起來了——基利．霍德。他默默撣掉身上塵土時，安多弗宿舍房間那一幕呈現在眼前——他直覺知道自己又做錯了什麼。這男人的體力和那番小憩是爲了守護他的家庭。他比任何年輕女孩更該使用那座位。

「沒有關係，」他粗聲說，「別碰他。我是個該死的笨蛋。」

這當然又花了山繆一小時，或者一星期，對於良好禮儀的基本重要性重新整理自己的想法。起初只是認爲自己的錯誤令他無力反擊——就像對基利那樣無力反擊——不過最後自己的過失完全影響了他的態度。自以爲是終究只是好人家的傲慢心態；所以山繆依舊保持他的禮節，但強加於人的必要性已經隨著跌落溝底而付諸流水。不到一年時間，班上同學不知怎的就不再說他是個勢利鬼了。

3

幾年後，山繆的大學決定沾他家族之光已經夠久，所以給他一份索價十元的拉丁文證明文件宣告他完成學業，把他送進喧嚷的世界，在那兒需要更多自信，沒什麼朋友，還得適當搭配一些無傷大雅的壞習慣。

那時他的家族已經淪爲一介平民，因爲砂糖市場突然大跌，使得他們褪去耀眼的光環，也就是說，山繆得去工作的時候到了。他的腦海是精心打造的一片空白，有時大學教育並不管用，但他有幹勁又有後臺，所以利用以前球場上跑鋒扭轉閃躲的能耐，在競爭激烈的華爾街取得銀行收款員的職位。

他的消遣是——女人，而且有好幾個對象——兩到三位社會新鮮人，一位（兼職的）女演員，一位離婚女子，還有一位小巧多情的棕髮女孩，她已婚，住在澤西市的一棟小屋。

他們是在渡輪上相遇。山繆因爲工作關係會出紐約市（這時他已經工作好多年），他幫她尋找遺失在擁擠人群中的包裹。

「你常過來嗎？」他若無其事地問。

「只是去逛街。」她羞澀說。她有一雙褐色大眼，惹人愛憐的櫻桃小嘴。「我三個月前才結婚，我們發現住澤西市便宜多了。」

「他會——你丈夫會，願意讓你像這樣落單？」

她笑了，一臉青春活潑的笑容。

「噢，天啊，不會。我們打算碰面吃晚餐，但我一定搞錯地方了。他會非常擔心。」

「噢，」山繆不以爲然說，「他應該要擔心。如果你容許，讓我送你回家。」

她感激地接受他的提議，所以兩人一起去搭索道車。走上通往她那棟小屋的道路時，他們看到一點亮光；她丈夫先到家了。

「他嫉妒心很強。」她聲明，笑著賠不是。

「很好，」山繆回答頗爲僵硬，「我最好就送你到這兒。」

她再度感謝他，揮手道別，他離她而去。

事情應該就此結束，若不是一星期後的某天早晨，他們在第五大道巧遇。她吃了一驚，滿臉通紅，似乎很高興見到他，兩人像老友一樣交談起來。她要去找裁縫師，接著自己到丹納餐廳吃午餐，然後整個下午逛街，五點鐘在渡輪口跟她丈夫碰面。山繆對她說她丈夫是非常幸運的男人。她又是一陣臉紅，匆匆離開。

山繆吹著口哨回自己辦公室，不過大約十二點鐘時，他眼前看到的都是那惹人愛憐、散發魅力的櫻桃小嘴——還有那褐色眼睛。他坐立難安看著時鐘；想著樓下吃午餐的燒烤店，還有男人們的喧譁交談，對比於此出現了另一個畫面；丹納餐廳裡的一張小桌，褐眼小嘴就在幾步之遙。還差幾分鐘就到十二點半，他戴上帽子急奔出去趕索道車。

她看到他相當詫異。

「嗨——你好。」她說。山繆分辨得出那絕對是驚喜。

「我想我們也許能一起吃午餐。跟一大堆男人吃飯很乏味。」

她猶豫一下。

「當然，我認為這也無妨。有何不可呢！」

她心裡在想，應該是她丈夫帶她去吃午餐——但他中午時間通常很趕。她告訴山繆關於他的一切：他比山繆矮一點，但是，噢，好看多了。他是一名簿記員，賺的錢不多，但兩人過得很開心，希望三到四年內可以致富。

山繆的那位離婚女友在這三、四週的情緒變得喜歡爭吵，相較起來，他在這次相遇找到無比的樂趣；她是那麼爽朗、誠摯，帶一點大膽。她的名字叫瑪喬麗。

他們又約了另一次；實際上，一個月來，他們每週有兩到三次共進午餐。她若確定丈夫會工作很晚，山繆便坐渡輪陪她回紐澤西，總是送到那小屋的前廊，等她進去點亮瓦斯燈，用他在屋外雄壯的身影讓她心安。這逐漸成為一個客套形式——而且使他煩惱。前窗的隔闔令那舒適的喜悅消逝，也就是他該辭行的時候；然而他從沒提議要進屋裡，瑪喬麗也從未開口邀請。

後來，山繆和瑪喬麗的關係已經發展到有時可以輕觸對方手臂，在在顯示他們是相當要好的朋友，瑪喬麗和丈夫發生一次非常刻薄、極盡刁難的爭吵，爲的是一對男女不應該如此沉溺於彼此，除非他們十分在意對方。騰空的冷凍肋排和砸裂的瓦斯燈開啓了戰端——有一天，山繆看到她在丹納餐廳，褐色雙眼藏著陰影，嘴巴噘得厲害。

這次山繆認爲自己愛上了瑪喬麗——所以他盡其所能搧動她的埋怨。他是她最好的朋友，輕拍她的手——當她啜泣低訴丈夫早上對她說的話時，他傾身緊靠那棕色捲髮；他帶著她坐上馬車前往渡輪口，此時他又比最好的朋友更邁進一些。

「瑪喬麗，」一如往常在門廊前分手，他溫柔地說，「如果任何時候你想打電話給我，記得我隨時都在，隨時都在。」

她心情沉重點點頭，把自己雙手放在他手裡。「我知道，」她說，「我知道你是我朋友，最好的朋友。」

然後她跑進屋裡，他站在那兒直到看見瓦斯燈點亮。

山繆在隔週陷入緊張不安的混亂中。持續的理性拉扯警告他說，實際上他與瑪喬麗沒什麼共同點，但在這種情形下，眼前通常是一片混濁而看不清事實。所有的幻想和慾望告訴他說自己愛瑪喬麗，想要她，必須佔有她。

夫妻不和持續發酵。瑪喬麗的丈夫開始在紐約待到深夜才回家，有幾次無聊地發起酒瘋，可以說是令她痛苦不堪。他們太堅持自尊而不願談個明白——畢竟瑪喬麗的丈夫相當正派——所以兩人的誤解接連不斷。瑪喬麗跟山繆走得愈來愈近；一個女人接受男人的安慰，比向其他女孩哭訴更能得到滿足。但瑪喬麗不了解的是自己已開始那麼依賴他，他又在自己小小世界佔有多大的一部份。

有一天晚上，當瑪喬麗進屋子裡點亮瓦斯燈時，山繆並沒有轉身離開，卻也跟進屋內，他們一起坐在那小客廳裡的沙發上。他非常快樂。他嫉妒他們的家，覺得那男人基於頑固的自尊而忽視自己擁有的家，簡直是個笨蛋，也對不起妻子。但當他第一次親吻瑪喬麗，她輕聲哭了起來，叫他離開。乘著無可救藥的興奮之情搭船回去，他決意要煽起這戀愛的火苗，不管這把火會燒得多旺，或誰會灼傷。此時他認為自己是無私地為她著想；事後來看，他明白她只是一部電影的那塊白幕：演出的人只有山繆——盲目、饑渴。

第二天在丹納餐廳，他們碰面吃午餐，山繆拋開所有的矯飾，向她坦誠愛意。他沒有事先計畫，沒有明確意圖，只是又吻了她，將她擁在懷裡，感覺她那小巧、惹人愛憐、可愛的嘴唇……。他陪她回家，這次他們吻到兩個人的心撲通直跳——他的嘴唇說明了一切。

就在這時，前廊傳來腳步聲——有人正要打開外面的門。瑪喬麗一臉死白。

「等一下！」她對山繆低聲說，嗓音驚恐，但他受到阻擾後憤怒難耐，走到前門猛然打開。

每個人在舞臺上都看過這一幕——實在是太常看到了，所以當它眞實發生時，人們的舉止非常像演員。山繆覺得自己在扮演一個角色，臺詞相當自然地脫口而出：他聲稱每個人都有權利過自己的生活，然後咄咄逼人瞪著瑪喬麗的丈夫，深怕他聽不懂。瑪喬麗的丈夫談到家庭的神聖性，更別提最近這事在他看來似乎一點也不值得推崇；山繆繼續朝著「追求幸福的權利」這方面說下去；瑪喬麗的丈夫提到手槍和訴請離婚。接著他突然停下，仔細看看兩人——瑪喬麗可憐兮兮癱在沙發上，山繆用刻意誇張的姿態高談那些習以爲常的臺詞。

「上樓去，瑪喬麗。」他用不同的口氣說。

「就待在那兒！」山繆立刻反對。

瑪喬麗起身，猶豫不決，然後坐下，又站起來，不知所措地走向樓梯。

「到外面，」她丈夫對山繆說，「我有話要對你講。」

山繆朝瑪喬麗瞥了一眼，試圖從她眼中獲得一些訊息；然後他閉上嘴巴走出去。

明月高掛，瑪喬麗的丈夫走下臺階時，山繆可以清楚看到他在苦惱——但完全不同情他。

他們站著互看彼此，距離只有幾步之遙，做丈夫的清了清喉嚨，好像聲音有些粗啞。

「她是我的妻子，」他平靜說，然後升起滿腔怒火。「你該死！」他大喊——然後用盡全力打在山繆臉上。

在那瞬間，山繆跌到地上，腦海閃過他曾被這樣揍過兩次，同時這件事變成像夢境一般——

他覺得突然醒了。他直覺跳起來，擺好姿勢。另一個人準備好了，舉起拳頭，就在一碼距離外，山繆知道自己在體型上比他高幾公分，也重了幾公斤，但他不會打對方。情勢出乎意料完全改觀——山繆前一刻覺得自己像英雄；現在覺得自己是惡棍，是局外人，而瑪喬麗的丈夫，被小屋燈光照出剪影的那個人，那才是永遠不變的英雄角色，他是家庭的捍衛者。

僵持一會兒之後，山繆迅速轉身離開，最後一次走下那條道路。

# 4

當然，第三次被痛擊之後，山繆花了幾星期認眞反省。多年前在安多弗的那一拳怪的是他討人厭的個性；大學時代的那名工人打掉了他的傲慢心態，而瑪喬麗的丈夫則激烈撼動他貪婪的自私。他開始將女人排除在自己視野之外，直到一年後遇到他未來的妻子，那是唯一值得守護的女人，他就像瑪喬麗的丈夫守護妻子一樣守護著她。山繆很難想像，有誰會爲了他那個離婚女友迪・費利雅克夫人揮舞正義之拳。

到了三十歲出頭，他靠自己打拼得還不錯。他在老彼得・卡哈特麾下工作，那時候這位雇主是全國知名的人物。卡哈特的體格差不多是一尊海克力斯雕像，他的經歷可說是扎扎實實——一疊履歷讓人看了就滿意，沒有偷雞摸狗或可疑的醜聞。他一向是山繆父親的重要朋友，但他觀察這孩子六年了，才叫他到辦公室來談談。天知道當時他掌控多少事情——採礦，鐵路，銀行，一整個城市。山繆跟在他身旁，知道他的喜惡，他的偏見、弱點和許多強項。

有一天卡哈特把山繆叫來，關上辦公室裡面的門，請他坐下還抽根雪茄。「一切都好嗎，山繆？」他問。

「噢，都好。」

「我就怕你變得有一點沒精打采的。」

「沒精打采？」山繆被搞糊塗了。

「你除了工作就沒做別的事，將近十年了吧？」

「但我有度假，在安第倫達克——」

卡哈特對此置之不理。

「我是說職務以外的事。比如說看看我們在這兒掌控的那些事業有何進展。」

「沒有，」山繆承認，「我都沒有。」

「所以，」他出乎意料地說，「我要派你去出差，會花上一個月時間。」

山繆沒有爭辯。他還滿喜歡這個點子，而且打定主意，不管工作內容是什麼，他會完全依照

---

1 海克力斯（Hercules）：希臘神話裡的大力士，半人半神的英雄角色。

卡哈特的意思去達成。那是老闆最重要的嗜好，他四周的人都像步兵團的部下默默接受指令。

「你要去聖安東尼奧見漢米爾，」卡哈特繼續說，「他手邊有一個工作，希望有人去負責。」

漢米爾掌管卡哈特在西南部的事業，一個在他老闆庇蔭下爬上這職位的人，雖然他們從未謀面，山繆與他經常有工作上的聯絡。

「我什麼時候出發？」

「最好是明天，」卡哈特瞥了一眼月曆答道，「明天是五月一日。我預計你在六月一日回來向我報告。」

第二天早上，山繆啓程前往芝加哥，兩天後在聖安東尼奧的商業信託公司辦公室跟漢米爾隔桌相望。聽取工作要點沒花太多時間。那是一大筆油田交易，涉及購買十七處毗鄰的大片牧場。這項收購案得在一個星期內完成，而且根本就是壓榨。他們已經動用勢力讓十七位業主左右爲難，山繆的工作只需從普魏布勒[2]附近一處小村過去「處理」這事情。圓滑幹練的適當人選能夠在毫無爭端下完成，因爲只剩下要不要堅持立場的問題。漢米爾比老闆狡猾好幾倍，他規劃的佈局可以在開放市場上獲得比任何交易高出許多的淨利。山繆跟漢米爾握一握手，預計兩週內回來，然後出發前往新墨西哥州的菲利普村。

當然，他心裡想的是卡哈特在考驗他。漢米爾對他處理這件事的報告也許會被納入擢升的考量，但即使沒這回事，他也會盡全力完成工作。待在紐約的十年並沒有讓他變得感情用事，他相當習慣一旦著手就要達標——甚至還要更完美一些。

剛開始一切進行順利。沒有激烈場面，但十七位相關業主都知道他的職責，知道他代表誰，而且當文件抵在玻璃窗上，也知道他們沒什麼機會堅守下去。有一些人簽字同意——有一些人非常計較，但跟律師一再討論爭辯後找不到任何漏洞。五處牧場確定有石油，另外十二處有這可能，但不管怎樣，在漢米爾的計畫裡全都要收購。

山繆很快就見到真正的領導人物，一位叫做麥克英泰的早期移民，大約五十歲的男人，灰頭髮，不留鬍碴，歷經四十個年頭新墨西哥州的夏日曬出一身古銅色肌膚，還有那清澈堅定的雙眼，是生活在德州與新墨西哥州的氣候下使然。他的牧場至今仍未證明有石油，但它屬於同一塊區域，麥克英泰就是那唯一痛恨失去自己土地的人。每個人一開始都指望他來阻止這場大災難，他已找遍所有法律途徑要達成使命，不過失敗了，他心裡有數。他百般躲避山繆，但山繆確定的是當簽字期限到的時候，他自然會出現。

期限到了——一個酷熱的五月天，眼睛都可看到遠方焦枯的地面升起熱浪，山繆汗水淋漓坐在他的臨時辦公室——幾張椅子，一張長凳，還有一張木桌——他很高興事情就快結束。他好想回

2陶斯鎮普魏布勒（Taos Pueblo）：位於新墨西哥州，一處印第安人傳統聚落。

去東部，花一星期時間帶妻子小孩到海邊。

會面預計在四點鐘，當三點半門打開，麥克英泰走進來時，他頗爲訝異。山繆不禁佩服這男人的態度，而且爲他感到有些難過。麥克英泰似乎跟大草原緊密相連，山繆隱約懷有那種城市人對住在遼闊大地的羨慕。

「午安。」麥克英泰說，他站在敞開的門口，兩腿張開，手放在屁股上。

「你好，麥克英泰先生。」山繆起身，但省略掉握手這套禮節。他能想像這牧場主人非常討厭他，但很難責怪對方。麥克英泰進到屋裡從容坐下。

「你贏了我們。」他突然說。

這似乎不需任何答覆。

「當我知道幕後主事者是卡哈特，」他繼續說，「我就放棄了。」

「卡哈特先生是——」山繆開口，但麥克英泰揮手要他閉嘴。

「別跟我提那下流的竊賊！」

「麥克英泰先生，」山繆迅速說，「如果這半小時都在講這種話——」

「噢，住口，年輕人，」麥克英泰打斷他的話，「你不能放任一個人做出這樣的事。」

山繆沒有回嘴。

「它簡直是骯髒的偷竊行爲。就是有他那樣可惡的人，權勢大到難以應付。」

「你會得到大筆金錢。」山繆提出。

「閉嘴！」麥克英泰忽然大吼，「我需要講話的權利。」他走到門邊望著外面土地，那片豔陽下熱氣騰騰的草原，幾乎從他腳前延伸到遠方灰綠色的群山邊。他轉身時嘴巴顫抖著。

「你們這些傢伙愛華爾街嗎？」他嘶啞地說，「或者你們做這些骯髒計畫的無論哪個地方——」他停頓了一下。「我認爲你愛那地方。沒有畜牲會低等到完全不愛自己工作的地方、使盡全力流著汗水的地方。」

山繆尷尬看著他。麥克英泰用一條藍色大手帕抹掉前額的汗水，然後繼續說。

「我估計這卑鄙的老傢伙又要多賺一百萬。我認爲我們只是幾個被他佔盡便宜的窮人，爲的是他能多買幾輛馬車之類的東西。」他揮著手走向門口。「我十七歲時在這外面蓋了一棟房子，用我這雙手。我二十一歲娶了妻子，加蓋兩間邊屋，從四條瘦弱的小公牛開始起家。四十個夏天，我看著太陽從那些山頭升起，傍晚像血紅般落下，然後熱氣散盡，星斗升起。以前我住在那房子裡很快樂。我兒子在那兒出生，也在那兒去世，有一年春末，就像現在是下午最熱的時候。然後我和妻子如同以往獨居在那房子，幾乎是努力當做有一個家庭，終究，不是完整的家庭，但也相去不遠——因爲那孩子不知怎麼的，似乎經常在附近徘徊，我們許多晚上都期盼看到他從路上跑來吃飯。」他的聲音顫抖到幾乎說不下去，又轉身走去門口，他瞇起灰色的眼睛。

「外面是我的土地，」他說，伸出他的手臂，「我的土地，天啊——它是我在世上唯一擁有的東西，最需要的東西。」他用袖子在臉前猛揮，然後改變聲調，慢慢轉身面對山繆。「不過我猜一定會失去它，只要他們想得到——一定會失去它。」

山繆必須說些話。他覺得不到一分鐘就會失去理智。所以他開口，盡量保持平坦聲調——那種他留在執行令人不悅的職責時用的聲調。

「在商言商，麥克英泰先生，」他說，「這是法律許可的範圍。也許我們無論開價多少都無法買下你們其中兩、三位的土地，但大部份的人都出了價錢。進步需要某些事——」

他不曾覺得這麼沒把握，聽到幾百碼外傳來腳步聲時，這解圍來得眞是時候。

不過對於他說的話，麥克英泰眼中的悲傷轉爲暴怒。

「你和你那幫骯髒的騙子！」他大喊，「你們沒一個人眞心愛這天賜大地上的任何東西！你們是一群視錢如命的畜牲！」

山繆起身，麥克英泰向他邁進一步。「你這個喋喋不休的城市人，你拿到我們的土地了——這一拳是賞給彼得・卡哈特！」

他快如閃電舉起肩膀，把山繆揍得坐在地上。朦朧中聽見門口進來的腳步聲，他知道有人抓住麥克英泰，但沒那必要了。牧場主人已經癱坐椅子上，把頭埋在手掌裡。

山繆的腦袋呼呼作響。他領悟到第四拳已經擊中他，滿漲的情緒吶喊著那支配他生命的無情法則又再度運作。他頭昏眼花站了起來，大步走出屋外。

接下來的十分鐘也許是他生命中最煎熬的時刻。人們講到認罪的勇氣，但眞實生活中，一個扛著家庭責任的行屍走肉男人，往往沉溺在看似自己信念的正當性裡。山繆一直很爲自己家庭著想，至今未曾動搖，這拳重擊卻打得他猶豫起來。

當他回到屋子，呆立憂慮的人們等候著他，不過他沒浪費時間去解釋。

「各位先生，」他說，「承蒙麥克英泰先生的好意，讓我確信在這件事中你們完全是對的一方，而彼得・卡哈特的利益絕對是錯的一方。依我看來，你們餘生都能保有自己的牧場。」

他從驚愕圍攏的人群中擠出來，半小時內發出兩封電報，讓報務員忙得手忙腳亂；一封發給聖安東尼奧的漢米爾；一封發給紐約的彼得・卡哈特。

山繆那晚沒怎麼睡。他知道這是自己職業生涯中首次淒慘、狼狽的失職。但他心中某種比意志更強烈、比訓練更深刻的本能，迫使他做出可能終結自己抱負與幸福的決定。不過木已成舟，他從沒想過自己還有別的做法。

隔天早上有兩封給他的電報。

第一封是漢米爾發的，裡面只有幾個字：「你這該死的笨蛋！」

第二封是紐約發出：「放下工作立刻回紐約。卡哈特。」

一週內發生了許多事。漢米爾怒氣沖沖爲他的方案激烈辯護。他被叫回紐約，在彼得・卡哈特的辦公室裡待了不愉快的半小時。他在七月與卡哈特的事業斷絕關係，到了八月，山繆・梅勒迪斯在三十五歲的年紀，成爲卡哈特在各方面的搭檔。第四拳達到它的作用。

我認爲每個人在他性格、氣質和一般觀點裡都有劣根性。就某些人而言，它隱藏得讓我們從未發覺它的存在，直到我們在暗夜中被人揍了一拳。但山繆是在行爲中展現出來，它令人們看到後勃然大怒。這對他算是幸運的，因爲每次他的冒失行爲一發生就立刻被打得不支倒地。同樣的冒失，同樣的劣根性使他命令基利的朋友離開他的床，使他進入瑪喬麗家裡。

如果能順著山繆．梅勒迪斯的下巴摸過去，你會觸摸到一處腫塊。他承認自己並不知道是哪一拳留下的結果，但他沒有因此喪失任何東西。他說錯誤不能犯第二次，有時在做決定前，揍自己下巴有很大的幫助。記者們稱它是神經質的特徵，但並不是那樣。正因如此，他才能再次感受那清晰漂亮、立刻醒腦的四拳。

——〈四拳教訓〉（The Four Fists），

原刊於一九二〇年六月《斯克里布納》（Scribner）月刊

# 駱駝的背脊

## I

讀者疲憊呆滯的眼神在前面標題停留片刻，大概會推測它只是一個隱喻。那些提到杯子、嘴唇、假硬幣（討厭鬼）和新掃帚（新官上任）的故事，鮮少眞的和杯子、嘴唇、硬幣和掃帚有任何關係。除了這個故事。它講的是一個具體可見、千眞萬確的駱駝背脊。

這故事從脖子開始，我們將慢慢往後面說。我想讓你們見見派瑞・帕克赫斯特，二十八歲，一位律師，托萊多[1]本地人。派瑞有一排漂亮的牙齒，哈佛畢業證書，中分的髮型。你以前曾遇過他——在克里夫蘭、波特蘭、聖保羅、印第安那波利斯、堪薩斯城等等地方。紐約的貝克兄弟服裝

1 托萊多（Toledo）：位於俄亥俄州北部伊利湖畔的一座城市，是盧卡斯郡（Lucas County）的郡治。

公司在他們每半年到西部跑生意時，都會撥冗來爲他送上新衣；蒙特莫西合夥公司每三個月就會派個年輕人匆匆趕來，爲他檢查鞋面裝飾的小孔眼數量是否正確。他現在已經擁有一輛敞篷轎車，活得夠久的話還會擁有一輛法國製的敞篷轎車，如果中國製坦克蔚爲風潮，無疑他也會弄來一臺。他看來就像廣告上的年輕男子，橘紅膚色的胸膛抹著油膏，而且每隔一年就到東部參加同學會。

我想爲你們介紹他的愛人。她的名字叫做貝蒂・梅迪爾，若去演電影必定大受歡迎。父親每個月給三百元的治裝費，她有著黃褐色的眼睛和頭髮，迷戀五彩繽紛的羽毛。我應該也要介紹她父親，賽勒斯・梅迪爾。雖然外表看來是個血肉之軀，不可思議的是他在托萊多是公認的「鋁人」。但是當他坐在俱樂部的窗子後面，和兩、三位「鐵人」、「白松木人」與「黃銅人」在一起時，這些人看來就跟你我沒有兩樣，只是更符合這些稱號，假如你懂我的意思。

一九一九年耶誕假期的這段時間，若只計算搬得上檯面的人際圈，在托萊多就舉辦了四十一場晚宴，十六場舞會，六場午宴，賓客有男有女，還有十二場茶會，四場單身餐會，兩場婚禮，以及十三場橋牌聚會。這些活動累積的影響，促使派瑞・帕克赫斯特在十二月二十九日那天做了一個決定。

梅迪爾家的女兒拿不定主意要不要嫁給他。她正擁有如此歡樂的時光，不想踏這決定性的一步。同時，他們私定婚約已經拖得太久，似乎任何一天都會斷了線。一位叫做華波頓的矮個子男人無所不知，他建議派瑞對她展現男子氣魄，拿一份結婚證書到梅迪爾家，告訴她必須立刻嫁給他，否則就永遠取消婚約。於是他親自現身，表明心意，拿出證書，下達通牒，結果五分鐘內他們就陷入激烈爭吵，偶爾還爆發公然拉扯，就像長久衝突的最後交戰。這使他們的關係急速冷卻，兩個相愛的人針鋒相對，冷淡盯著對方，心想這一切是個錯誤。通常他們事後會神采奕奕互相親吻，彼此向對方澄清說都是自己的錯。快說都是自己的錯！快說！我要聽你說！

但是當和解的氣氛正在醞釀，兩人某種程度都在拖延時間，那樣可以更輕佻、更煽情地享受對方開口那刻，卻被硬生生打斷了，貝蒂一位饒舌的阿姨一通電話打來就是二十分鐘。過了十八分鐘，派瑞．帕克赫斯特在傲慢、猜忌和受損的尊嚴驅使下，穿起他的毛皮長外套，拿起他的淡棕色軟帽，大步走出門外。

「全都結束了，」他失望嘀咕著，同時努力把車打入一檔。「全都結束了——如果我得閉嘴等你一小時，該死！」車子一直搞不定，因爲已經停好久，引擎是完全冰冷的。

他開往市區——應該說，他循著雪地上的車輪痕跡被帶往市區。無精打采癱坐在駕駛座上，他沮喪得毫不在意自己開往何方。

在克拉倫登飯店前面，一個叫做貝利的混混從人行道迎向他，這人一口大牙，住在飯店，從來不談戀愛。

「派瑞，」當敞篷轎車來到路邊停在身旁時，這混混低聲說，「我有六夸脫棒呆的無氣泡香檳，你從沒嘗過。三分之一是你的，派瑞，只要你上樓陪馬汀．麥希和我喝一杯。」

「貝利，」派瑞緊繃著臉說，「我會喝你的香檳。我會全部喝光。不管它會不會害死我。」

「閉嘴，你這傻瓜！」混混輕聲說，「他們沒放甲醇到酒裡。這玩意兒證明了世界有超過六千年的歷史。它古老到軟木塞都硬化了。你得用石頭做的開瓶器才拔得起來。」

「帶我上樓，」派瑞悶悶不樂地說，「如果軟木塞看到我的心，它會羞愧得自動滑下去。」

樓上房間淨是飯店才會掛的那些天眞圖畫，小女孩在吃蘋果，小女孩在盪鞦韆，小女孩跟狗說話。其他裝飾是各種領帶，還有一個全身粉紅衣著的男子，讀著粉紅的報紙，專心盯著上面穿粉紅緊身衣的女士。

「你們非得這時候穿過大街小巷——」全身粉紅的男子責備地看著貝利和派瑞。

「你好，馬汀・麥希，」派瑞立刻說，「石器時代的香檳在哪兒？」

「急什麼？搞清楚，這不是在營業。這是一個派對。」

派瑞鬱悶地坐下，不以爲然瞧著那些領帶。

貝利慢條斯理打開一扇衣櫃門，拿出六個漂亮的瓶子。

「脫掉那件該死的毛皮外套！」馬汀・麥希對派瑞說，「或者你也許想叫我們打開所有窗子。」

「給我香檳。」派瑞說。

「今晚要去湯森家的馬戲團化妝派對嗎？」

「不去！」

「有受邀？」

「嗯。」

「為什麼不去？」

「噢，我討厭派對，」派瑞大聲說，「我討厭那些場合。我已經參加過太多，我受夠了。」

「那你會去霍華．泰提家的派對嗎？」

「不會。告訴你，我受夠了。」

「好吧，」麥希安慰，「反正泰提家的派對是為大學年輕人辦的。」

「告訴你——」

「我認為你終究會去其中一場。我看報紙上說，你耶誕假期從沒錯過任何派對。」

「哼！」派瑞愁眉苦臉咕噥著。

他不會再參加任何派對。腦海裡響起傳統的臺詞——他那種日子已經結束了，結束了。當一個男人像這樣說兩遍「結束了」，你能相當確定的是某個女人可以說是已經對他重重關上大門。派瑞也在思索其他傳統的想法，關於自殺是如何懦弱的行為。一個崇高的想法——溫暖又激勵人心。如果自殺不是懦弱的行為，想想看我們會失去多少優秀的人才。

過了一小時，來到六點鐘，派瑞已經完全不像廣告裡塗著油膏的年輕人。他看來就像卡通裡放浪形骸的粗人。他們唱起歌──跟著貝利的即興創作：「膿包派瑞，客廳裡的僞君子／用他喝茶姿勢，揚名整座城市／賣弄也是，調情也是／一聲不響掩飾／餐巾鋪好，在那熟練雙膝上──」

「問題在於，」派瑞才拿貝利的梳子整好瀏海，紮上一條橘色領帶扮演凱撒大帝，他說，「你們這些傢伙唱得糟透了。我一離開主調唱高音，你們就跟著也唱起高音。」

「我天生是個男高音，」麥希嚴肅地說，「嗓音需要練習，就這樣。我阿姨曾說我生來就有一副好嗓子。天生的好歌手。」

「歌手，歌手，都是好歌手，」在講電話的貝利評論道，「不，不是夜總會；我要晚餐雞蛋。我是說要某個混蛋職員送來食物──食物！我要──」

「凱撒大帝，」派瑞從鏡子前轉身宣佈，「一個有鐵的意志和堅定目標的男人。」

「閉嘴！」貝利對電話大喊，「喂，我是貝利先生。給我送上豐盛晚餐。用你的大腦。馬上。」

他費了一番功夫才掛上話筒，然後緊閉嘴唇，眼中帶著非常隆重的神情，走到衣櫥前拉開最下面的抽屜。

「看！」他要大家注意。在他手裡拿著一件粉紅條紋棉布截短的服裝。

「褲子改的，」他正經喊道，「你瞧瞧！」

這是一件粉紅短上衣，有紅色領帶和寬大圓領。

「你瞧瞧！」他重複著，「這是爲湯森家馬戲團派對準備的服裝。我扮演爲大象提水的男孩。」

派瑞被打動了，別管先前的決定。

「我要扮演凱撒大帝。」他聚精會神想了一陣之後宣佈。

「還以爲你不去呢！」麥希說。

「我？當然，我要去。別錯過任何一場派對。可以紓解憂慮——就像芹菜。」

「凱撒！」貝利嘲笑，「不能扮演凱撒！他跟馬戲團無關。凱撒是莎士比亞寫的人物。還是扮小丑吧。」

派瑞搖搖頭。

「不要。還是凱撒。」

「凱撒？」

「當然。古戰士造型。」

貝利靈光一現。「這就對了，好主意。」

派瑞兩眼在屋裡到處搜尋。

「你借我一件浴衣和這條領帶。」他最後說。

貝利想了一想。「不好吧。」

「當然可以，我只需要這些道具。凱撒是野蠻人。如果我扮演凱撒，他又是個野蠻人，他們就不能拒絕讓我進去。」

「不行，」貝利緩緩搖頭說，「跟服裝公司租一套衣服。到諾雷克的店。」

「打烊了。」

「去弄清楚。」

經過五分鐘在電話上茫然的交談，一個細小、疲倦的聲音試圖要派瑞相信他就是諾雷克先生本人，因爲湯森家化妝派對的關係，他們會一直營業到八點鐘。經過確認，派瑞吃了一大塊菲力牛排，喝掉他最後那瓶香檳的三分之一。八點十五分，站在克拉倫登飯店前戴高帽的男人發現他正試圖發動他的敞篷車。

「結凍了，」派瑞精明地說，「低溫讓它結凍了。都是這冷空氣。」

「結凍了，是嗎？」

「對。冷空氣把它凍住了。」

「沒辦法發動？」

「沒辦法。讓它待在這兒等到夏天。八月某個炎熱的日子會使它完全解凍。」

「要讓它待在這裡？」

「沒錯。就待在這裡。哪個有興趣的賊可以來偷走它。幫我叫計程車。」

戴高帽的男人召來一輛計程車。「要上哪兒去，先生？」

「到諾雷克——服裝出租店。」

## 2

諾雷克太太個子小，看來不起眼，第一次世界大戰結束後，曾有一段時間國籍被劃歸到其中一個新興國家。由於歐洲局勢不穩，她至今從未非常確定自己屬於哪個國家。她和先生每天勤儉工作的這家店，光線暗得可怕，擺滿穿上整套盔甲或長袍馬掛的假人，天花板還懸吊幾隻紙糊的假鳥。背後隱約幾排沒眼珠的面具盯著訪客，玻璃櫃裡塞滿皇冠和權杖，首飾和大片胸飾，各種顏色的塗料、假鬍子和假頭髮。

當派瑞緩步走進店裡，諾雷克太太正在收拾忙碌的一天留下的爛攤子，她心裡是這麼想，人在塞滿粉紅絲襪的抽屜前。

「要找什麼嗎？」她問得不是很積極，「凱撒的服裝，駕戰車那一套。」

諾雷克太太表示抱歉：「所有戰車勇士服早就租出去了。」

「是參加湯森家的馬戲團派對嗎？」

「是的。」

「抱歉，」她說，「我不認爲剩下的服裝跟馬戲團有任何關係。」
這是個難題。
「嗯，」派瑞答。他突然想到一個主意，「如果你有一塊帆布，我可以當成罩衫。」
「抱歉，我們沒那種東西。你得去五金行才買得到。我們有幾套唯妙唯肖的同盟國士兵服。」
「不。不要士兵服。」
「我還有一套漂亮的國王服裝。」
他搖頭。
「有幾位男士，」她懷抱希望繼續說，「戴高帽穿燕尾服扮演串場主持人——但高帽都借光了。我可以給你一些假鬍子貼成八字鬍。」
「想要比較有特色的。」
「有特色的——讓我看看。噢，我們有一個獅子頭，一隻鵝，還有一隻駱駝。」
「駱駝？」這主意擄獲派瑞的想像力，緊緊抓住它。
「是啊，但需要兩個人扮演。」
「駱駝。就是這個。讓我看看。」
駱駝裝從最上層的櫃子裡被拿出來。乍看之下，它只有一顆非常枯瘦憔悴的腦袋和巨大的駝峰，但是攤開之後，他發現還有髒髒的，厚棉布做成的深褐色身體。

「你看它需要兩個人，」諾雷克太太說明，手裡拿著駱駝裝，流露出眞誠的讚嘆。「可以找朋友跟你搭檔。看起來有一點像給兩個人穿的褲子。一件是前面的人穿，另一件是後面的人穿。前面的人可以從這對眼孔往外看，後面的人只要彎腰跟著前面的人走。」

「套上它。」派瑞要求。

諾雷克太太聽話地把她那張大嬸臉蛋套進駱駝頭裡，用力搖晃一下。

派瑞看得著迷。

「駱駝會發出怎樣的叫聲？」

「什麼？」諾雷克太太露出她的臉，上面沾了灰塵，「噢，怎樣的叫聲？嗯，有點像驢子。」

「讓我穿上照照鏡子。」

派瑞站在大鏡子前，試著套上駱駝頭左看右看。昏暗光線下的效果顯然令人滿意。駱駝的臉像在憂鬱沉思，飾以多處磨損痕跡，必須承認的是那蒙皮有一般駱駝特有的邋遢模樣——其實，它需要清洗和熨平——但確實出眾。它很龐大。就算只憑那張臉孔的憂鬱氣質和深邃眼部潛藏的饑渴神情，在任何聚會中都能吸引注意。

「你知道得由兩個人扮演。」諾雷克太太又說。

派瑞試著拉起身體和腿，將它們纏繞在身上，用後腿當腰帶繫住。整體效果不好。甚至很荒唐……就像一幅畫作裡的中世紀僧侶被撒旦魔力變成野獸。整套服裝充其量不過像是駝背的乳牛一屁股坐在地毯上。

「看起來什麼都不像。」派瑞沮喪地抗議。

「不，」諾雷克太太說，「你知道得由兩個人扮演。」

派瑞腦中閃過一個辦法。

「你今晚有空嗎？」

「噢，我可能不行——」

「噢，來嘛，」派瑞慫恿，「你當然可以。過來，這是很好的運動，爬進後腿裡。」

他費勁找到後腿，一臉討好地撐開那褲口深處。但諾雷克太太好像不願意。她倔強退後幾步。

「噢，不——」

「來嘛！如果你願意的話可以當前面的人。或者我們丟銅板決定。」

「噢，不——」

「我會酬謝你的。」

諾雷克太太緊閉雙唇。「你現在給我停止！」她毫不忸怩地說，「從來沒有紳士像這樣任性妄爲。我先生——」

「你有丈夫？」派瑞問道，「他在哪裡？」

「在家裡。」

「電話號碼是幾號？」

經過相當長的談判之後，他拿到諾雷克一家之主名下的電話號碼，跟那細小、疲倦的聲音交談起來，今天稍早才聽過這聲音。諾雷克先生雖然放下戒心，有點被派瑞能言善道的邏輯給弄糊塗，但仍堅持自己的立場。他帶著尊嚴，斷然拒絕幫帕克赫斯特先生塡補駱駝背脊的空缺位置。

掛掉電話，或者該說被掛掉電話後，派瑞坐在一張三角凳上思索。他列出可以打電話找到的朋友，當貝蒂・梅迪爾的名字朦朧而悲傷地出現時，他腦子停了下來。他感到五味雜陳。他會詢問她。雖然兩人的戀情已終，但她不可能拒絕最後的要求。其實要求不多——在短短一晚的社交任務中幫他撐起場面。如果她堅持，可以扮演駱駝的前面，後面位置就交給他。他的雅量讓自己高興起來。心中甚至想到羞澀的夢境，兩人在駱駝裡面溫柔地達成和解——在那隔離塵世的隱密之處……。

「你最好立刻決定。」

諾雷克太太市儈的聲音闖進他醇美的幻想，提醒他採取行動。他走向電話打去梅迪爾家——貝蒂小姐不在；出去參加晚宴。

然後，就在所有希望似乎破滅時，駱駝的背脊說也奇怪就漫步到店裡。他是個衣服破舊、腦筋死板的人，全身看來有一種鬆垮垮的感覺。他的帽子在頭上壓得低低的，下巴在臉頰下方拉得長長的，大衣都垂到鞋子了，目光朝下瞪著腳跟，還有——跟救世軍完全相反——一副窮困潦倒的模樣。他說自己是計程車司機，克拉倫登飯店的一位紳士雇他開車。他接到指示在外面等待，但已經等了一段時間，他愈加懷疑那位紳士已經後門溜走騙了他——有些紳士會這麼做——所以就進來了。他癱坐在三腳凳上。

「想參加派對嗎？」派瑞嚴肅詰問。

「我必須工作，」計程車司機故作辛酸地說，「我得保住飯碗。」

「那是很好的派對。」

「這是很好的工作。」

「來吧！」派瑞慫恿，「當一個好搭檔。看——這多漂亮！」他把駱駝裝拿起來，計程車司機冷笑看著它。

「哈！」

派瑞興奮地在那堆布料裡摸索。

「瞧！」他熱情喊道，拿起一團布料，「這是你的部份。你甚至不用開口。你要做的就是跟著走——偶爾會坐下。坐下的動作交給你。考慮看看。我得一直站著，而你還有機會坐下。我唯一能坐下的機會就是當我們側躺下去，而你能在——噢，所有機會坐下。明白嗎？」

「這是什麼？」這人懷疑問道，「一件壽衣？」

「差遠了，」派瑞憤憤不平說，「這是一隻駱駝。」

「嗄？」

然後派瑞提到一筆金額，交談不再只是敷衍幾句的程度，而是透露出可行的意味。派瑞和計程車司機在鏡子前試穿駱駝裝。

「雖然你看不到，」派瑞解釋，透過眼孔焦急瞧著，「但憑良心講，老兄，你看起來棒極了！憑良心講！」

一聲咕噥從駝峰傳來，表示對這讚許有幾分半信半疑。

「講真的，你看起來棒極了！」派瑞熱情地再講一次，「渾身稍微動一下。」

那兩條後腿向前移動，造出明顯的拱背效果，就像準備跳躍一般。

「不好。往兩旁移動。」

駱駝的屁股與身體，巧妙錯開；草裙舞者肯定嫉妒不已。

「很好，不是嗎？」派瑞問道，轉向諾雷克太太尋求贊同。

「看起來很可愛。」諾雷克太太附和。

「我們拿這套。」派瑞說。

整捆服裝挾在派瑞腋下，他們離開店面。

「開去派對！」他在後座就位時發出指令。

「哪個派對？」

「化妝派對。」

「它大概在哪裡？」

新的問題來了。派瑞試著回想，不過那些耶誕假期辦派對的人名在他眼前混亂飛舞。他可以問諾雷克太太，但往窗子一瞧，他看到店面是暗的。諾雷克太太已經成爲遠方的一個小黑點，沿著積雪街道逐漸消失。

「開往市區，」派瑞信心滿滿地指揮，「你若看到派對就停車。只要我們找對地方就告訴你。」

他陷入朦朧的空想，思緒又飄向貝蒂——他隱約想像兩人發生爭吵，因爲她拒絕扮演駱駝的背脊去參加派對。他在冷風中漸漸打起盹來，直到計程車司機開門搖他手臂把他叫醒。

「我們到了，也許吧。」

派瑞睡眼惺忪看外面。條紋布篷從人行道往一棟石造房屋延伸過去，裡面傳出華麗爵士樂的低嗚鼓聲。他認出是霍華・泰提的家。

「的確，」他說得果斷，「就是它！泰提家今晚的派對。當然，每個人都會去。」

「喂，」這人又瞧了一眼那布篷後擔憂地說，「你確定這些人不會因爲我來這裡而捉弄我吧？」

派瑞威嚴挺直身子。

「如果任何人對你說什麼，只要告訴他們你是我服裝的一部份。」

想像自己是一件東西而不是一個人，似乎讓他放下心來。

「好吧。」他說得勉強。

派瑞下車來到布篷底下，動手攤開駱駝裝。

「我們走。」他發號施令。

幾分鐘後，一隻臉孔憂鬱、眼神饑渴的駱駝，從它嘴巴和雄偉的駝峰頂端不斷冒出抽菸的雲霧，或許已經被人看見穿過霍華・泰提家的大門，從嚇得幾乎沒了呼吸的一位男僕身旁過去，直挺挺走向通往大廳的主樓梯。這野獸的步伐奇特，在遲疑碎步和驚惶快步間不斷變換——不過最貼切的形容就是「蹣跚」。駱駝踩著蹣跚的步伐——而且走的時候一會兒拉長，一會兒縮短，就像一個巨大的手風琴。

## 3

每個住在托萊多的人都知道，霍華．泰提一家人是鎮上最難應付的人物。霍華．泰提夫人出身於芝加哥的陶德家族，後來成爲托萊多的泰提家一員，這家族無時無刻蓄意佯裝的純樸已經成爲美國上層社會的特徵。泰提一家人達到的境界是他們可以自顧自地談論豬隻和農場，就算看到你不感興趣而兩眼發呆。他們寧願花大筆金錢在家僕身上，而不在那些晚宴賓客的朋友身上，喪失競爭意識下，他們邁入相當遲滯的成長過程。

今晚是爲小蜜麗森．泰提舉辦的舞會，雖然有各種年齡的賓客，跳舞的大多是學生——已婚年輕人都到天天好俱樂部參加湯森家的馬戲團派對。泰提夫人就站在舞池裡，目光盯著蜜麗森．泰提，當她們眼神交會時露出愉快笑容。在她旁邊的是兩位諂媚的中年婦人，不斷稱讚蜜麗森是多高雅的孩子。這時泰提夫人手抓著裙子，她最小的十一歲女兒艾米莉衝進母親懷裡，發出一聲「呦！」

「怎麼，艾米莉，出什麼事了？」

「媽媽，」艾米莉瞪大眼睛但清楚說著，「有東西在外面樓梯上。」

「什麼？」

「有一個東西在外面樓梯上，媽媽。我認爲那是一隻大狗，媽媽，但是它看起來不像狗。」

「你在說什麼，艾米莉？」

諂媚的婦人同情搖搖頭。

「媽媽，它看起來像一隻——像一隻駱駝。」

泰提夫人笑了。

「你看到的是一個老僕人的影子，如此而已。」

「不，不是這樣。不，它是某種東西，媽媽——很大。我正要下去看還有沒有人在樓下，這隻狗或者某個東西，牠正走上樓梯。有一點好笑，媽媽，牠好像跛了腳。然後牠看到我，發出叫聲，接著踏到最上面的平臺時滑一跤，我就跑掉了。」

泰提夫人笑聲褪去。

「這孩子必定看到什麼東西了。」她說。

諂媚的婦人同意那孩子必定看到什麼東西——聽到低沉的腳步聲就在外面，三個女人突然直覺地退離門口一步。

然後三個人嚇得倒抽一口氣，深褐色的身影繞過轉角出現在眼前，她們看到的顯然是一隻巨大的野獸，低頭饑渴瞪著她們。

「呦！」泰提夫人驚呼。

「嗚——呦！」兩位婦人一起出聲。

駱駝頓時拱起了背，那驚呼轉爲尖叫。

「噢——看！」

「那是什麼？」

舞蹈停了下來，但匆忙趕去的舞客們對這入侵者卻有截然不同的想法；其實，年輕人立刻猜想它是一個噱頭，雇用演員來炒熱派對氣氛。服裝整齊的男孩們有些輕蔑看著它，手插口袋四處遊走，覺得他們的智商遭到侮辱。但女孩們輕聲歡呼。

「是一隻駱駝耶！」

「喲，還眞是有趣！」

駱駝猶豫不決站在那兒，稍微搖頭晃腦，似乎在仔細打量這房間；然後它好像突然搞明白了，立刻轉身緩緩走出那扇門。

霍華．泰提先生剛出書房來到樓下，站在走廊跟一位年輕人聊天。他們突然聽到樓上的尖叫騷動，然後幾乎同時傳來一陣乒乒聲響，接著一隻褐色大野獸在眼前跌下樓梯，似乎非常匆忙趕著要去某個地方。

「這是什麼鬼?!」泰提吃驚說。

這野獸不失尊嚴地站了起來，假裝沒事的樣子，彷彿這才想起有一個重要約會，開始交錯著步伐朝前門走去。事實上，它的前腿開始不經意跑了起來。

「注意了，」泰提先生嚴厲地說，「注意！抓住它，巴特菲德！抓住它！」

年輕人用一雙強而有力的手臂抱住駱駝後面，前面的人知道再也無法移動，於是束手就擒，有些不安地認命站著。這時大群年輕人跑到樓下，泰提先生做出各種揣測，從別出心裁的竊賊到脫逃的精神病患，然後對那年輕人下了明快的指令：

「抓著他！帶他過來。我們很快就會知道。」

駱駝同意被帶去書房，泰提先生鎖上房門後，從桌子抽屜拿出一把左輪手槍，指示年輕人把那東西的頭套摘下來。然後他倒抽口氣，把槍放回抽屜。

「喲，派瑞．帕克赫斯特！」他驚訝喊道。

「走錯派對了，泰提先生，」派瑞羞怯地說，「希望沒嚇到你。」

「嗳——你讓我們緊張一陣，派瑞。」他明白是怎麼回事，「你要去湯森家的馬戲團派對。」

「大致是這樣。」

泰提先生說：「容我介紹，這位是巴特菲德先生，這位是帕克赫斯特先生。」然後轉身對派瑞說，「巴特菲德要待在我們這兒幾天。」

「我剛才有點弄糊塗了，」派瑞咕噥，「非常抱歉。」

「完全沒事，畢竟這是常見的錯誤。我準備了小丑裝，一會兒之後我也要去那裡。」他轉向巴特菲德。「最好改變主意跟我們一起來吧。」

年輕人不同意。他準備去睡覺了。

「喝杯酒嗎，派瑞？」泰提先生提議。

「好的，謝謝。」

「還有，喂，」泰提立刻接著說，「我都忘了你的——朋友在這兒。」他指著駱駝後半部。「我無意冒犯。他是我認識的人嗎？讓他出來吧。」

「不是朋友，」派瑞趕緊解釋，「我只是雇用他。」

「他喝酒嗎？」

「你喝嗎？」派瑞轉身問，把自己扭成麻花。

微弱的聲音表示同意。

「他當然喝！」泰提先生說得痛快，「一隻眞有本事的駱駝應該要喝個夠，這樣就能撐上三天。」

「跟你說，」派瑞顯得焦慮，「他穿得不夠體面，不能出來。如果你給我酒瓶，我可以遞到後面給他，讓他在裡面喝。」

這提議激起布料下面熱烈的掌聲。當管家拿酒瓶和杯子過來，一個瓶子插著吸管被遞到後面；此後，可以聽到那靜悄悄的搭檔不時長長地大吸一口。

這樣過了愉快的一小時。到十點鐘，泰提先生認爲他們最好出發。他穿上小丑裝；派瑞重新套上駱駝頭，他們並肩走過泰提家到天天好俱樂部的這塊街區。

馬戲團派對正達到高潮。一大面帳篷布簾高掛在大廳裡，沿著牆壁搭起的幾排攤位重現馬戲團各種有趣的餘興節目，但現在這些攤位已經撤開，舞池中擠滿色彩繽紛的年輕男女，夾雜著高聲叫喊和放聲大笑——小丑、長鬍子女人、雜技演員、無馬鞍騎士、串場主持人、紋身男子，還有駕戰車的勇士。湯森家打定主意要讓派對保證成功，所以暗中從家裡搬來大量的酒，現在正被免費暢飲著。一條綠綵帶環繞舞池牆壁，上面的箭頭和「跟著綠線走」標語引導不熟門路的人。綠線通往酒吧，那裡淨是道地的潘趣酒和上好的潘趣酒，還有完全深綠色的酒瓶。

酒吧上方另一條有皺褶的紅色綵帶，下面標語是：「現在跟著這條線走！」

即使置身在這片浮華衣飾和歡樂氣氛當中，駱駝出現時仍引來騷動，派瑞立刻被一群好奇的笑聲包圍，想看透到底是誰扮演這隻站在大門旁的野獸，用饑渴憂鬱的眼神注視跳舞的人們。

然後派瑞看到貝蒂站在一個攤位前，跟一位滑稽的警察在聊天。她穿著埃及弄蛇人的服裝：黃褐頭髮紮成辮子纏在銅色頭環上，就像戴了一頂耀眼的東方頭飾。她美麗的臉龐抹了一層溫暖的橄欖色油光，在她手臂和半裸的背上畫著幾條盤繞的獨眼綠毒蛇。腳上穿涼鞋，裙子開叉到膝蓋，走路時可以瞥見露出的腳踝也畫了幾條細蛇。脖子上則是一條閃閃發亮的眼鏡蛇。總而言之是一套迷人的裝扮——走過那些神經質的老女人旁邊總令她們退避三舍，更討厭的人就會大聲說「成何體統」和「不知羞恥」。

但派瑞透過駱駝晃動不定的眼睛，只看得到她喜悅、活躍、充滿興奮的表情，還有靈活擺動、千姿百態的手臂與肩膀，這讓她在任何一群人裡顯得突出。他爲之著迷，而這股迷戀對他產生醒酒作用。腦袋漸漸清醒，想起今天發生的事——心中升起怒火，有一種想把她帶離人群的念頭，於是開始朝她走去——應該說稍微拉長了駱駝身體，因爲他忘記移動前必須發出指令。

但就在此時，變化無常的命運女神冷嘲熱諷玩弄他一整天後，決定對他提供的娛樂回報豐厚的獎賞。命運女神令那弄蛇人的黃褐眼睛轉向駱駝，要她靠向旁邊的男人問：「他是誰？那隻駱駝？」

「我怎麼知道。」

但一位叫做華波頓的矮個子男人無所不知，覺得有必要大膽提出意見：「它跟泰提先生一起來。我認爲有可能是華倫·巴特菲德，那個紐約來的建築師，現在正在泰提家作客。」

貝蒂·梅迪爾的心在翻騰——地方女孩對來訪男士一向深感興趣。

「噢！」她稍微停頓之後隨口說了一聲。

接下來的這支舞結束後，貝蒂和她的舞伴停在距離駱駝只有幾步的地方。帶著不拘禮節的放縱，這正是今晚的基調，她伸手輕輕撫摸駱駝的鼻子。

「你好，老駱駝。」

駱駝不自在地搖晃。

「你怕我嗎？」貝蒂說，責備似的吊起眉毛，「別怕。你看我是一個弄蛇人，不過對駱駝也很在行。」

駱駝深深一鞠躬，有人大聲評論這是美女與野獸。

湯森夫人走近這群人。

「哎喲，巴特菲德先生，」她殷勤說，「我都沒認出是你。」

派瑞再次鞠躬，在面具底下開心竊笑。

「跟你同行的是哪一位？」她問。

「噢，」派瑞說，他的聲音被厚重布料蒙住，根本認不出來，「他不是同伴，湯森夫人。他只是服裝的一部份。」

湯森夫人笑著離開。派瑞又轉向貝蒂。

「原來，」他想，「她在乎的程度僅此而已！在我們最後決裂的這天，她就開始跟另一個男人調情——而且完全是個陌生人。」

基於一股衝動，他用肩膀輕推她，擺頭提議到走廊去，明白表示要她丟下舞伴來陪他。

「回頭見，羅斯，」她對舞伴說，「這隻老駱駝找我。我們上哪兒去，野獸王子？」

這高貴的動物沒有回應，卻莊重地昂首闊步，朝向側邊樓梯的隱蔽角落走去。

她到那邊自己坐下，而駱駝歷經短暫的混亂，幾聲粗啞命令和激烈爭執從裡面傳出來，然後在她旁邊坐好——它的後腿很不自在地伸直跨過兩階樓梯。

「好吧，老兄，」貝蒂愉快地說，「你想怎麼進行我們的歡樂派對？」

這位老兄表示他想熱情轉一轉頭，開心踏一踏蹄。

「這是我第一次和男人私下會面，而他的僕人還跟在旁邊，」——她指著後腿——「或者不管那是什麼。」

「噢，」派瑞咕噥著，「他既聾又瞎。」

「我以爲你會覺得自己像個殘廢——不能好好走路，即使想做也做不到。」

駱駝假惺惺垂著頭。

「我希望你說些什麼，」貝蒂溫柔地繼續說，「說你喜歡我，駱駝。說你認爲我很美麗。說你希望被一個漂亮的弄蛇人所擁有。」

駱駝表示願意。

「你要跟我跳舞嗎，駱駝？」

駱駝願意嘗試。

貝蒂獻給駱駝半小時。她獻給每位來訪男士半小時。這樣的時間通常足夠了。當她走向新的男人時，還是社交新手的女孩們會習慣性分列兩旁，就像一挺機槍前的密集縱隊。所以派瑞・帕克赫斯特被授予唯一的特權是目睹愛人被別人觀賞。他被激烈挑逗著。

## 4

這基礎脆弱的美好世界被一群人走進會場的聲音給打斷；方塊舞要開始了。貝蒂和駱駝加入眾賓客，她褐色的手輕輕搭在他肩膀上，大膽表示她完全接納他。

當他們進場時，成對男女已經坐在牆邊的桌子旁蓄勢待發，湯森夫人一身極爲華麗的無馬鞍騎士打扮，帶著相對過於矮胖的小牛群們，和串場主持人站在舞池中央負責指揮。一個信號打給樂隊，每個人站起來開始跳舞。

「眞好玩！」貝蒂讚嘆，「你認爲你能跳嗎？」

派瑞熱情點頭。他突然覺得生氣蓬勃。畢竟，他隱姓埋名在這兒跟愛人聊天——可以神氣十足地無視外界的存在。

於是派瑞跳起方塊舞。雖然我說跳舞，但這字眼的意義已經延伸到遠超過最奔放的舞者所能做出最狂野的想像。他得忍受舞伴把手放在自己無助的肩膀上，被她在地板上拉來拉去，同時將龐大腦袋溫順地靠在她肩膀上，兩腳如傀儡般跟著動作。他的後腿則用自己的方式跳著舞，大部份靠單腳蹬跳，然後再換另一隻腳。從來無法確定舞蹈是否正在進行，後腿爲求保險起見，只要音樂開始演奏就蹬個不停。所以那幅景象經常是駱駝前半身安穩站著，後半身精力充沛不斷跳動，任何好心腸的旁觀者都會爲它流下同情的汗水。

它經常被人挑中。先是和一位披著稻草的高個子女士跳舞，她愉快地說自己是一捆乾草，羞澀懇求別把她給吃了。

「我想這麼做，因為你是如此甜美。」駱駝殷勤地說。

每次主持人高喊「男士起來」的時候，它背後就拖著一個紙板做的燻肉香腸，或者一張長鬍子女人的照片，反正就是正好挑上它的人，然後猛力衝向貝蒂。有時它是第一個搶到，但通常衝刺失敗，結果裡面傳來激烈爭吵。

「老天，」派瑞咬緊牙根低吼，「給我打起精神！如果你有抬腳大步走，我那次就能搶到她。」

「喂，你要先提醒我啊！」

「我有，你真該死。」

「我這裡什麼都看不到。」

「你要做的就是跟緊我。和你走路就像拖著一大堆沙子團團轉。」

「也許你想試試待在後面這邊。」

「你閉嘴！如果這些人發現你在這屋子裡，他們會把你揍扁。他們會吊銷你的計程車執照。」

派瑞為自己輕易說出這麼惡毒的威脅感到驚訝，但這似乎對他搭檔頗有催眠效果，因為他發出一聲「天啊」就不安地陷入沉默。

主持人爬上鋼琴，揮手要大家安靜。

「頒獎！」他喊，「大家靠過來！」

「耶！頒獎！」

人們自發性地朝靠攏過去。一位相當漂亮的女孩鼓起勇氣打扮成長鬍子女人，她激動得發抖，認為自己應該獲得今晚最驚世駭俗服裝獎。那個花一下午時間在身上貼刺青的男人藏在人群邊緣，滿臉通紅等著有人告訴他一定會得獎。

「各位參加這場馬戲團演出的女士先生們，」主持人愉快宣佈，「我確信大家都一致認為度過了歡樂時光。我們現在要藉由頒獎來把榮耀授予應該獲得的人。湯森夫人要求我來頒贈這個獎項。現在，各位表演者，第一個獎項頒給女士，她展現今晚最突出、最吸睛，」——這時長鬍子女人認命嘆口氣——「和最有創意的裝扮。」說到這裡，那捆乾草豎起耳朵，「我確信這決定將是在場各位毫無異議公認的結果。第一個獎項頒給貝蒂．梅迪爾小姐，迷人的埃及弄蛇人。」

現場爆出掌聲，主要來自男賓客，而貝蒂．梅迪爾小姐從她橄欖綠的塗妝下透出美麗羞澀的紅顏，穿過人群領取她的獎品。主持人帶著溫柔的眼神，遞給她一大束蘭花。

「接著，」他環視眼前繼續說，「另一個獎項要頒給男士，他穿著最逗趣和最有創意的服裝。這獎項無疑將贈予我們其中的一位貴賓，一位造訪本地的男士，而我們希望他能長久快樂地待在這裡——總之，就是那高貴的駱駝，它整晚用饑渴眼神和精采舞姿帶給我們歡樂。」

話一結束，現場響起熱烈鼓掌和讚許，這是不負眾望的選擇。獎品是一大盒雪茄，就放在駱駝旁邊，因爲從肢體結構來看，它沒辦法親自領獎。

「現在，」主持人繼續說，「我們在方塊舞的尾聲舉行一場『歡樂』與『荒唐』的結婚典禮！」

「請排成盛大的婚禮隊伍，美麗的弄蛇人和高貴的駱駝到最前面！」

貝蒂興高采烈雀躍向前，橄欖綠的手臂摟著駱駝的脖子。他們後面有一長排的小男生和小女生、鄉下土包子、胖女人、瘦男人、吞劍者、婆羅洲野人、斷臂人等許多人都已喝得爛醉，大家既興奮又滿足，周圍的光線色彩不斷流動，熟悉的臉孔在怪異假髮和野蠻畫妝下變得陌生，他們被弄得眼花撩亂。長號和薩克斯風用褻　的切分音方式，神魂顚倒地合奏出結婚進行曲撩人的樂章——隊伍開始前進。

「你不高興嗎，駱駝？」當他們邁步向前時，貝蒂親切問道，「我們就要結婚，今後你將被漂亮的弄蛇人所擁有，你不高興嗎？」

駱駝前腿躍了起來，表示非常高興。

「牧師！牧師！牧師在哪裡？」狂歡的人群高喊，「誰要扮演神職人員？」

賈姆柏的腦袋從半掩的儲藏室門匆匆露了出來，那是個肥胖的黑人，在天天好俱樂部做了許多年的侍者。

「噢，賈姆柏！」

「找老賈姆柏來。他是最好人選！」

「來吧，賈姆柏。幫我們的這對新人證婚如何？」

「好啊！」

賈姆柏被四個丑角抓住，脫掉圍裙，簇擁到舞池前面升起的高臺上。他的衣領被摘下，前後反轉再戴回去，看起來就像教士的樣子。隊伍分成兩列，讓出通道給新娘與新郎。

「女士，先生，」賈姆柏高喊，「我帶了《聖經》和所有東西，這樣就足夠了。」

他從內裡口袋掏出一本破舊的《聖經》。

「耶！賈姆柏有帶《聖經》！」

「一定也有剃刀，我敢打賭！」

弄蛇人和駱駝通過夾道的喝采，來到賈姆柏面前。

「你的證書呢，駱駝？」

附近的一個人戳了戳派瑞。

「給他一張紙。隨便什麼都行。」

派瑞胡亂摸索口袋，找到一份折疊起來的紙張，從駱駝嘴巴推了出去。賈姆柏上下顛倒拿著假裝認眞閱讀。

「這眞是一張特別的駱駝證書，」他說，「準備好你的戒指，駱駝。」

駱駝裡面，派瑞轉身向那比他拮据的搭檔提出要求。

「給我一個戒指，看在老天份上！」

「我沒有戒指。」傳來疲憊的抗議。

「你有。我看到了。」

「我才不會從手上拿下來。」

「如果不給，我就宰了你。」

他聽到氣呼呼的聲音，然後有個以黃銅與假鑽做成的一大件東西塞進他手裡。

他又被人從外面推了一把。

「大聲說！」

「我願意！」派瑞立刻喊。

他聽到貝蒂用愉快聲調答覆，即使在這滑稽的場合，聽起來依舊令他激動。

然後他把假鑽戒從駱駝蒙皮的縫隙伸出去，套到她手指上，跟著賈姆柏喃喃唸著自古以來的重大誓言。他絕不想讓任何人得知眞相。他唯一的打算就是不必揭露身份就悄悄溜走，因為泰提先生到目前爲止都爲他守口如瓶。派瑞，一個有頭有臉的年輕人——這件事可能會損及他剛起步的律師業務。

「擁抱新娘！」

「摘下面具，駱駝，然後吻她！」

他的心不自覺地砰砰跳，貝蒂一臉笑容轉向他，開始撫摸紙板做的口鼻。他覺得自制力逐漸遠離，他渴望將她擁在懷裡，表明身份，親吻那距離只有一步之遙的微笑雙唇——此時周圍笑聲與喝采戛然而止，大廳籠罩在令人納悶的沉寂中。派瑞和貝蒂驚訝抬頭看。賈姆柏發出好大一聲「喂！」嚇得所有目光都轉向他。

「喂！」他又說了一次。他已經把剛才顛倒拿的駱駝結婚證書轉正過來，戴上眼鏡苦惱地仔細研究。

「哎呀，」他驚呼，在這片靜默中，他的話語清楚傳進會場每個人耳裡，「這是一張名副其實的結婚證書。」

「什麼？」

「嗄？」

「再說一遍，賈姆柏！」

「你確定識字嗎？」

賈姆柏揮手要他們安靜，派瑞血管裡的血液沸騰起來，他明白自己犯的錯誤。

「是的！」賈姆柏重複，「這是一張名副其實的證書，其中一方是這位年輕的女士，貝蒂・梅迪爾小姐，而另一方是派瑞・帕克赫斯特先生。」

大家都抽了口氣，然後一陣低沉的隆隆竊語，所有目光轉向駱駝身上。貝蒂立刻從它身邊退開，黃褐色眼睛發出憤怒的火光。

「你是帕克赫斯特先生嗎，你這隻駱駝？」

派瑞沒回答。人群湧上前來盯著他看。他困窘地僵直站立，望著來勢洶洶的賈姆柏，紙板面具依舊一臉饑渴與嘲諷。

「你最好大聲講！」賈姆柏慢慢說出，「這是相當嚴重的情況。除了在俱樂部擔任的職務，我正巧是克倫第一浸信會名副其實的牧師。在我看來，你們似乎已經結爲夫妻了。」

## 5

接下來的場面將在天天好俱樂部的歷史中永遠記上一筆。肥胖的已婚女士昏厥過去，純正本土的美國人破口咒罵，社交新手的女孩們瞪大眼睛嘮叨不止，到處形成聚了又散的快閃小組，喋喋不休的巨大嗡嗡聲，充滿敵意又帶著異常的克制，迴盪在整個混亂的大廳裡面。激動的年輕人發誓他們要宰了派瑞、或賈姆柏、或他們自己、或什麼人的，圍著那浸信會牧師的是一群狂妄喧嚷、不成氣候的律師，他們提出質疑，口出威脅，詰問案例，命令他撤消聯姻，格外努力想找到蛛絲馬跡證明這是預謀事件。

角落裡，湯森夫人靠在霍華．泰提先生肩上輕聲哭泣，他試圖安慰她卻徒勞無功；他們一而再，再而三彼此聲稱「都是我的錯」。屋外覆蓋積雪的人行道上，賽勒斯．梅迪爾先生，那位「鋁人」，在兩位虎背熊腰的駕戰車勇士間緩緩來回踱步，時而發出連串粗俗下流的話語發洩情緒，時而瘋狂懇求他們讓他去找賈姆柏算帳。他爲了今晚打扮成滑稽的婆羅州野蠻人，就算最嚴格的舞臺監督也會承認，他現在扮演這個角色再適合不過了。

在此同時，兩位當事人佔據了舞臺的眞正焦點。貝蒂．梅迪爾——或者該說貝蒂．帕克赫斯特？——暴怒不已，她被相貌平庸的女孩團團圍住——比較漂亮的女孩忙著對她議論紛紛，沒太多時間照顧她——而在大廳另一頭站著那隻駱駝，服裝依舊完整，除了頭套哀怨地垂在他胸前。派瑞忙著對一圈憤怒、困惑的男士認眞辯解自己的清白。每過幾分鐘，當他顯然澄清了事實，有人就會提到那張結婚證書，然後盤問又重新開始。

有位名叫瑪莉昂．克勞德的女孩，公認是托萊多排名第二的美女，對貝蒂說的一番話改變了當前情勢的重點。

「好啦，」她心懷惡意地說，「事情終將煙消雲散，親愛的。法院一定會宣告無效。」

貝蒂憤怒的淚水在眼中神奇似地耗盡了，她緊閉雙唇，冷冷看著瑪莉昂。然後她起身，驅散兩旁的同情者，直接穿過大廳走向派瑞，而他驚恐注視著她。屋子裡又安靜下來。

「你有那氣度給我五分鐘時間談一談——或者那不包括在你的計畫裡？」

他點點頭，嘴巴說不出話來。

冷漠指示他跟在後面，她翹著下巴走到外面走廊，朝一小間隱密的橋牌室過去。

派瑞隨後趕上，卻突然被扯住，因爲後腳沒動作。

「你待在這兒！」他暴躁地命令道。

「沒辦法，」駝峰傳來嘀咕的聲音，「除非你先出去，才能讓我出去。」

派瑞遲疑著，但再也無法忍受那些好奇群眾的目光，他低聲下令，駱駝小心翼翼用四條腿走出大廳。

貝蒂在等他。

「很好，」她怒氣沖沖地開始說，「看你做的好事！你和那瘋狂的證書！就告訴你不該拿那東西！」

「我親愛的女孩，我——」

「別對我說『親愛的女孩』！留著對你眞正的妻子說，如果在這可恥的表現之後還找得到人嫁給你。還有別假裝這都不是預先安排的。你心裡明白有拿錢給那黑人侍者！你自己心裡明白！難道說你不曾試圖娶我？」

「不——當然——」

「是，你最好承認！你嘗試過，而且你現在打算怎麼做？你知道我父親快瘋了？如果他企圖殺了你也是你自找的。他會拿出他的槍，打幾顆無情的子彈到你身上。就算這場婚——這件事可以被取消，我的餘生都會籠罩在它陰影下！」

派瑞忍不住輕聲引用她的話：「『噢，駱駝，難道你的一生不想被漂亮的弄蛇人所擁有——』」

「閉嘴！」貝蒂大喊。

接著停頓一會兒。

「貝蒂，」派瑞最後說，「只有一個辦法可以眞正解決我們的問題，那就是你嫁給我。」

「嫁給你！」

「對，眞的只有這——」

「你閉嘴！我不會嫁給你，除非——除非——」

「我知道。除非我是這世上最後一個男人。但如果你在乎你的名譽——」

「名譽！」她喊，「你現在倒成了考慮我名譽的好人。爲什麼你之前沒考慮我的名譽，雇用可惡的賈姆柏去——去——」

派瑞絕望地伸手投降。

「很好。我就一切如你所願照著做。上帝見證，我宣佈放棄所有的權利！」

「但是，」一個新的聲音說，「我並沒有放棄。」

派瑞和貝蒂嚇了一跳，她用手摸著胸口。

「老天，那是什麼？」

「是我。」駱駝的背脊說。

派瑞立刻脫掉駱駝的蒙皮，然後有個散漫、鬆垮的傢伙，衣服浸濕地掛在身上，手中握著幾乎見底的酒瓶，挑釁地站在他們面前。

「噢，」貝蒂喊道，「你帶那東西來這裡嚇我！你說他是聾子——多醜陋的一個人！」

駱駝的背脊坐到椅子上，心滿意足嘆了口氣。

「不要用那種方式講我，女士。我不是別人，我是你丈夫。」

「丈夫！」

貝蒂和派瑞同時喊了出來。

「喲，這是當然。我和那傢伙同樣是你丈夫。那黑人不是只把你嫁給駱駝前半身，他把你嫁給整隻駱駝。而且，戴在你手上的是我的戒指。」

她驚呼一聲，從手上拔下戒指，激動地扔到地上。

「現在是怎麼回事？」派瑞茫然問道。

「只要你賄賂我，好好收買我。如果不這麼做，我會提出跟你一樣的權利去娶她！」

「那會犯下重婚罪。」派瑞說，嚴肅地轉向貝蒂。

接著是派瑞那晚最重要的時刻，賭上自己所有運氣的最後機會。他起身先看看貝蒂，她虛弱坐著面對這新的複雜情勢，然後再看看那個人，他坐在椅子上搖搖晃晃，心意難料，深具威脅。

「很好，」派瑞幽幽對那人說，「你能擁有她。貝蒂，就我而言，我會證明我們的婚姻純粹是意外。我要聲明完全放棄擁有你做爲妻子的權利，將你交給——交給你戴了他戒指的這個人，他是你合法的丈夫。」

一陣靜默，四隻震驚不已的眼睛齊齊轉向他。

「再見，貝蒂，」他失望地說，「當你沉浸在新找到的幸福時，別忘記我。我要搭早上的火車去西部。請想念我，貝蒂。」

看了他們最後一眼，他轉過身去。手握門把，頭垂在胸前。

「再見。」他又說了一次，同時轉動門把。

但就在開門聲中，那一堆蛇呀、一身絲綢和黃褐頭髮全都突然衝向了他。

「噢，派瑞，別丟下我！派瑞、派瑞，帶我一起走！」

她的淚水浸濕了脖子。他靜靜地將她抱在懷裡。

「我什麼都不在乎了，」她哭著說，「我愛你，如果你能在這時候叫醒一位牧師，把儀式再做一遍的話，我就願意跟你去西部。」

越過她肩頭，駱駝前半身看著駱駝的後半身——他們互相使了個分外微妙、深奧難解的眨眼示意，只有眞正的駱駝才能領會。

——〈駱駝的背脊〉（The Camel's Back），

原刊於一九二〇年四月廿四日《星期六晚郵》（The Saturday Evening Post）週刊

國家圖書館出版品預行編目資料

費茲傑羅短篇小說選集 / 史考特・費茲傑羅（F. Scott Fitzgerald）著；林捷逸譯
——初版——臺中市：好讀，2017.01
面；　公分——（典藏經典；100）

譯自：Selected Short Stories of F. Scott Fitzgerald

ISBN 978-986-178-396-3（平裝）

874.57　　105016086

好讀出版

典藏經典 100

費茲傑羅短篇小說選集

Selected Short Stories of F. Scott Fitzgerald

作　　者／史考特・費茲傑羅 F. Scott Fitzgerald
譯　　者／林捷逸
總 編 輯／鄧茵茵
文字編輯／簡伊婕
美術編輯／廖勁智
內頁編排／王廷芬
行銷企劃／劉恩綺
發 行 所／好讀出版有限公司
臺中市 407 西屯區何厝里 19 鄰大有街 13 號
TEL:04-23157795　FAX:04-23144188
http://howdo.morningstar.com.tw
（如對本書編輯或內容有意見，請來電或上網告訴我們）
法律顧問／陳思成律師

戶名：知己圖書股份有限公司
劃撥專線：15060393
服務專線：04-23595819 轉 230
傳真專線：04-23597123
E-mail：service@morningstar.com.tw
如需詳細出版書目、訂書，歡迎洽詢
晨星網路書店 http://www.morningstar.com.tw

印　　刷／上好印刷股份有限公司 TEL:04-23150280
初　　版／西元 2017 年 01 月 15 日
定　　價／ 350 元
如有破損或裝訂錯誤，請寄回臺中市 407 工業區 30 路 1 號更換（好讀倉儲部收）

Published by How Do Publishing Co., Ltd.
2017 Printed in Taiwan

ISBN 978-986-178-396-3

# 讀者回函

只要寄回本回函，就能不定時收到晨星出版集團最新電子報及相關優惠活動訊息，並有機會參加抽獎，獲得贈書。因此有電子信箱的讀者，千萬別吝於寫上你的信箱地址

**書名：費茲傑羅短篇小說選集**

姓名：______________ 性別：□男 □女　生日：____年____月____日

教育程度：________________________

職業：□學生　□教師　□一般職員　□企業主管

□家庭主婦　□自由業　□醫護　□軍警　□其他______________________

電子郵件信箱（e-mail）：______________________ 電話：________________

聯絡地址：□□□ __________________________________________________

你怎麼發現這本書的？

□書店　□網路書店（哪一個？）__________________ □朋友推薦　□學校選書

□報章雜誌報導　□其他______________________________________________

買這本書的原因是：_________________________________________________

□內容題材深得我心　□價格便宜　□封面與內頁設計很優　□其他_____________

你對這本書還有其他意見麼？請通通告訴我們：

___________________________________________________________________

你買過幾本好讀的書？（不包括現在這一本）

□沒買過　□ 1 ～ 5 本　□ 6 ～ 10 本　□ 11 ～ 20 本　□太多了

你希望能如何得到更多好讀的出版訊息？

□常寄電子報　□網站常常更新　□常在報章雜誌上看到好讀新書消息

□我有更棒的想法______________________________________________

最後請推薦五個閱讀同好的姓名與 E-mail，讓他們也能收到好讀的近期書訊：

1. ________________________________________________________________

2. ________________________________________________________________

3. ________________________________________________________________

4. ________________________________________________________________

5. ________________________________________________________________

我們確實接收到你對好讀的心意了，再次感謝你抽空填寫這份回函

請有空時上網或來信與我們交換意見，好讀出版有限公司編輯部同仁感謝你！

好讀的部落格：http://howdo.morningstar.com.tw/

好讀的臉書粉絲團：http://www.facebook.com/howdobooks

請填妥後對折黏貼，直接投郵即可，無須貼郵票。

| 廣告回函 |
| --- |
| 臺灣中區郵政管理局 |
| 登記證第 3877 號 |
| 免貼郵票 |


# 好讀出版有限公司　編輯部收

407 臺中市西屯區何厝里大有街 13 號

電話：04-23157795-6　傳眞：04-23144188

沿虛線對折

## 購買好讀出版書籍的方法：

一、先請你上晨星網路書店http://www.morningstar.com.tw檢索書目或直接在網上購買

二、以郵政劃撥購書：帳號15060393 戶名：知己圖書股份有限公司並在通信欄中註明你想買的書名與數量

三、大量訂購者可直接以客服專線洽詢，有專人為您服務：客服專線：04-23595819轉230 傳眞：04-23597123

四、客服信箱：service@morningstar.com.tw